Dépôt légal : juillet 2007
réédition : décembre 2016
ISBN : 978-2-32213-210-2

Éditeur : BoD - Books on Demand
12/14 rond-point des Champs-Élysées - 75008 Paris - France

Sous le manteau de la nuit

roman-suspense

Tristan Marechal

« À tous ceux qui pensent que réfléchir sur soi-même,
sur les autres,
sur l'univers qui nous entoure,
c'est déjà faire un grand pas.
…
Aux autres, vivez sans moi. »

T.M.

Prologue

Paris

I
Rien ne va plus

« Quelle étrange sensation que de se sentir spectateur de soi-même. Quel sentiment de détachement, de liberté, que d'assister aux agissements de son corps, sans en être vraiment l'acteur. C'est peut-être ça, la schizophrénie... Aujourd'hui, je suis schizophrène, et plutôt content de l'être. Je suis un schizophrène euphorique. Je suis mon double, mon propre ange gardien. Qui sait, demain peut-être, je me prendrai pour Dieu... »

La sonnerie de son portable interrompit brusquement la lévitation mentale de Sévère Plemon, mais la conversation qui suivit le propulsa directement aux confins de la stratosphère.

Elle était là.

Elle était à l'aéroport, Elle serait à Paris ce soir.

Sévère prit le temps de parler longuement avec Elle de toute cette histoire qu'ils avaient partagée, qu'ils avaient vécue ensemble. Cette histoire qu'ils avaient aimée, haïe, subie, adorée. Cette histoire qui avait fait basculer leurs vies dans une dimension parallèle, quelque part entre l'incrédulité et le huitième ciel... Ils se souvinrent aussi de tous les gens qu'ils avaient rencontrés, de tous ces personnages qui semblaient aujourd'hui fantomatiques à Sévère. Et puis du meurtre de l'Autre...

Qu'importe, Elle était là, enfin.

Ça, c'était en 1999. Septembre.

Sévère était alors directeur artistique dans une agence de publicité parisienne. Sa vie jusque-là avait été ponctuée de phases diverses, certaines à graver en lettres d'or sur la façade du Panthéon, pensait-il, et d'autres à enfouir profondément sous terre, ou à jeter dans le cratère d'un volcan actif, pour plus de sûreté. Le fait est, qu'en ce jour de cette année, il continuait sa carrière dans la publicité. Ce qu'il n'appelait pas une « carrière », d'ailleurs, mais plutôt un gagne-pain, et au prix où il était payé, un « gagne-pain-foie-gras ». Comme quoi, pensait-il, toute époque a du bon. Se rappelant chaque jour que Mozart était mort dans la misère, et qu'au XXIe siècle, des vendeurs de saucisses ou de tables basses mouraient dans l'opulence.

Vaut-il mieux mourir riche et sans talent, ou génialement pauvre?

« Vivre génialement riche », aurait dit Dali.

Bon, il me reste une quarantaine d'années pour ça, pensa Sévère. Mais il faudrait quand même que je commence dès aujourd'hui à être génial, ou extrêmement riche, déjà... parce que le compte à rebours des années qui passent est inversement proportionnel au montant des dettes qui s'accumulent: ce qui ne veut pas dire grand-chose, mais je me comprends.

Les choses étant ce qu'elles sont et ce que vous en savez, après ce fameux coup de fil, il se demanda deux choses: d'abord s'il n'était pas en train de devenir légèrement psychopathe sans le savoir, et, bien après, s'il n'était pas aussi un peu inconscient, pour être poli, voire complètement débile, de parler comme ça devant tout le monde. En tout cas, personne n'a levé les yeux de son écran d'ordinateur dans les dix minutes qui ont suivi. Et après, aucun commentaire. Content de lui, finalement, il était.

Le petit, tout petit pouvoir de la hiérarchie: parler de meurtre, de sa femme, de la maîtresse de l'autre, du meurtre de l'amant de l'autre, sans que personne ne semble écouter: « Tu as entendu ce que j'ai dit! » « Non, non, je travaillais, je te jure! » La peur du siège éjectable, de ne pas retrouver ses affaires le lendemain sur son bureau.

En fait, Sévère avait vu un documentaire, par hasard, la veille à la télé sur la guerre de 14, qui avait été faite par des gosses formidables, d'un courage exemplaire. Mais dirigée par des tarés d'un égoïsme sans égal, sans scrupule pour la plupart, ces derniers les envoyaient à la boucherie ou leur tiraient dans le dos pour telle ou telle raison, souvent dénoncée comme « insubordination », pour ne pas dire qu'ils ne savaient plus se faire respecter. Tout simplement parce que dix mille ou vingt mille morts pour regagner cinquante mètres de terrain, fût-il français, c'était cher payé, et que ça ne parlait plus aux jeunes.

Et tant de larmes! Ça l'avait énervé.

Il se prit dix minutes à la machine à café pour réfléchir deux secondes.

Le café n'était pas si mauvais, dans ces petites tasses en plastique beige. Il aurait bien pris plutôt un grand verre de vin blanc, mais cela aurait fait un peu alcoolo: il n'était quand même que dix heures moins le quart du matin. Ou un whisky coca. Ça a la même couleur que le café et ça passe mieux devant le boss. Rester digne, visuellement, même avec une haleine de tueur.

11

C'est en revenant à son bureau, vers onze heures et quart, où une dizaine de post-it verts et roses l'attendaient, qu'il se remémora le début de toute cette histoire... C'était un an auparavant, le 10 septembre 1998, à Florence, Italie. Ce n'était pas si lointain, et pourtant... Pourtant il avait l'impression que la moitié de sa vie s'était écoulée depuis cette date.

9 septembre 1998

Sévère était, déjà à l'époque, totalement imprévisible. D'aucuns diraient, avec bienveillance, impulsif. Et révolté. Ce trait de caractère ne s'arrangeait pas avec l'âge. Bien au contraire.

Trente-six ans, grand, châtain, d'apparence bien dans sa peau, style Jim Morisson avant qu'il ne pèse trois cents kilos de trop. Ce que les femmes entre treize et soixante-dix-neuf ans appellent Beau Mec. Il portait en toutes occasions de sublimes costumes clairs, et, qu'il soit mal coiffé ou mal rasé, cela lui donnait un côté chic-fin-de-règne dans lequel il se sentait bien.

En cette fin de journée, un peu affalé derrière son bureau, à moitié caché sous une pile de dossiers hyper-urgents, il se demandait pourquoi, depuis le développement de l'informatique, la consommation de papier dans le monde n'avait cessé de grimper de façon exponentielle. Comme tout le monde, il trouvait ça paradoxal et cherchait un semblant d'explication. Ça en faisait des arbres coupés à la seconde !...

Au point de se demander si un jour, il n'allait pas partir se perdre en Amazonie, acheter un fusil de sniper, et abattre lui-même, non pas un arbre, mais ceux qui les coupent. Un par un.

C'est à ce moment précis où il n'aimait pas être dérangé qu'on le dérangea. C'était son boss, Robert, qui voulait qu'on l'appelle Bob, et qu'on appelait Robert. Cette petite fiente s'était encore arrangée pour coller à tout le monde une réunion à huit heures du soir. Sévère se rendit donc en salle de réunion avec sa campagne de publicité, vantant une voiture qui, soi-disant, ne consommait rien, et bien évidemment, était plus grande à l'intérieur qu'à l'extérieur. On aurait dit qu'elle était gratuite, tout le monde aurait été content.

Ce grand Sévère était fier de lui. De toute manière, il n'avait pas envie de s'éterniser. Il fallait qu'il retourne au pot d'une inconnue du troisième étage qui partait en retraite, où les six premières coupes en plastique de Champagne lui avaient donné envie d'aller en prendre une septième. Pas vraiment par goût du mousseux tiède, mais surtout parce que ce genre d'interlude était le seul moment de la journée où il n'était pas harcelé de questions, de coups de fil, de soi-disant urgences.

La réunion se passa relativement mal.

Robert ne voulait pas qu'on fume, lui qui se cocaïnait joyeusement le nez dès huit heures du matin, déclamant entre deux reniflements que tout ce qui avait été fait n'avait aucun intérêt, que le brief' n'avait pas été compris, et qu'il y aurait re-réunion le lendemain à neuf heures, avec totalement autre chose.

– Là, non !

– Comment ça, NON ? commença à bavouiller la fiente.

– Non, ça veut dire qu'on ne va pas tout recommencer, alors que c'est super bien ce qu'on a fait ! répondit Sévère, sûr de lui, et surtout impatient.

– Tu le prends comme ça ?

– Écoute, Staline, si tu veux tout refaire, tu le fais toi-même, c'est tout. C'est comme ça et pas autrement.

– Tu sais que personne n'est irremplaçable, Sévère, personne ! menaça le nain poudré.

– Surtout pas toi, vieux ! De toute manière, c'est des phrases à deux balles, et tu le sais. Allez, moi, je rentre ! Ciao-ciao.

En retrouvant son bureau qui sentait l'ordinateur chaud, oubliant totalement la retraitée du troisième qui avait eu un sac à main en faux cuir pour trente ans de services, Sévère savait déjà que, en quittant les lieux, il n'y remettrait jamais les pieds. Tout du moins, pas le lendemain.

C'est sur le périphérique, en repensant à tout ça, qu'il rata la porte de Vanves qui le ramenait chez lui, se retrouva porte d'Orléans, et prit l'autoroute A6. Celui qui a raté un jour une porte de sortie pour rentrer chez lui ne s'est-il jamais demandé si c'était vraiment par inadvertance, ou si, inconsciemment, ce n'était pas à dessein ? Pour fuir, prendre un peu le large ? Mystère ! Le mystère de la porte ratée.

Désirant faire un tour au moins jusqu'à Fontainebleau, il se retrouva vite à Lyon. Et comme il écoutait le *Requiem* de Mozart à fond, et qu'il se sentait bien, c'est vers six heures du matin qu'il dépassa Turin. Et comme c'était trop bête d'être arrivé là, alors qu'il n'avait absolument rien à y faire, il décida de pousser jusqu'à Florence, cette ville qu'il aimait par-dessus tout, pour y passer vingt-quatre heures. À quinze heures, le 10 septembre, il cherchait désespérément une place Via Degli Alfani, autour de la Piazza del Duomo, pour se garer.

Un peu fatigué, quand même.

Épisode 1

Florence

II
Tutto va bene e tutti quanti

Ces vingt-quatre heures allaient durer douze mois.

Sortant du petit hôtel Via Dell'Oche d'où l'on voyait le Duomo depuis le toit, et après deux petites heures de sommeil, Sévère Plemon se surprit à marcher au milieu des dalles pavant le trottoir. Il n'aimait pas du tout que ses pieds chevauchent deux dalles en même temps. Ça l'obligeait à faire souvent de très grands pas, ou de très petits, et surtout à regarder toujours par terre. Ce qui faisait un peu maniaco-dépressif, et bien une dizaine d'années que ça ne lui était pas arrivé. Mais surtout, il n'aimait pas baisser la tête dans la rue depuis qu'il avait entendu Paco Rabanne dire que ceux qui le font sont ceux qui ont des problèmes d'argent.

La petite trattoria juste en face de la porte sud du baptistère de la piazza del Duomo était bondée de touristes, et avait l'air méga chère. Tant pis, il avait encore le *Confutatis* du *Requiem* dans la tête, la carte bleue dans la poche. Deux choses ô combien indispensables pour qu'il se sente le maître du monde, à ce moment précis.

C'est dans ces phases d'euphorie qu'il pensait que le monde entier parlait français: « You have une bouteille de vino blanco, please? Y une pizza, por favor. Une pizza with fromagi y jambon, pistou y sauce piquante. Multo sauce piquante... Grazie! »

Une demi-heure plus tard, bouteille et assiette vide, il suivait des yeux les minuscules pigeons qui tournaient autour du Dôme; il avait l'impression d'être aux pieds d'un immense décor hollywoodien, de revoir *Star Wars* en direct.

Ce sont des moments que l'on n'oublie pas, pensa-t-il. On devrait faire ça plus souvent: partir sur un coup de tête. On ne le fait pas par peur de l'inconnu, ou par peur que l'autre soit dans l'embarras, ou peiné, mais on le regrette rarement, finalement...

En fixant son portable, il se demanda bêtement, par conscience professionnelle, s'il allait rappeler son boss, ce gros con de Robert. Quel con, ce con! Non, finalement il était encore trop furieux pour ça.

Apparemment, ça se faisait souvent en Italie qu'une inconnue vous demande de partager votre table. Ça se faisait moins à Paris. C'est pourtant tellement charmant, et plein de surprises...

Dix-huit heures, le 10 septembre 1998. Heure zéro, année zéro.

Le début du plan, sûrement le plus étrange que Sévère Plemon mettrait au point dans sa vie, et qu'il était à mille années-lumière d'imaginer, vingt-quatre heures avant.

* * *

– Vous êtes français?
– Oui et non... Parisien.

Elle avait un accent à pendre son linge aux fenêtres, venu de Naples, ou d'encore plus bas. Peut-être même des terres inconnues et inexplorées qui précèdent la Sicile. Le pied de la botte, ou la semelle, voire le talon !

Antonia Fresca di Nagio, lui apprit-elle plus tard.

– Et à quoi vous voyez que je ne suis pas italien ?

– Vous savez, il n'y a qu'un Français qui peut manger une pizza dans cette trattoria, à cette heure-là. Nous, les Italiens, c'est dans la campagne qu'on mange la pizza. On la fait nous-mêmes.

Elle était assez jolie pour intéresser n'importe qui, avec un nez un peu grand, mais fin et recourbé, comme une petite fouine. Brune, avec des mèches blondes, comme ça se faisait à l'époque, en dessous de la Loire. Sévère la prit d'abord pour une secrétaire. Il se ravisa. Les secrétaires, pour lui, ça mangeait plutôt des salades dans des tupperware, avec la sauce à part, sur un banc.

Et puis l'odeur. Le parfum. Sûrement *Dioressence*, cette fragrance qui a la bonne idée de durer toute la journée, mêlée d'effluves de maquillage, de poudre, et de rouge à lèvre de qualité. Tout ce qui fait littéralement craquer un homme qui aime les femmes.

Sévère Plemon se redressa un peu sur sa chaise en rotin-plastique, car il était limite assis sur le dos.

– Et puis vous savez, il n'y a pas beaucoup d'Italiens qui se promènent dans la rue en chaussons. Je m'appelle Antonia. Et vous ?

– Sévère.

– C'est vert ?

– C'est ça.

Il était huit heures du soir. Sévère avait offert une bouteille de Champagne à Antonia. Puis deux...

Cette femme aux mains bronzées, avec un agenda sur la table apparemment aussi gros que son QI, commençait à lui plaire vraiment.

– Tu es mariée ? Où as-tu appris le français ? demanda Sévère.

– J'ai appris chez toi, aux Beaux-Arts, à Paris, C'est vert. Mais c'est quoi, la question ? Si je parle comme toi, ou si je suis mariée ?

– Si tu es mariée ou si tu as un homme que tu aimes.

Antonia répondit au bout de deux bonnes minutes, qui permirent à Sévère de se rallumer une cigarette, vu qu'il ne savait pas quoi faire d'autre à cet instant.

– J'ai un homme, oui, dans ma vie. J'ai surtout ma fille. Elle a douze ans. C'est pas lui qui me l'a faite. Lui, tout ce qu'il sait faire, c'est des affaires.... Tu es trop mignon, tu as de très belles mains, petit Français.

Sévère se rendit compte qu'il faisait déjà presque nuit, que les pigeons autour du Dôme n'étaient plus là... *Dioressence* et le Champagne avaient arrêté le temps. Il se sentait bien. Il lui demanda juste si elle croyait au hasard, entre elle et lui, pour cette rencontre. Puis ce qu'elle avait fait à Paris, aux Beaux-Arts. Puis comment s'appelait son homme, par politesse.

– Le hasard ? Oui, je crois au hasard, tu sais, petit Français. C'est peut-être Dieu, le hasard, non ? Pourquoi on se rencontre ce soir ? Je suis italienne, et peut-être mes mots ne sont pas justes, mais je crois au hasard quand il m'apporte de bonnes choses dans ma vie. Je te rencontre, et je n'aurais pas dû être là ce soir, mais c'est bien. C'est insolite. Je devrais rentrer chez moi, là, retrouver ma fille... Tu recommandes ? Non, JE recommande. Champagne ! Mon homme, c'est un mec... comment dire... un industriel. Un homme du nord. Un prince, aussi. Di Spazzi. Le prince di Spazzi. Je crois que c'est ses ancêtres qui ont fondé certaines rues dans cette ville, tout au moins certains monuments, quand on était en guerre avec Sienne. C'est un homme riche, très riche. Moi, je fais juste de la restauration sur les œuvres d'art, les tableaux, à la Galleria dell'Accademia.

– Au fait, je m'appelle Sévère, comme Severio. Et Plemon comme come on. Moi, je suis peintre. Un très grand peintre (!), en France. Je fais aussi de la publicité : des campagnes pour des voitures gratuites. Mais mon vrai métier, c'est peintre. Je suis là depuis aujourd'hui pour me ressourcer. Revenir voir ma Toscane bien aimée.

Qu'est-ce qu'il ne fallait pas dire pour intéresser une femme qui sentait si bon !

– Tu sens si bon, Antonia, et tu as un trop mignon nez de fouine ! Tu veux que je te dise, moi, ce que j'en pense, du hasard ? D'abord, c'est tout ce qu'on n'est pas capable de calculer, mathématiquement. On n'est pas assez évolué, pour ça. C'est comme un type qui lance un dé : il devrait, théoriquement, selon la façon dont il le lance, la vitesse, arriver à décider sur quelle face il va retomber. Mais il y a tellement de facteurs qui rentrent en jeu que c'est pratiquement impossible. On en serait théoriquement capable, mais on n'utilise pas notre cerveau au maximum de ses capacités, loin de là... Au fait, tu me coupes si je t'endors... Toi, tu as peut-être perdu tes clefs de voiture, ou raté ton bus, moi je pensais à autre chose en rentrant chez moi, hier soir, et on se retrouve là, ensemble, ce soir. Ce sont des événements qui s'enchaînent et qu'on appelle hasard, tout simplement parce que c'est trop compliqué à calculer. C'est vrai que c'est un joli mot, et tellement poétique. Il n'annonce que du bon. Quand les mauvaises choses arrivent, on appelle ça le destin. Moi, je pense que si, par exemple, tu reçois une météorite sur la tête, ce n'est ni un hasard, ni ton destin : ça dépend de l'heure à laquelle tu es partie de chez toi, de la vitesse à laquelle tu marches, de la vitesse de rotation de la terre, de la résistance de l'atmosphère qui a dévié CETTE météorite sur TA tête. Maintenant, qu'on soit là ensemble, à cette table, c'est vrai que c'est plus mignon d'appeler ça une belle coïncidence, et j'adore ça.

Comme Antonia commençait à avoir les paupières mi-closes et le regard un peu torve, Sévère lui demanda qu'elle lui parle d'elle.

Elle se réveilla d'un coup et partit dans une demi-heure de monologue, stoppé lorsque le serveur les mit gentiment dehors à coups de pied, dans une langue inconnue de Sévère, qui lui rappelait vaguement l'Eurovision. Antonia protesta un peu, par principe, mais la trattoria était fermée depuis un bout de temps.

Antonia Fresca di Nagio proposa de raccompagner Sévère jusqu'à son hôtel, en passant par la Piazza di S. Firenze, « pour visiter ». Ça faisait quand même un sacré détour, mais bon...

Arrivés devant son hôtel, elle se rappela brusquement qu'elle avait une fille, laissa son numéro de portable à Sévère sur un immonde billet de dix mille lires qui avait dû faire la guerre de 70, lui fit jurer de la rappeler le lende-main matin, et l'embrassa longuement sur la joue, tout en lui arrachant la moitié des cheveux de la nuque de la main droite. Passion, quand tu nous tiens !...

En rentrant dans les draps propres, il se dit qu'à cette allure, sa carte bleue allait imploser en deux jours.

Il dormit treize heures.

III
Où vas-tu, Sévère ?

En sortant de l'hôtel, la première chose que Sévère fit à treize heures, en urgence, ce fut d'attendre quatorze heures que les magasins ouvrent. Sévère voulait rapidement profiter du fait universellement reconnu qu'on se croit toujours plus riche à l'étranger que chez soi. Ce qui, il le savait très bien, est totalement stupide, mais la saveur des achats n'est pas la même dans un autre pays que dans la rue, à Paris, en bas de chez soi. À l'étranger, on se dit que la carte bleue passera plus tard, plus tard... C'est une parenthèse, on se sent intouchable. Et puis il avait besoin d'une veste noire, une beige, quelques chemises, un costume en lin blanc, et trois paires de lunettes de soleil. Mais surtout pas de chaussures. Il adorait ses mules. C'était sa façon à lui de rester lui-même, pensait-il. Et puis, il avait plu à Antonia, avec ses « chaussons »...

Antonia... la belle et bien odorante Antonia.

Cette fois, il en était sûr, il n'allait pas décoller de Florence avant plusieurs jours. Comme il lui restait une heure, Sévère retourna via degli Alfani, afin de sortir sa voiture. Finalement arrivé au parking, il décida de la vendre. Il n'avait plus vraiment besoin de sa vieille Mercedes 300 blanche, qui avait fait sa vie, à deux cent cinquante mille kilomètres, bien qu'elle fût encore digne d'entreprendre une fabuleuse carrière de Taxi à Beyrouth.

Ce fut fait en quatre minutes. Apparemment, les Italiens ne s'encombraient pas de paperasse.

Premier pont coupé avec la France.

En descendant la via del Proconsolo, Sévère vit un couple – ou plutôt les entendit – jouer le *Concerto pour clarinette* de Mozart devant l'église Fiorentina. Ce qui lui rappela qu'il avait oublié le *Requiem* dans la Mercedes. Il nota qu'il fallait absolument qu'il le rachète, ainsi que deux *U2*, deux *Rolling Stones*, et une compilation de chansons italiennes pour se mettre dans l'ambiance. Il donna un billet de dix mille lires au couple, puis le reprit, car il y avait le numéro d'Antonia dessus.

– Allô, Antonia ?

– Ah, Sévère ! J'attendais que tu m'appelles. J'ai une chose très intéressante à te montrer. Tu es peintre, non ? Il faudrait que tu viennes me voir à la Galleria. On a découvert une peinture assez... intrigante, disons. Tu demanderas monsieur Sipratik, il t'emmènera dans nos ateliers. Ne t'inquiète pas, il parle français. Tu sais où c'est ? C'est à cinq minutes del'Duomo.

– Je sais. Écoute, je fais trois achats compulsifs et hors de prix, je repasse à l'hôtel, et je suis là dans une heure.

En arrivant dans le hall de la Galleria dell'Accademia, Sévère se dirigea directement vers un petit homme grisonnant à lunettes, aussi large que haut. Le fameux instinct masculin, bien connu dans le monde entier.

– Monsieur Sipratik ?... C'est votre vrai nom ? Parce que ça fait un peu supermarché, non ?

Sévère se dit qu'il avait encore laissé ses mots dépasser sa pensée, mais que tout passait bien, quand c'était dit avec le sourire.

– Doctor Plemon, I presume...

C'est bon, il avait de l'humour, le Sipratik.

Il mena Sévère à travers les grands couloirs et les salles de l'Accademia, passant devant les Lippi, Botticelli, Bronzino, les grandes peintures du XVIe, du XVe siècle, les panneaux trichromes plus anciens encore, les sculptures de Michel-Ange, heureusement et habilement inachevées, qui rendaient ces œuvres si troublantes et uniques. Sévère s'arrêta quelques secondes devant LE David, dont la main légèrement disproportionnée donnait paradoxalement une force et une grâce supplémentaire à cette monumentale beauté. Ils montèrent enfin dans les arrière-salles et, après quatre portes passées et quarante-cinq tours de clefs, ils arrivèrent dans les ateliers de restauration des œuvres.

Sévère se demandait encore ce qu'il faisait là.

Antonia était entourée d'une demi-douzaine de personnes, toutes occupées à restaurer des peintures, munies de petits cotons-tiges, qui travaillaient avec un tel calme et une telle minutie qu'elles devaient obligatoirement prendre Pollock pour un hystérique. Entre autres.

Elle avait l'air plus survoltée que la veille. Dans sa petite blouse blanche et ses cheveux brun-blond relevés en un chignon mal fait, planté de deux baguettes chinoises, elle était toujours aussi jolie. Malheureusement, son parfum avait disparu derrière les odeurs d'acétone et d'essences diverses qui flottaient dans la pièce...

– Sévère ! Tu es là ! Viens voir, c'est étonnant ! Regarde ce tableau. Qu'est-ce que tu en penses ? Ah, tu es beau, tout en lin. Tu as gardé tes chaussons...

Excitée, elle présenta à Sévère un petit tableau tout noir, enfin tout gris, représentant un hypothétique bouquet de

25

fleurs gris-rose, dans un très laid vase gris-blanc, qui avait dû être peint à la truelle, par quelqu'un qui devait porter des lunettes de soleil gris-grises.

– C'est moche, osa avouer Sévère.

– Mais non, pas les fleurs ! Ça, c'est des vieilles toiles dont on se sert pour travailler : des peintures à l'huile qu'on a pour que les apprentis s'entraînent à décaper et à restaurer. Mais regarde, là, ce petit morceau... C'est Lina, une stagiaire, qui est tombée là-dessus.

Effectivement, vers le centre de la toile, un petit morceau avait été décapé. Il semblait que, sous la croûte immonde, une autre peinture d'une bien meilleure qualité apparaissait. Un menton de femme, un début de cou, et un morceau de ruban rouge sur lequel des sortes d'écritures étaient peintes. Pas de l'italien, en tout cas ! Peut-être une sorte de calligraphie orientale...

– Oui, c'est géant, Antonia ! Alors, comme ça, vous découvrez encore des trucs, dans vos collections ? Mais tu sais, je n'y connais pas grand-chose, moi. Vous n'avez pas des experts qui s'occupent de ça ? Tu vois, des gens avec des rayons X, des professionnels. Moi, ça m'a l'air d'être une peinture italienne, fin XVe, ou début XVIe siècle, mais le ruban, c'est quoi ? Des écritures, ou juste de la décoration ?

– Je ne sais pas. Personne n'en sait rien encore ici. Monsieur Andolfini, le conservateur-stagiaire, va arriver, là.

– Attends, Antonia, ça existe un conservateur-*stagiaire*, dans un des plus grands musées du monde ?

– Je te raconterai. Si tu as le temps pour déjeuner, va au coin de la via Roma, à côté de là où on était hier. Ça s'appelle *Rigatto*, une trattoria avec des rideaux verts. Je te rejoins. J'ai plein de trucs à te dire.

* * *

Il faisait un grand soleil sur la terrasse de *Rigatto*. Sévère enleva ses mules pour se faire bronzer les pieds, se commanda une San Pellegrino qui rince les papilles, un café, un Martini blanc dans un grand verre, et un paquet de Winston, en attendant. Se demandant quand même pourquoi Antonia lui avait demandé son avis, alors qu'elle était sûrement entourée de gens plus capables que lui, pour apporter leurs lumières sur une découverte qui avait l'air si importante.

Une fourmi déambulait depuis un bon quart d'heure sur la table, quand elle monta sur la tasse de café. Sévère la poussa d'un revers de la main, et elle tomba par terre. Elle continua aussitôt sa course sur le sol, comme si de rien n'était.

Comment se faisait-il qu'une fourmi, qui tombait d'une table, soit environ cent cinquante fois sa taille, ne meurt pas ? Alors que, proportionnellement, un homme qui sautait du haut de la Tour Eiffel n'avait aucune chance de s'en sortir ? Est-ce que la nature avait donné aux petites bêtes des facultés supérieures aux grandes, comme pour combler la différence de taille ? Équilibrer les chances ? Était-ce juste une histoire de frottement de l'air pendant la chute, ou un rapport taille-masse...

De toute manière, se dit Sévère, la nature n'aimait pas les grands animaux. Elle avait essayé, avec les dinosaures, les megacéros, mégalodons et autres méga-insectes, puis s'était ravisée. Elle avait tout éliminé. Les grands animaux étaient en voie d'extinction, et les petits, en plein développement.

Sévère se promit d'y réfléchir, et de résoudre cette énigme au plus vite.

Antonia arriva toute pimpante dans une robe à fleurs, avec un sac à main en paille et des espadrilles compensées, comme une petite lavandière.

– Alors Antonia, qu'est-ce que tu avais à me dire ? C'est quoi, cette histoire de tableau ? Tu as vu le conservateur-stagiaire ?... Et d'abord, tu sais, toi, pourquoi une fourmi ne meurt pas quand elle tombe d'une table ?

Après avoir commandé une montagne de pâtes et une colline d'olives, elle évacua la question de la fourmi en certifiant que c'était plus efficace de les bomber avec de l'insecticide, et rentra dans le vif du sujet.

– Sévério, je voulais qu'on nous voie ensemble, aujourd'hui, au musée, et que tu rencontres monsieur Sipratik. J'ai dit que tu étais un expert venu de France pour examiner le tableau.

– Pourquoi tu as dit ça ? Tu te rends compte dans quelle situation tu me mets ?

– En fait, j'avais un peu peur depuis hier soir. Je t'ai parlé de mon boy-friend, Stefano di Spazzi...

– Ah, nous y voilà !... Et ?

– J'ai eu un coup de fil hier soir, dès que je suis rentrée chez moi. C'était Stefano. Il était dans une rage folle ! Il exigeait de savoir qui était ce garçon avec qui j'avais passé des heures à table. Il sait tout, il voit tout ! Et pourtant, il est en Allemagne, en ce moment, pour ses affaires. Je ne l'ai jamais vu hurler comme ça ! Il me fait carrément peur, des fois ! L'année dernière, il s'est mis dans la tête que l'ancien conservateur, monsieur Camigglieri, me tournait autour. Et comme par hasard, le lendemain matin, Camigglieri était licencié du musée. Personne ne sait où il est depuis. Et pourtant, ça faisait vingt ans qu'il travaillait là. Sipratik aussi, il a été engagé au même moment comme consultant pour les affaires commerciales, mais il est toujours sur mon dos. Pourtant mon travail n'a rien à voir avec lui... Alors j'ai dit à Stefano que tu étais un grand expert, et que j'étais venue t'accueillir à Florence pour te trouver un hôtel et t'expliquer pour le tableau. Il s'est un peu calmé. Il faut que tu joues le jeu quelques jours, tu comprends ?

– Je comprends surtout que tu m'as mis dans une belle merde, Antonia ! Il est carrément paranoïaque, ton mec ! Tu aurais pu lui dire que j'étais un ancien copain des Beaux-arts, ou autre chose, non ? Qu'est-ce qui t'est passé par la tête ?

– C'est la première chose à laquelle j'ai pensé... Et puis j'avais envie de te revoir. C'était la seule façon.

– Et qu'est-ce que je fais, moi, si on me demande mes références, ou des détails techniques sur la peinture ? Je m'y connais un peu, mais je ne suis pas expert !

– Ça, je t'expliquerai, ne t'inquiète pas...

Sévère se sentit obligé de commander une carafe de Martini, sans glaçons, pour faire passer la pilule, se disant que deux jours avant, il était tranquillement en train de s'engueuler avec son patron, qu'il avait maintenant un prince mafieux et paranoïaque sur le dos, qu'il n'avait plus de voiture, et qu'il était tout d'un coup catapulté expert en peinture de la Renaissance.

– Dis-moi, ma toute belle : là, par exemple, si je te prends la main, ton prince fou-fou, il va le savoir tout de suite ?

– Tu es bête... Ici, chez *Rigatto*, c'est là où je suis tout le temps. C'est pour ça que je t'ai amené là. Comme ça, je n'ai rien à me reprocher.

– Mais pourquoi tu ne le quittes pas, tout simplement, ton Stefano ?

– Je ne sais pas, il a des bons côtés, quand même. Il s'occupe de moi...

– « Je ne sais pas, il s'occupe de moi... » Toujours la même histoire ! On pourrait en écrire des tragédies, là-dessus ! OK, Antonia, je joue le jeu. Et puis ton histoire de tableau, elle m'intéresse. J'ai vraiment envie d'en savoir plus. Au fait, ton prince, il est riche comment ?

– Colossalement...

IV
Supputations

Ce qui était bien dans cette ville de Florence, c'est que ça avait l'air tout petit : historiquement gigantesque, mais à taille humaine. On pouvait marcher trois heures sans être fatigué. Peut-être le climat, ou l'ambiance. À chaque coin de rue, Sévère se disait que c'est dans cette maison qu'il aimerait habiter, qu'il pourrait acheter ce petit palais un jour, si la vie daignait lui donner un petit, un minuscule coup de pouce...

Durant les deux jours qui suivirent, Sévère alla de bibliothèques en bibliothèques, de musées en musées, pour essayer de retrouver une image ou un tableau qui lui rappellerait de près ou de loin le petit morceau de peinture qu'Antonia lui avait montré à la Galleria dell'Accademia.

Il avait un rôle à tenir, et les écritures sur le ruban rouge du tableau l'intriguaient. Il avait déjà vu ça quelque part, mais où ?...

Antonia l'appelait dix fois, vingt fois par jour, mais il ne la voyait pas, car Stefano était revenu pour trois jours à Florence. Sévère n'avait pas tenu à le rencontrer. Il ne se sentait pas encore sûr de lui dans son rôle, et préférait qu'il s'en aille avant de retrouver sa jolie Italienne. Il y pensait à chaque minute, mais trois jours, c'était vite passé.

Il avait vu, à la Galleria degli Uffizi, un tableau de la duchesse d'Urbino, peint par Piero della Francesca, qui lui avait vaguement rappelé les couleurs et la facture du mystérieux tableau, mais il n'était pas plus convaincu que ça.

C'est dans une minuscule librairie de la via delle Terme, à côté de la place de la République, que Sévère découvrit un vieux livre des années 70, représentant des tas d'anciens manuscrits un peu ésotériques, tendance psychédélique. Sur l'un d'eux figuraient des signes, une sorte d'écriture qui ressemblait comme deux gouttes d'eau à ce qu'il avait vu sur le ruban. Il acheta le livre et décida de retourner à son hôtel, car, après huit heures de marche, il était passé directement de la pleine forme à l'épuisement le plus total.

En sortant de la librairie, une énorme Jaguar bleu nuit s'arrêta à côté de lui.

– Monsieur Plemon! Venez! Montez, on vous accompagne!

C'était Antonia.

Au « Monsieur Plemon » qu'elle avait employé, Sévère comprit tout de suite que le conducteur ne pouvait être que son prince Foldingue. Il monta à l'arrière de la Jaguar. Les sièges en cuir sentaient le cigare cubain. Sûrement *Romeo y Julietta* ou *Montechristo*. À ce moment, Sévère se dit qu'il avait connu des minutes plus agréables dans sa vie, et aurait bien donné un milliard et demi de kopecks, ou quinze dollars, pour être plutôt sous sa douche à l'hôtel...

– Madame, quel plaisir!

C'était niais, crispé, et sentait le faux à plein nez, mais c'est tout ce que Sévère trouva à dire.

– Je vous présente mon ami, le prince di Spazzi. Comment se passe votre séjour à Florence? Pouvons-nous vous déposer quelque part?

Durant le trajet qui les ramenait à l'hôtel, Antonia raconta qu'ils avaient continué à décaper la peinture au musée, que ça ressemblait de plus en plus à du Botticelli, que c'était fabuleux. Les images au scanner avaient montré qu'il s'agissait d'un portrait de femme, et que le ruban semblait entourer tout son corps en de gracieuses volutes. Le châssis de la toile et la texture de celle-ci étaient, sans doute possible, du XVIe siècle, mais des analyses étaient en cours.

Sévère avait furieusement envie de croquer la nuque d'Antonia et de briser celle de Stefano. Celui-ci n'avait pas décroché un mot, et ses regards dans le rétroviseur n'étaient pas franchement amicaux, voire inquiétants.

– Et votre conservateur-stagiaire, il a découvert quelque chose, lui, sur les écritures brodées sur le ruban ?

– Pas encore. Ce sont peut-être des décorations. Ça n'a pas de sens.

– Parce que, moi, je crois que j'ai une piste... dit Sévère. Il faudra que vous me fournissiez des bonnes photos du tableau le plus vite possible.

Antonia resta scotchée à son siège, la bouche ouverte si longtemps qu'un essaim de guêpes aurait eu dix fois le temps d'y faire son nid, ou un coucou d'y pondre ses œufs.

– Vous... vous avez découvert quelque chose, monsieur Plemon ?

– Je crois. Peut-être... je ne sais pas, on verra, éventuellement.

Ils laissèrent Sévère via dell'Oche, devant son hôtel. Antonia le rattrapa devant l'entrée. Son ton était déjà nettement plus chaleureux.

– Sévère... Stefano donne une petite réception demain soir au Palazzo, dans les hauteurs. Il veut que tu viennes. Moi aussi, je veux que tu sois avec moi. Je t'appelle demain... ce soir. Toi aussi, appelle-moi vite.

Elle lui écrasa une main entre les deux siennes avant de s'en retourner dans la voiture du fumeur de Havane.

* * *

Le petit réceptionniste de l'hôtel, Domenico, dans sa veste amidonnée kaki, était d'un dévouement sans limites, mais malheureusement, comprenait le français comme Sévère parlait le thaï. Celui-ci avait besoin de traduire les commentaires qui accompagnaient le manuscrit qu'il venait d'acheter, dont les écritures lui rappelaient celles du tableau. Au bout de dix minutes d'explications anglo-manuelles, il comprit que la cuisinière qui, elle, parlait français, pourrait sûrement l'aider. Domenico lui promit de l'envoyer dans sa chambre dès qu'elle arriverait.

Sévère eut le temps de prendre sa douche tant attendue, se servant des petits savons empaquetés du lavabo, car, et pour cause, il n'avait prévu ni gel douche, ni brosse à dents, ni, ni, ni... Il adorait les petits savons d'hôtel. Il n'y avait rien de plus dépaysant pour lui que de déballer ces petits savons. En fait, il adorait les hôtels d'une manière générale, et avait une collection impressionnante de savonnettes, petits shampooings, boîtes d'allumettes, de nombre d'hôtels à travers le monde. C'était une de ses facettes romantiques. Le romantisme des hôtels. Des avions, aussi... En gros, des voyages. En pleine discussion avec sa savonnette, on frappa à sa porte.

– Signore Plemon ?

– j'arriiiive ! Deux secondes !

Il s'entoura d'une minuscule serviette de bain blanche, puis, encore trempé, ouvrit.

– Monsieur Plemon, je suis Gina. Signore Domenico m'a dit...

– Viens, entre !

– Signore Plemon... je ne sais pas...

– Tu ne sais pas quoi ? Viens, j'ai besoin d'une traduction. Tu veux que je mette un smoking, pour ça ?

Sévère enfila quand même un pantalon pour la décoincer, puis au coin du lit, elle commença la traduction.

Le manuscrit Voynich.

C'était un codex acheté par le roi Rodolphe II de Bohème, en 1586. Apparemment, il était conservé à l'université de Yale, aux États-Unis. Personne ne savait encore s'il traitait de médecine, ou de botanique, car la langue dans laquelle il était écrit était tout simplement incompréhensible, non répertoriée. Deux cent cinquante pages écrites dans une langue inconnue. Le nom du manuscrit venait de l'antiquaire Wilfrid Voynich, qui l'avait redécouvert, Villa Mandragone, près de Rome, au début du XXᵉ siècle. 1912, exactement. Puis, en 1969, il fut rapporté aux États-Unis par un certain Kraus, antiquaire new-yorkais, et offert par lui à la *Beinecke Rare Book and Manuscript Library of Yale.*

Gina lui traduisit encore des pages et des pages de choses passionnantes.

Maintenant, Sévère en était sûr. Ces écritures étaient bien celles qu'il avait vues sur le tableau, à la Galleria dell'Accademia.

– Gina, je voudrais que tu restes à mon service. J'ai besoin de toi demain. Ça, c'est un livre de 1970. J'ai besoin que tu m'aides à trouver tout ce qui a été dit sur ce manuscrit, depuis vingt-cinq ans. Tu es libre demain ?

– Je commence à dix-neuf heures...

– Bon, alors, je t'engage demain toute la journée. Je te paye tout ce que tu veux. Ça te va ?

– Oui, mais... mon mari...

– Frappe à ma porte demain matin à huit heures. Et maintenant, apporte-moi une énorme bouteille de vodka polonaise, des tortellinis à la crème, et une San Pellegrino. Je compte sur toi, pour demain...

– Bien, Signore...

34

– Appelle-moi Sévère. Et n'aie pas peur de moi, je suis déjà fou amoureux d'une autre Italienne.

Gina quitta la chambre avec moult courbettes, revint quinze minutes plus tard avec la précieuse commande.

Après trois verres de vodka poivrée, Sévère décida de rappeler Antonia.

– Antonia, tu es là ? J'ai envie de te voir...

– Sévère, moi aussi. Tu étais bien dans la voiture, tout à l'heure, tu m'as étonnée... Tu étais beau. C'est vrai que tu as découvert des choses sur les écritures ?

– Plein de choses ! Je tiens mon rôle, tu vois... Tu es avec Stefano, en ce moment ?

– Oui. Il parle avec des Américains, pour les affaires. Il s'en va après la fête de demain soir... Tu viens demain ?

– Je n'attends que ça. Tu ne peux pas venir me voir, ce soir, à l'hôtel, ma toute belle ?

– Je ne peux pas, non. J'aimerais... mais tu sais comment il est, il veut me présenter à ses amis, et puis il n'est pas là souvent, il a besoin de moi. Tu comprends ?

– Si tu fais l'amour avec lui, ce soir, je t'arrache la tête !

– Je penserai à toi, petit Français... Tu le sais !

* * *

Gina réveilla Sévère, comme de juste, à huit heures du matin.

Elle n'était pas très belle, les cheveux trop longs pour sa petite taille, tendance grassouillette, mais avait fait un effort pour s'habiller « sport », sachant qu'une grosse journée l'attendait.

Sévère avait quatre messages sur son portable. Deux venaient d'Antonia qui pensait à lui, et deux autres de France. Son patron le remerciait, car la campagne de publicité sur les voitures avait été vendue telle quelle, et il lui offrait un mois de vacances.

Affaire réglée. La journée ne commençait pas mal.

– Gina, je suis à toi ! On va déjà prendre dehors un petit déjeuner italien, si ça existe, et après, on a la journée pour trouver des renseignements sur ce fameux manuscrit Voynich, parce que j'en ai besoin pour ce soir. À propos, Gina, tu sais, toi, pourquoi une fourmi ne meurt pas, quand elle tombe d'une table ?

–???

– Laisse tomber, Gina. Viens, on y va. Il faut déjà trouver un endroit où il y a Internet, pour recouper tout ce qui concerne ce manuscrit, mais aussi si l'auteur de ce livre de 1970 est toujours vivant, et si on peut le contacter au plus vite... Il y a Internet à la réception ?

– Non, monsieur Sévère, mais il y a un fax, si vous voulez !

Sévère se demanda si elle était bête ou simplement bébête, mais elle était quand même précieuse pour les traductions.

Après avoir petit-déjeuné de traditionnels pains croûtés, de tomates vertes et d'excellent Provolone napolitain, le tout légèrement parfumé d'une huile d'olive de Sicile, Gina l'emmena aux abords de la gare centrale Santa Maria Novella, où l'Office de Tourisme proposait des services Internet.

Ils trouvèrent plusieurs choses concernant le manuscrit, mais rien de vraiment nouveau par rapport à ce qu'ils avaient lu dans le livre. Plusieurs interprétations fumeuses à connotation sexuelle ou concernant la fin du monde, comme toujours sur Internet, écrites par des gens qui veulent croire absolument à quelque chose plutôt que de chercher à comprendre les faits. Rien de vraiment sérieux n'avait été écrit sur ce codex Voynich, par de vrais chercheurs ou linguistes, depuis vingt-cinq ans. À croire que les gourous de tous poils s'emparaient avidement de ce que la science n'était pas à même d'expliquer, comme des mérous à l'affût.

L'auteur du livre était décédé du tétanos le 10 mai 1981, tandis qu'il taillait ses rosiers...

En fin de matinée, ils découvrirent pourtant dans des rapports scientifiques émanant de plusieurs revues très sérieuses que plusieurs historiens et cryptanalistes s'étaient penchés sur le sujet, ainsi que la National Security Agency américaine, la NSA, sans trouver le moindre lien entre les écritures du manuscrit avec une langue connue, de près ou de loin. Le style des illustrations du manuscrit était européen, et son âge quadri centenaire : des personnages, des plantes aujourd'hui inconnues, des planches rappelant les traités d'astrologie de l'époque parcouraient les pages du codex. Certains chercheurs des plus sérieux avaient même évoqué l'hypothèse que le manuscrit était un grimoire de magie calligraphié par un illuminé (ou enluminé par un calligraphe..), ce qui est une bonne solution pour se débarrasser d'un sujet qu'on ne maîtrise pas, et passer à autre chose.

Un chercheur allemand, Rene Zandbergen, de l'Agence Spatiale Européenne, passionné par le manuscrit, semblait le plus à même de faire la part du vrai et des élucubrations dans tout ce fatras.

Sur le site Internet de l'Agence Européenne, il semblait falloir être un hacker de haut vol ou, à défaut, un polytechnicien major de sa promotion, pour accéder à des renseignements concernant les personnes qui y travaillaient. Sévère nota quand même quelques numéros de téléphone et sortit sur imprimante quelques pages du manuscrit.

Comme il commençait à avoir les pupilles carrées à force de regarder l'ordinateur, il décida d'appeler Antonia.

– Antonia ?

– Sévère... j'ai travaillé pour toi ! J'ai envoyé les photos du tableau à ton hôtel ! Elles doivent être arrivées. On a surtout cadré sur les écritures... Qu'est-ce que tu as fait hier soir ?

– Rien. J'ai essayé de ne pas penser à toi en finissant une excellente vodka rouge poivrée... mais c'était assez incompatible ! Là, je suis avec Gina, la cuisinière de l'hôtel, pour qu'elle m'aide sur Internet.

– Elle est jolie ?

– C'est pas le mot juste. Quoique, en fin de soirée, dans le noir...

– Tu me fais rire ! Tu es trop mignon ! Tu sais, je suis tout excitée que tu viennes à la soirée ! Je ne sais pas du tout ce que Stefano pense de toi. Il ne m'a rien dit et surtout, je ne sais pas pourquoi il a tellement insisté pour que tu sois là. Je te donne l'adresse. Tu notes ?

– ...C'est noté. Vingt et une heures... Et Andolfini, le conservateur-stagiaire, il sera là ? J'amène mes découvertes ou pas ?

– Bien sûr ! Ils seront tous là ! Andolfini, les mécènes américains d'hier soir, pour le musée. Des experts du ministère de la Culture pour la protection des œuvres, aussi... Les amis de Stefano et sa maman. C'est elle qui dirige la famille di Spazzi...

– En français, on appelle ça « tomber dans la gueule du loup » quand même, non ?

– Ça t'inquiète ?

– Au contraire ! Tu penses bien que le rêve de toute ma vie, c'était bien d'être pris au piège dans l'antre d'un prince paranormal, tout en étant amoureux de sa « femme », et questionné sur un faux boulot que je n'ai pas, par des experts internationaux dont je ne parle pas la langue !

– Tu es trop fort, allez... je t'attends.

* * *

Durant toute l'après-midi, après que Gina eut ingurgité environ les deux tiers de ce que l'Unicef parachutait par an sur les villages éthiopiens, soit trois sandwichs, Sévère l'emmena dans diverses bibliothèques, dont celle du Palazzo Pitti, non loin du Ponte Vecchio, car c'était la seule qu'il n'avait pas encore visitée. L'endroit était magnifique et évoquait inévitablement le centre du monde civilisé, mais ils n'y trouvèrent rien de nouveau concernant le codex Voynich, ou rappelant le tableau. Ils remontèrent la Via de Guicciardini. Sévère s'y acheta un costume noir pour la soirée, tandis qu'il laissa Gina sur les rives de l'Arno, qu'elle n'avait pas vues depuis des années, bien que Florentine. Mais le trajet entre son petit studio et l'hôtel où elle travaillait ne passait pas par là.

En rentrant à l'hôtel, Domenico tendit à Sévère une enveloppe qui contenait les photos du tableau qu'Antonia lui avait envoyées. Sévère lui tapota la tête en guise de flatterie, car il savait qu'il y avait deux sortes de gens avec qui il fallait être au mieux dans la vie, quoi qu'il arrive: les réceptionnistes d'hôtels et ses voisins... et son banquier... et les impôts... et son conjoint. Bon, en gros, ça fait cinq sortes de gens avec qui il est primordial d'être au mieux dans la vie... Bref!...

Une fois dans sa chambre, il compara les photos avec les pages du manuscrit qu'il avait sorties dans la matinée sur Internet. Un beau travail de décapage sur le tableau avait été fait, et on découvrait maintenant un galbe de joue, un début de bouche, le cou, une amorce d'épaule, et une bonne partie de ruban. Les écritures qui étaient peintes dessus étaient bien les mêmes que celles du manuscrit Voynich.

V
Drôle d'air, cette flûte

La résidence des di Spazzi se situait au sud-est de Florence, vialle Michelangelo, jouxtant les jardins de l'église San Miniato al Monte.

On pouvait difficilement trouver plus prestigieux à l'ouest de l'Oural. Pour accompagner son nouveau costume noir, Sévère avait opté pour une chemise ivoire et une cravate bordeaux clair. Il s'était quand même acheté au dernier moment une paire de chaussures italiennes noires à lacets, pour remplacer ses mules, et surtout pour qu'on ne lui pose pas de questions dont il ne comprendrait pas le sens. Un peu aussi pour passer le plus inaperçu possible.

C'était un palais typiquement toscan, couleur terre de Sienne, dont le léger décrépissement ne faisait que renforcer la puissance historique de l'endroit. Après avoir traversé une allée qui n'en finissait pas, bordée de sculptures d'hommes qui semblaient dire « prends garde à toi », Sévère fut accueilli par un minuscule bonhomme à gants blancs qui lui fit traverser un premier salon meublé et doré à souhait, puis un deuxième, et un troisième. En entendant les violoncelles d'une *Suite* de Bach et des rires de convivialité, Sévère se dit que le quatrième salon allait être le bon.

C'était le cas. Il y avait bien deux cents personnes dans la pièce, mais encore la place d'y mettre les Champs-Élysées et un bout de la place de la Concorde, sans que cela ne gêne personne. Sévère chercha Antonia du bout des yeux, ne la trouva pas, et se dirigea donc directement vers le buffet au fond de la pièce, où la majorité des convives était agglutinée, telle une termitière affamée.

Sous un immense paon composé de différentes charcuteries italiennes, Sévère réussit à attraper une coupe de Champagne.

Il s'était toujours demandé à quoi rimait cette forme de verre : les coupes. Exclusivement réservées au Champagne et aux cocktails douteux. C'était pourtant la forme de verre la plus inconfortable et la moins fonctionnelle qui soit. Quand on était debout, le moindre faux mouvement, ou la moindre personne qui vous frôlait imperceptiblement, faisait que les trois quarts du précieux breuvage se répandaient sur le sol. Le Champagne était pourtant un vin qui se buvait souvent debout, dans les réceptions ! Les flûtes non plus, il n'aimait pas. Ces verres tout fins créés pour des gens qui avaient de tout petits doigts, et surtout de très petits placards. Il est vrai qu'une douzaine de flûtes, dans un vaisselier, ça ne prend pas beaucoup de place. La tradition voulait que les flûtes gardent les bulles de Champagne plus longtemps. Mais qui gardait une coupe ou une flûte de Champagne dans les mains assez longtemps pour que les bulles s'évaporent totalement ? Jusqu'à ce que le Champagne soit chaud ? Et en admettant que les flûtes conservent les bulles, à quoi correspondaient les coupes, qui avaient une forme diamétralement opposée ?

Sévère se promit d'y réfléchir. Au plus vite.

Il opta donc pour le juste milieu, saisit un verre à vin « normal », y déversa deux coupes, et continua son inspection des lieux.

Antonia était enfin là. Il la sentit avant de la voir. Elle était magnifique, dans une longue robe noire, et Sévère se demanda s'il allait longtemps garder son flegme, dans cette soirée, et ne pas lui sauter dessus comme une bête, au milieu du salon. Ça aurait fait un peu désordre, mais quel plaisir ! Malheureusement, elle était flanquée de son Stefano, et de deux autres hommes, qui, à en juger par leurs cravates rose fuchsia, devaient être américains.

– Monsieur Plemon ! lança Antonia, enjouée et rayonnante. Vous connaissez le prince di Spazzi. Je vous présente monsieur Beck et monsieur Henmann, nos amis américains.

Sévère salua Antonia, Stefano, puis d'abord le plus âgé des deux Américains, et enfin l'autre. Celui-ci, le moins rougeaud des deux, décida qu'il était opportun de prendre la parole.

– Monsieur, j'ai beaucoup entendu parler de vous. Nous nous réjouissons de votre présence à Florence ! Il paraît que vous avez de fortes intéressantes choses à nous démontrer ? Nous attendons avec impatience que vous nous communiquiez votre savoir, monsieur Plemon !

– Mon savoir, mon savoir... C'est un bien grand mot, monsieur Beck ! Vous êtes un grand flatteur !

Sévère sentit une petite goutte de sueur lui couler le long de la tempe : ou Antonia l'avait survendu, ou alors les paroles de l'Américain étaient un gros brin ironiques. Toujours est-il qu'il se surprit à comprendre l'anglais parfaitement académique que parlait l'homme de fuchsia cravaté. Stefano prit à son tour la parole. C'était la première fois que Sévère entendait sa voix.

— Messieurs, je vous propose de passer au petit salon. Nous avons des choses à nous dire entre hommes... Antonia, occupe-toi de nos invités pendant ce temps !

Cette fois, la goutte de sueur sur la tempe de Sévère avait d'un coup atteint son col de chemise.

Stefano di Spazzi était un homme impalpable. La cinquantaine bien portée, le cheveu ondulé à la Richard Gere, le sourire « piano » mais naturel, comme souvent les Italiens. Même sa chemise bleue sans veste, parfaitement coupée, semblait dire aux autres invités, de noir et blanc vêtus : « JE suis chez moi, JE fais ce que je veux »... Et puis le cigare de qualité, la corpulence, la démarche : ce qu'on appelle une « dégaine ». Dégaine d'autant plus impressionnante qu'on est multimillionnaire. Et qu'on est chez soi.

Le petit salon où Stefano les emmena ressemblait étrangement à un pub anglais, un soir pluvieux d'automne. Il dénotait totalement avec les autres pièces de la résidence, et n'était peuplé que d'hommes. Ils s'assirent tous les quatre autour de la cheminée, dans de grands fauteuils club. Endroit qui semblait exclusivement réservé à Stefano et ses invités de marque.

— Vous non plus, vous n'aimez pas les coupes ! dit Stefano en regardant le verre à pied ras-bordé de Sévère. Moi, je bois le Champagne dans un verre à cognac. Ça nous fait déjà un point commun, monsieur Plemon !... Racontez-nous donc votre histoire !

Sévère savait qu'il jouait un peu sa vie, à cet instant. Il était quand même rassuré par le fait que toute cette histoire serait finie s'il décidait de reprendre un TGV dès le lendemain pour Paris. Il décida néanmoins de pousser le jeu à fond, pour tâter le terrain, et surtout avec Antonia en toile de fond.

– Vous savez, signore di Spazzi, je suis surtout un amoureux de la peinture, et de votre beau pays. La Galleria dell'Accademia, par le biais de votre femme, a fait une fantastique découverte, avec le tableau dont nous parlons. j'ai la chance d'être passionné de manuscrits dont le sens n'est pas encore élucidé de nos jours. Je crois que c'est pour cette raison que La Galleria m'a contacté. Que pensez-vous du manuscrit Voynich ?

Le plus vieux des deux Américains, Henmann, prit enfin la parole. Son accent new-yorkais, embué d'un triple menton sans fond rempli de whisky, tel un pélican éthylique, était déjà beaucoup plus difficile à décrypter.

– Nous parlons de la même chose, doctor Plemon. Nous sommes en relation en ce moment avec Herr Zandbergen, de l'Agence Spatiale Européenne... Cependant, il semblerait que ce manuscrit, d'après certains chercheurs, soit... comment dire... une vaste supercherie. Un « faux » d'époque, en quelque sorte. Qu'en pensez-vous ?

Sévère avait heureusement encore dans la tête tout ce qu'il avait lu le matin même sur Internet.

– Un faux, oui, peut-être. C'est ce qu'on pensait quand il n'y avait que ce manuscrit pour nous transmettre cette calligraphie inconnue. Vous savez, les scientifiques ne sont jamais convaincus par une seule preuve. Avec deux, ils sont confiants, et avec trois, persuadés. Pour l'instant, j'ai de bonnes raisons de penser que nous en sommes au deuxième niveau. Je vais vous montrer les photos du tableau, ainsi que quelques pages du manuscrit que j'ai récupérées sur Internet... Vous voyez que les écritures, les signes, sont les mêmes, même si la calligraphie est différente... Alors si le manuscrit Voynich est un « faux » d'époque, écrit par un illuminé, ou simplement par un artiste motivé par l'argent, pouvez-vous me dire ce que ces mêmes écritures font sur ce tableau, peint certainement par un grand maître, et non pas par un simple faussaire ?

Mais ça, vous le savez déjà, Mister Henmann : vous venez de me dire que vous étiez en relation avec Herr Zandbergen, de l'Agence Spatiale ! En fait, vous savez tout ce qu'il y a à savoir, et vous me demandez mon avis. Pouvez-vous me dire pourquoi, Mister Henmann ?...

L'atmosphère s'était subitement alourdie, et la moitié des cigares de la pièce eut le temps de partir doucement en fumée durant le silence qui suivit. Le trac de Sévère était lui aussi parti en fumée, car il s'était assuré une certaine crédibilité. Le tout en anglais, alors qu'habituellement il ne le comprenait et ne le parlait qu'à partir de quatre ou cinq heures du matin, quand les conversations n'ont en général plus aucun intérêt, et qu'on peut dire ce qu'on veut sans que personne n'en soit offusqué... Entre parenthèses, sa grand-mère lui avait toujours dit : « Tout ce qui se dit après minuit ne fait pas avancer une carrière, petit Sévère ! » Là, il était vingt-trois heures, et sa « carrière », ou plutôt son avenir proche, il le jouait aux dés.

– Monsieur Plemon ! dit enfin Stefano di Spazzi en remplissant les verres et coupes de Krug brut, nous ne savions pas exactement d'où vous veniez. Le monde des experts est un petit monde, vous savez ! Mais vous êtes arrivé en trois jours aux mêmes conclusions que messieurs Beck et Henmann, éminents spécialistes en peinture et en linguistique... Moi-même, je n'y connais pas grand-chose. Je ne suis qu'un homme d'affaires, mais je me dois de protéger l'entourage d'antonia. Toutes ces découvertes sont d'une importance extrême, vous en conviendrez.

L'entourage d'Antonia ! Tu parles ! Il ne met même pas de A majuscule à Antonia, pensa Sévère.

Le ventre de Henmann s'était bizarrement détendu, était repassé au-dessus de sa petite ceinture qui ressemblait sur lui à un instrument de torture sadomasochiste, et son sourire avait rejoint ses immenses oreilles écarlates.

Beck, lui, était moins expressif; mais il semblait que l'ambiance s'était quand même détendue, elle aussi.

– Messieurs, conclut Stefano. je vous propose que vous continuiez cette conversation demain! Moi je ne serai pas là. Je dois retourner à Milan et à Bonn, dès ce soir. Allons donc nous restaurer.

John J. Henmann, précédé de son indomptable bedaine, accompagna Sévère au buffet, tandis que Beck et Stefano restèrent un instant dans le petit salon à discuter. Sévère savait que ce Henmann, de par sa personnalité, pouvait être un allié précieux.

Ils discutèrent donc longuement de la carrière de celui-ci, de son beau pays outre-Atlantique, de sa femme, de l'endroit où elle pouvait être depuis qu'elle l'avait quitté, avec qui, de l'opportunité ou non de mettre une pochette assortie à la cravate, de la qualité croissante des vins californiens, de l'assurance des Américains d'être le fer de lance de la liberté mondiale alors qu'à l'âge de nos arrière-grands-mères, ils génocidaient l'Indien comme le bison, et qu'il y a cinquante ans leurs bus étaient encore divisés entre Black-way et White-way, de leur formidable production cinématographique, qui, depuis les frères Lumière, avait élevé à elle seule le grand écran au rang de « 7e Art », de comment éviter les taches sur les chemises en mangeant quand on avait un ventre qui vous cachait vos pieds, de pourquoi les fonctionnaires de la CIA étaient si peu payés, ce qui en faisait un vivier d'espions potentiels, de pourquoi une fourmi ne mourait pas quand elle tombait d'une table alors qu'un humain se cassait la hanche en loupant une marche, et puis re- de Buffalo-Bill qui eût été guillotiné en France en même temps que Landru, alors qu'il était élevé au rang de héros national dans le Mid-West, de la statue de la Liberté qui était française, de la guerre, des bombes « intelligentes » qui n'ont de rapport avec l'intelligence que le deuxième mot de Centrale Intelligence Agency...

John Henmann était ravi.

Ils se promirent de se rappeler le lendemain, et après avoir reçu une tapette amicale dans le dos qui eût coupé en deux un prépubère, Sévère partit en quête d'Antonia, car il avait une ou deux questions à lui poser. Il la retrouva sur le belvédère, après s'être assuré que Stefano était toujours dans le petit salon.

– Antonia... j'ai vécu des moments pharaoniques, mais avec la pyramide pointée vers le bas... Dans quoi tu m'emmènes ?

Antonia était accoudée à la rambarde, et Sévère lui raconta l'entretien en lui passant un revers d'index du bas des reins jusqu'à la nuque, sur son joli dos bronzé.

– Tu t'en es bien sorti, apparemment, petit Français, sinon tu ne serais plus là...

– Mes « découvertes » ! Ils étaient tous déjà au courant. Cette soirée, c'était un test. Juste pour savoir ce que je valais... Et ton Stefano, il va nous laisser ensemble, ce soir, demain ?

– J'ai envie de ça...

– Tu joues avec le feu, Antonia ! Lui aussi, et moi aussi ! Alors moi, je te propose un truc : pourquoi tu n'es pas mariée avec ce mec ?

– La Mama ! Sa maman ! Elle contrôle tout, dans cette famille ! Elle ne veut pas. Moi non plus, d'ailleurs. Tout est simple, tu vois... je t'ai rencontré, et les choses changent...

– S'il te largue, tu n'as plus rien ? Tout ça, les palais, l'argent...

– Non, mais...

– Si tu l'épouses, tu as tout ?

– Oui, mais la Mama...

– Présente-moi à la Mama, dès qu'il sera parti. Je m'en occupe.

* * *

La soirée était belle, chaude. De ces soirées qui donnent envie d'avoir envie de partager, d'aimer d'amour inconditionnel, pour un bref instant, l'humanité entière, et Elle en particulier... Sévère avait envie de prendre le dos d'Antonia à pleines mains. Elle était consentante, amoureuse. Ses cheveux brun-blond s'étaient enfin transformés, par l'opération du Saint-coiffeur, en un châtain clair brillant plus civilisé.

– Il dégage quand, ton Stefano ?
– Il dégage ! Je l'accompagne à l'aéroport dans une demi-heure. En revenant, je te présenterai à C-Di !
– C-Di ? C'est qui ? demanda Sévère, alors qu'il avait déjà la main sur la cuisse d'Antonia, en pensant bêtement que personne ne le voyait.
– C-Di. Carolina di Spazzi ! LA Mama. LA di Spazzi ! Après, je suis à toi. Tu pourras rester ici... il y a trente-cinq chambres...
– Ça tombe bien, parce que je n'ai plus vraiment beaucoup de voitures... À propos... si je n'avais rien appris par moi-même, sur le tableau et les écritures, je passais pour un charlatan ! Je finissais au fond du fleuve avec un bloc de béton aux pieds ?
– Il n'y a pas de béton, ici. Que des pierres de taille...
– Tu es trop mignonne quand tu dis ça, avec ton accent. On ne peut même pas se fâcher.
– Sévère, je te promets, Stefano, Beck, Henmann, ne m'ont rien dit, sinon je t'aurais aidé ! Moi, je me contente de faire de la restauration. Crois-moi ! Et puis j'avais très confiance en toi. Tu sais, moi aussi, je jouais gros là-

dessus ! Maintenant, tu as un pied dans la maison. C'est ce qui compte, non ?

– Un pied dans la maison, oui... ou dans la tombe ! Et Andolfini, le conservateur, il n'est pas là, ce soir ?

– Normalement, si. Mais c'est juste un pion.

– ...Allez, Antonia, va accompagner Stefano à son jet, je t'attends.

– Dernière chose, Sévère, méfie-toi de Beck.

– J'avais compris.

* * *

Sévère se retrouva pratiquement seul sur le belvédère. On voyait toutes les lumières de Florence, jusqu'à l'horizon, le pont San Niccolo sur l'Arno, la grande masse sombre des jardins Giramonte... Le ciel semblait aussi grand qu'à Los Angeles (Normal, c'est le même, bêta de poète !).

Il se dit que c'était le moment idéal pour allumer sa quinzième cigarette de la soirée. Alors comme ça, l'invisible Andolfini était un pion, Beck était à la solde des di Spazzi... Henmann semblait plus abordable, mais Sévère ne savait toujours pas quoi penser de Stefano. Celui-ci était assez intelligent pour très bien savoir qu'en la personne de Sévère sous son toit, il laissait un loup dans la bergerie : un gros loupiot bien amoureux de sa copine Antonia. Il ne pouvait pas ne pas le savoir... Alors quoi ?... Et puis LA Mama, Carolina di Spazzi ? Sévère venait de dire qu'il « s'en occupait » pour une prise de contact, à Antonia. Heureusement qu'il ne l'avait pas fait dans la foulée : un moment de réflexion s'imposait, un peu, quand même... au moins dix minutes !

Sévère aimait toujours imaginer ce qui pouvait être le mieux pour lui. La meilleure situation possible, quitte à n'en obtenir que le dixième par la suite. Ça ne coûte rien de penser. Le mieux serait évidemment d'avoir Antonia, mais sans le Stefano. Trop dangereux. Avoir aussi quelques millions des di Spazzi, mais sans la Mama. Trop super dangereuse.

La première étape était déjà qu'Antonia soit réciproquement folle de Sévère. Ça, c'était fait depuis des siècles, et avec plaisir. La deuxième étape, convaincre la Mama que son fiston épouse Antonia. Compliqué pour un petit Parisien, mais il faut bien rêver. Troisième étape, faire divorcer Stefano d'Antonia, qu'il soit en tort, qu'Antonia récupère une partie du patrimoine, et, enfin, que Sévère la récupère, Elle. Le seul problème, c'est que, pour le moment, Sévère n'était que tout juste toléré dans la maison... Il fallait absolument qu'il joue son rôle d'expert à la perfection, le plus longtemps possible, ne serait-ce que pour continuer à voir Antonia...

Si on avait entendu ce qu'il pensait, Sévère se serait retrouvé haché fin dans la sauce bolognaise !

Sa mauvaise conscience parla à Sévère pour la première fois.

« – Tu n'as pas honte de penser à des choses pareilles ?

– Pourquoi ? Il n'y a pas de mal, les di Spazzi sont des ordures et il n'y a qu'Antonia de bien dans le lot, il faut bien que je la sauve !

– Tu parles d'un sauveur ! Ce que je voulais te dire Sévère, c'est que tout ça va prendre du temps.

– Dis-moi, ça fait longtemps que je n'ai pas eu de nouvelles de mon autre conscience...

– Tu l'as congédiée il y a une bonne vingtaine d'années, tu ne t'en souviens pas ? Tu deviens un peu fou.

– Génial ! Je vais donc pouvoir faire ce que je veux sans être responsable de mes actes. Tu trouves toujours les mots justes, je t'adore. Et maintenant laisse-moi, je n'aime pas parler tout seul en société. »

* * *

Antonia était revenue une heure après qu'elle eut quitté Sévère.

– Tonia! Tu es là... Tu voulais me présenter la Carolina, la Mama... Je n'ai pas trop envie, ce soir... On verra la Mama demain. Je suis fatigué...

– Viens, Severio... je vais te montrer les rives de l'Arno. Tu connais le fleuve?

– Oui et non, je suis parisien...

Autant dire qu'elle n'arriva jamais jusqu'au fleuve.

Au troisième cyprès après la porte d'entrée, Sévère lui prit le cou, l'embrassa, la coucha sur le sol. Ils firent l'amour longuement, encore et encore, enfin... Sévère n'avait jamais espéré mieux, dans sa vie, que ce moment-là.

Quel peut être plaisir plus grand que de faire l'amour à une femme que l'on désire profondément?...

Découvrir le sens de la vie? rencontrer Bouddha, Jésus, ou Mohamed VI personnellement? Gagner cent milliards au loto? Peut-être. Mais ça arrive moins souvent.

– Sévère, tu m'as dit, tout à l'heure, que tu voulais que je me marie avec Stefano, c'est ça?

– Regarde le ciel, Antonia. Tu as vu, ces étoiles? Tu crois aux extraterrestres?

– TU es un extraterrestre.

– Je ne sais pas dans quel sens tu veux dire ça, mais c'est gentil. Tu te rends compte que la terre fait partie d'une galaxie qui comporte des centaines de milliards d'étoiles comme le soleil! Que cette petite voie lactée est groupée à l'amas de la Vierge qui comprend des milliers de galaxies! Que ça fait des centaines de milliers de milliards d'étoiles, juste dans ce tout petit coin d'univers ! Que l'univers est « plus ou moins » infini, et qu'il y a encore des gros cons d'intégristes religieux ou autres nombrilistes d'humains pour refuser le fait que la vie existe ailleurs ! Je vais même aller plus loin : c'est mathématiquement obligatoire que la vie existe ailleurs, quand on parle d'infini !

– Tu disais « plus ou moins infini », ça ne veut rien dire, petit Français.

– Oh que si ! C'est comme les nombres : les nombres pairs : 2, 4, 6, 8... Ils sont infinis. Les nombres impairs aussi : 1, 3, 5, 7... Mais c'est des « petits » infinis. Par contre, les nombres pairs PLUS les nombres impairs, ça, c'est un « grand » infini. C'est tout le paradoxe de l'expansion de l'univers : l'univers toujours en expansion, mais toujours *autant* infini ! Imagine...

– Tu me saoules, Sévère. Refais-moi l'amour...

Ce fut fait.

– Ce que je voulais te dire par là, Tonia, c'est que oui, il faudrait que tu te maries avec ton Stefano. Mais que ce n'est pas si important que ça, dans l'immensité de l'univers. C'est juste pour ton bien. Que tu ne te retrouves pas à la rue, si un jour, il décide qu'il n'a plus besoin de toi. Il faut re-la-ti-vi-ser, tu comprends ?

– Je pourrais partir avec toi, aussi...

– C'est le but, à terme. De toute manière, je ne te lâche plus. À vie.

Ils restèrent un moment allongés ensemble, entre un cyprès et une statue de discobole d'un goût douteux, ou peut-être très belle, mais c'était le dernier des soucis de Sévère à l'instant présent.

Antonia était intelligente. Elle réfléchissait vite et bien. Elle pensait à sa peau, à son avenir, à sa fille, à son bonheur.

– Sévère, je ferai ce que tu penses. Je te l'ai dit, j'ai confiance en toi... et puis je crois que je suis folle de toi. Il te restera à convaincre la Mama. Viens, on rentre. Je dois m'occuper des invités.

Ils ne se lâchèrent la main qu'au milieu du grand salon. S'ils pensaient être discrets, c'était fichu. Sévère retrouva Henmann, en pleine lutte avec une assiette de saumon, tandis qu'Antonia passait d'invité en invité. Elle était belle, joyeuse. Elle semblait prendre la moitié de la pièce à elle toute seule.

– John ! Mon gros Henmann ! Tu as vu ton copain Beck ? C'est quoi son prénom, déjà ?

– Bill. Il est dans le petit salon ! Justement, Sévère, il te cherchait.

– Bill Beck me cherche ? Pourquoi ?

– Je crois qu'il veut revoir tes fiches sur le manuscrit Voynich.

– Bon, je vais le voir. En attendant, ne perds pas la main ! Tu es en train de réguler la population de saumons norvégiens à toi tout seul ! Je reviens.

Si Sévère n'avait pas envie d'une chose, sur cette terre, c'était bien de revoir Beck ce soir. Il n'avait plus la tête à ça. Après avoir pris une bouteille de Taittinger rosé sur la table, il le retrouva pourtant dans le petit salon.

– Bill, vous vouliez me voir ?

– Monsieur Plemon, vous avez peut-être bluffé Stefano di Spazzi, mais pas moi.

– Une coupe, Bill ?

– Merci, oui.

– Vous attaquez fort, Bill Beck ! Je n'ai même pas eu le temps de m'asseoir, avant vos accusations.

– Je n'ai rien contre vous, monsieur Plemon. Bien au contraire... Vous connaissiez l'ancien conservateur de la Galleria Dell'Accademia, le professeur Camigglieri ?

– Pas trop. Pas du tout, en fait.

– C'était un ami. Un très bon ami. Mon ami.

– Où voulez-vous en venir, Bill ? Vous êtes homosexuel ? C'est pour ça que vous me cherchiez ? Parce que moi, j'ai d'autres plans pour la soirée, je vous préviens...

– Monsieur Plemon ! Je ne parle pas de ça ! Écoutez-moi ! Vito Camigglieri, mon ami, est sûrement mort à l'heure où nous parlons.

– Je m'en fous, Bill. Venez-en au fait.

– Ce que je pense, Sévère, c'est que les di Spazzi ne sont pas étrangers à sa disparition. Pour quelle raison ? Je ne sais pas. Vous semblez bien introduit dans la famille par le biais d'Antonia, avec laquelle vous semblez en très bons termes, monsieur Plemon...

– Continuez.

– Je veux juste vous proposer mon amitié. Que vous fricotiez avec Antonia ne me regarde pas. Moi, je cherche la vérité sur la disparition de mon ami. Nous sommes du même bord, monsieur Plemon.

– Je vais vous dire deux choses, Bill. Prêcher le faux pour savoir le vrai est un piège dans lequel je ne tombe plus depuis une trentaine d'années. Je ne sais donc pas de quoi vous parlez. Et puis je n'ai pas confiance en vous. Je ne vous connais pas. Deuxièmement, votre amitié, je l'accepte volontiers. Parce que c'est mieux pour moi, et surtout pour vous. Surtout pour vous, Mister Bill Beck... Vous saisissez bien ce que je veux dire ?... Je vous laisse, Beck.

Sévère retrouva sa Tonia au salon.

– Antonia. J'ai reparlé à Beck. Un vrai con. Tu avais raison. Viens, trouve-nous une chambre. Je n'en peux plus.

– Suis-moi...

VI
Belle fin d'été,
au pays de Leone et Morricone...

Depuis trente secondes, une petite mouche avait élu domicile au bout du gros nez rouge de John Henmann, peut-être en pensant que c'était un morceau de viande faisandé. Celui-ci semblait ne pas s'en rendre compte, ou alors en avait l'habitude, comme les buffles en Afrique, et continuait à bon vivre devant son tonneau de bière et ses travers de porc.

Sévère l'avait revu le lendemain midi, tandis qu'Antonia travaillait au musée, afin d'en apprendre davantage sur le manuscrit Voynich, car il lui semblait difficile de continuer à faire cavalier seul. Il l'avait donc invité à déjeuner, et donné rendez-vous piazza dei Tigli, loin de la résidence di Spazzi et de la Galleria dell'Accademia.

– Alors, John! Ça s'est bien passé, hier soir!... Dis-moi, tu restes combien de temps à Florence?

– Tant que ce mystère ne sera pas élucidé... Ce qui est étrange, c'est que le tableau est, sans doute possible, un vrai. Tu l'as vu comme moi. Et ça nous inquiète, à Yale.

– Ça vous... inquiète?

– Oui, ça nous inquiète. Les écritures sur le ruban du tableau, entourant le portrait, sont les mêmes que celles du manuscrit: les mêmes lettres, certaines « syllabes » se ressemblent, et même certains groupes de mots. Il ne peut pas s'agir d'une coïncidence. Or, depuis que nous étudions le manuscrit, depuis que des milliers de personnes l'étudient, il semblerait que la thèse du « faux d'époque » soit pratiquement indiscutable. Mais le tableau, ça change tout.

– John! Tu veux dire que tu préférerais que le tableau n'existe pas, mettre définitivement le manuscrit dans le tiroir des supercheries, pour ne pas vous retrouver le nez dans votre grosse ignorance, et votre incapacité, depuis trente ans, à déchiffrer quoi que ce soit?

John avala un demi-cochon avant de répondre.

– C'est un peu ça!... Enfin, ce que je veux dire, c'est que les scientifiques n'aiment pas être perturbés par des découvertes qui ne vont pas dans leur sens. Ce que je veux dire, c'est que des millions d'heures et d'années de recherches sont mises à mal, et que les compteurs repartent à zéro. Ce que je veux dire aussi, c'est que les compteurs sont remis à zéro, et qu'on n'est pas plus avancés. Et ce que je veux dire enfin, c'est qu'il y a beaucoup de gens qui ont consacré leur carrière à démontrer que le manuscrit est un faux que ça dérange fortement.

– C'est dingue, ton histoire! On se croirait revenus à l'époque de Christophe Colomb!... Mais TOI, qu'est-ce que tu en penses?

– Je ne pense pas comme eux, Sévère. Et puis je pense qu'il y a peut-être une solution, pour traduire non seulement le ruban du tableau, mais bien sûr, après, le manuscrit...

– La signature du tableau... non?

John s'arrêta brusquement de manger, s'essuya machinalement la bouche avec sa cravate, mais comme elle était de couleur indéfinissable, cela ne se voyait pas trop, et il entama le long et périlleux projet de finir sa bière.

– Tu as pensé aussi à ça, Sévère ?

– Je pense juste que si la signature du tableau est écrite dans les mêmes caractères, et que, par expertise, on peut savoir qui l'a peint, on peut traduire la signature. Si on traduit la signature, on peut éventuellement traduire le ruban. Si on traduit le ruban, on traduit obligatoirement le manuscrit. Et on leur met tous leur nez dedans. Et tu as le prix Nobel en découvrant une nouvelle langue. Et tu m'offres une petite maison dans le New Jersey, mon gros !

– Ta réputation que tu n'as pas te précède, Sévère.

Henmann était, malgré son apparence, d'une fine intelligence.

Sévère l'avait tout d'abord pris pour le sous-fifre de Beck, mais il se demanda finalement si ce n'était pas l'inverse. L'Américain sembla tout de même mettre un bémol à son enthousiasme :

– Le seul problème, c'est que on ne voit pas encore de signature, au scanner, sur le tableau. La croûte de peinture à l'huile qui la recouvre est trop épaisse et irrégulière. Si la signature est écrite en italien, tout est cuit. Les écritures sur le ruban n'auront qu'une valeur décorative, malgré que la toile soit d'une grande qualité. Par contre, si elle est écrite dans les caractères inconnus, c'est la fête : on pourra sûrement la traduire, avec le nombre de lettres, l'expertise du tableau. Mais on ne le saura pas avant des jours, voire des semaines...

– Et pourquoi ils ne décapent pas d'abord les coins, en bas ? Là où est censée se trouver la signature ?

– Ils n'y ont pas pensé, tout simplement... Je vais te dire, Sévère, ne brusquons pas les choses. On a tout notre temps.

– Je suis totalement d'accord avec toi, John ! Je ne suis pas du tout pressé de retourner à Paris. Dernière chose : Bill Beck, c'est un copain à toi ?

– Bill est un commerçant. Je ne dis pas qu'il n'est pas capable. D'ailleurs on travaille ensemble depuis longtemps. Mais il cherche surtout les retombées médiatiques et pécuniaires de son travail. Tu savais qu'il était en affaires avec Stefano di Spazzi ?

* * *

Sévère avait laissé John à un taxi en sortant du restaurant. Ils s'étaient promis de se revoir dans les prochains jours. Il aimait bien ce gros bonhomme, qui était en plus non seulement un allié chez les di Spazzi, mais aussi un coéquipier de choc. Et puis lui aussi semblait se chercher un alter ego, un peu perdu dans l'équipe Beck-Stefano. Sévère avait appelé Antonia au musée, d'abord pour être rassuré sur la soirée de la veille, à savoir s'ils n'avaient pas été trop expansifs et fougueux devant tout le monde, même si ni l'un ni l'autre ne le regrettaient une seconde. Antonia lui avait assuré que non, et lui donnait rendez-vous à la propriété une heure plus tard, pour saluer, comme prévu, la Fameuse Mama. Sévère prit le temps de se louer une Fiat Punto cabriolet jaune en passant devant un *Rent a car*, car il en avait plus qu'assez de rouler en bus.

Tout fier de sa nouvelle acquisition, il arriva donc dans la résidence des di Spazzi, lunettes de soleil au vent, et, accueilli par Silvio, le maître d'hôtel maison, lui commanda un « double-gin-tonic-avec-le-tonic-à-part », avant même d'avoir éteint le moteur. Celui-ci l'invita à prendre place devant la piscine, que Sévère n'avait même pas vue la veille. Antonia ne devait, normalement, pas tarder.

Alors qu'il se faisait bronzer le dessous du cou et la plante des pieds, zones ô combien trop souvent oubliées, et qu'il se demandait pourquoi il avait tant de tonic pour si peu de gin, Sévère vit arriver une petite femme, très petite, aux cheveux très courts blanc-mauve, embouchant une cigarette très longue, très fine et très light, de celle qui, pour un vrai fumeur, permet tout juste d'atteindre le tabac le plus proche. Elle devait octogéner depuis un sacré bout de temps, mais avait une étonnante paire d'yeux bleus pleins de malice... Un cendrier dans la main droite, un téléphone portable dans l'autre, et une tunique rose à la Barbara Cartland.

– Vous êtes donc le professeur Plemon ! Je suis Carolina di Spazzi.

Sévère bondit pour lui faire le baisemain le plus courbé de sa vie.

– Signora di Spazzi ? Quel plaisir ! Je vous présente tous mes hommages, mes condescendances ! Je suis si charmé de vous voir enfin !.. Vous parlez français ?

– Oum pô... Je parle quatorze langues. Dans mon métier, c'est indispensable.

– Vous travaillez... encore ?

– Monsieur Plemon, vos sarcasmes me laissent autant de marbre que les statues qui nous entourent. Tenez-moi mon cendrier, je vous prie !

Elle semblait avoir de l'autorité, la petite ! Il s'agissait de bien mâcher ses mots et de les digérer avant de parler, de tourner sept fois sa langue dans sa bouche, et pas dans la sienne à elle...

– Professeur Plemon, vous vous plaisez dans MA ville ?

– Beaucoup, Signora ! J'adore l'Italie, en général. Je trouve votre propriété pleine de charme et d'élégance. Vous avez un goût très sûr... à part le discobole en marbre façon plâtre, ajouta-t-il doucement.

– Nous avons quelques petites choses amusantes dans cette demeure. La presque totalité des tableaux et des meubles se trouve dans mon autre propriété, à Rome, évidemment. Ici, c'est un pied-à-terre. Vous connaissez l'histoire !

– Bien sûr ! (pas du tout ! Quelle histoire ?...)

– Enfin... tout ça, c'est du travail, monsieur Plemon! Je n'ai plus la même vitalité qu'avant.

Plains-toi, pensa-t-il tout bas.

– Monsieur Plemon, Sévère, c'est cela? Vous m'êtes sympathique. Je vous ai vu hier, à la soirée de Stefano, sur les vidéos. Vous semblez aimer les gens, même si vous me portez assez peu de respect.

– Madame, je ne voulais pas, je vous assure!... Vous avez des vidéos de la soirée?

– Tout, ici, est filmé vingt-quatre heures sur vingt-quatre. Pour la sécurité, les assurances... D'où venez-vous, Sévère?

– De Paris.

– Je ne vous connais pas. Vous appréciez Antonia, non?

– C'est une relation de travail. Elle est très passionnée par ce qu'elle fait. C'est une fille bien.

– Effectivement, elle semblait passionnée par ce qu'elle faisait, hier soir, sur mes vidéos! Sévère, vous êtes peut-être la personne qu'il me faut.

* * *

Carolina di Spazzi, en dix minutes, avait « offert » Antonia à Sévère.

Elle ne la trouvait pas assez bien pour son fiston, et avait trouvé en Sévère un homme pour se débarrasser d'elle. Ça n'allait pas DU TOUT dans le sens de ce que Sévère avait prévu. Lui qui pensait convaincre cette Mama de marier Antonia et Stefano! Ça ne semblait pas facile, facile...

– Ah! Tonia! Justement, on parlait de toi! lança Sévère.

Antonia venait d'arriver dans une robe blanche qui laissait voir son petit string en contre-jour. Tout homme aurait été fou-raide-dingue. A fortiori, Sévère l'était aussi. Mais elle était de plus en plus belle, cette fille! Tout était vrai, chez elle: sa douce peau de brune, ses paroles, ses petits cheveux dans la nuque, ses jolies oreilles, ses baisers d'Italienne... Ses orgasmes aussi semblaient vrais. Et surtout sa fougue pendant l'amour. Comme si sa vie en dépendait.

En un quart de seconde et un coup d'œil, elle comprit tout ce que Sévère pensait d'elle.

– Carolina, Sévère ! Excusez-moi, je suis en retard !

– Antonia, va chercher un maillot de bain pour ton ami, que nous nous baignions !

Antonia revint quelques minutes plus tard dans un maillot deux-pièces Gucci, noir, taille basse, ceinturé aux hanches. Sévère enfila le sien, se cachant derrière le poteau du parasol, et ils se retrouvèrent tous les trois dans l'eau.

– Vous savez, mes amis, je suis vieille. Il faut que j'aille me reposer, dit la Mama après une longueur de piscine.

En gros, elle laissait Tonia et Sévère tout seuls, dans l'eau... Pas folle, la vieille guêpe !

– Tu viens ? Nage avec moi, Sévério. Tu as parlé à Carolina ?

– Oui, Tonia. Elle n'est pas facile. Elle t'a « donné » à moi, en un mot.

– J'en étais sûre. Elle me déteste ! Tout ce qu'elle veut, c'est que je disparaisse. J'en ai marre de cette femme ! Ça fait trop longtemps que ça dure. Stefano, il ne me défend pas. Il a trop peur de sa mère. C'est Elle qui tient tout, ici. Même son fric, c'est Elle qui le gère !

– Bon, restons cool. Tout ça, on le sait. Pour l'instant, on nage ensemble. Toi et moi. Avec la bénédiction de la Sainte Mama. Alors on fait la course, et le premier qui arrive à l'autre bout de la piscine fait l'amour à l'autre...

– OK, vas-y, Sévère. Pars devant, je te laisse gagner.

Tonia avait entamé une brasse coulée, élégante, mais plus que lente, pour être bien sûre d'atteindre l'autre bout de la piscine après Sévère. Elle arriva directement dans ses bras.

– Tu as gagné, Sévère...Tu dois me faire l'amour. Tu dois tenir ton pari !

— Viens là, ma belle !

Sévère prit sa Tonia, dans l'eau, son ventre contre son joli dos bronzé, après avoir baissé son maillot Gucci taille basse. Espérant, pendant les cinq premières minutes, que personne n'arrive au bord de la piscine. Durant les dix minutes d'amour qui suivirent, il se fichait franchement royalement que quiconque ne débarque.

Comme quoi la passion est plus forte que tout. Sinon l'espèce humaine aurait disparu avant même l'invention du télégraphe. Ou de la roue. Ou du silex...

* * *

— Qu'est-ce qu'on va faire, Sévère ?

— Tout va bien, Tonia. Et puis attends, laisse-moi faire. Ça ne fait qu'une semaine que je suis là. Deux secondes, tout de même...

— Oui, mais Carolina, cette vieille peau...

— Ne dis pas ça. Déjà, c'est pas gentil, et en plus on trouvera toujours un moyen de la convaincre de te prendre comme belle-fille. Toute personne a ses faiblesses, son talon d'Achille. Elle, c'est peut-être les teen-agers, ou la drogue ! Ou pire ! Va savoir !

— Tu dis n'importe quoi.

— Je sais, j'adore ça.

— ...Alors, qu'est-ce que tu veux faire ?

— Une autre course. Jusqu'à l'autre bout de la piscine. Même pari. Mais cette fois, tu pars d'abord...

Il faisait fournaisement chaud, en cette fin d'après-midi florentine.

Sévère avait raconté à Antonia, à l'ombre d'un pin parasol, son entrevue avec John Henmann, et la possibilité éventuelle de traduire le ruban du tableau à partir de la signature. Elle était étonnée et intéressée, car personne, dans son entourage, n'y avait pensé.

Il lui raconta aussi l'histoire des vidéos prises à la soirée, et que tout était filmé vingt-quatre heures sur vingt-quatre, même dans les jardins, mais Antonia ne semblait pas s'en inquiéter plus que ça, car c'était le réseau vidéo privé de Carolina, et Stefano n'y avait pas accès. Celui-ci avait d'ailleurs décidé de prolonger son séjour en Allemagne, et ne serait pas là avant trois semaines. En tout cas, Antonia, qui semblait si terrorisée par son mec le lendemain de leur rencontre, ne l'était plus du tout. Peut-être un peu d'inconscience... Ils décidèrent aussi de la marche à suivre, à partir de maintenant, pour que la Mama accepte le mariage de Tonia et Stefano. Délicat, mais tout problème a sa solution. Et puis, en riant ensemble, et en parlant TRÈS doucement, ils se dirent que si elle n'était plus là, du genre morte, tout serait beaucoup plus simple...

Elle accompagna enfin Sévère à l'intérieur de la maison, pour sortir sur une imprimante les dernières photos du tableau, au cas où il reverrait John le lendemain.

– C'est dingue, tout ça, dit-elle. Dire que je ne te connaissais même pas, il y a huit jours... Oh, c'est à toi cette voiture jaune devant l'entrée ?

– Tu parles d'une voiture ! Elle n'a même pas de toit ! C'est nul, les cabriolets, finalement. Quand il y a du soleil, il faut fermer la capote, sinon tu cuis comme un vulgaire poulet, surtout en ville, aux feux rouges. S'il pleut, il faut la fermer aussi. Si tu roules vite, sur l'autoroute, je ne raconte pas l'état de ta coiffure en arrivant. Et puis, le bruit. Tu ne t'entends même plus penser toi-même ! C'est comme si tu roulais tout nu. Le doux confort d'une voiture, ou tu te sens à l'abri du reste du monde, avec un cabriolet, tu peux faire une croix dessus ! C'est tout juste bon pour arriver devant une boîte de nuit, et encore... Tu as raison, je la change demain !

– Mais je n'ai rien dit, mon coco...

* * *

– Bon, alors, Sévère, on la noie dans la piscine, cette vieille peau ?

– Antonia ! Ça ne se dit pas, ce mot-là !

– Quel mot ?

– « On ». Tu sais très bien que « on », ça veut dire « tu ». La phrase correcte aurait été : « Bon, alors, TU la noies dans la piscine, cette vieille peau ? », bien que ce ne soit pas d'une grande élégance dans la bouche d'une jolie fille comme toi, mais admettons. Ce à quoi j'aurais répondu : « T'es drôle, toi ! », et j'aurais même ajouté pour développer cette réplique : « Je ne suis pas un mafioso comme ton copain, je n'ai pas l'habitude de ce genre de truc, moi ». Et puis en plus, ne parle pas si fort. Je n'ai confiance en rien ici... Mais en fait, tu as raison, ça ne doit pas être si compliqué que ça de la noyer.

...Eh ! Regarde ! Il y a une sorte de Chinois dans le hall d'entrée !

Un grand jeune homme, tout fin, de type asiatique, venait de faire son entrée dans la demeure. Antonia le présenta. C'était Liang, le baby-sitter de la fille d'Antonia. Il portait un costume blanc avec chapeau assorti, et une paire de chaussures bicolores, gold et blanches. On se serait cru en 1930 à Shanghai. Sévère se dit tout d'un coup qu'il n'avait jamais vu de Chinois en Italie. Des Japonais, oui, mais pas de Chinois.

La fille d'Antonia arriva aussitôt. C'était le portrait craché de sa mère, en tout petit.

– Ooooh, bonjour, toi ! Tu t'appelles comment ? demanda Sévère. Tu parles anglais ? You speak french ?

– My name is Gina.

– Gina ? C'est drôle, je connais une grosse qui s'appelle Gina ! C'est la cuisinière de mon hôtel. Je m'appelle Sévère.

Présentations faites, Sévère raccompagna Tonia et sa fille à leur appartement car, malgré les trente-cinq chambres de la propriété di Spazzi, elle préférait être tranquille chez elle. Ils s'arrêtèrent faire un double des clefs de l'appartement pour Sévère. Comme Antonia avait Internet, il voulait faire des recherches les jours suivants sur le manuscrit Voynich, tandis qu'elle travaillerait au musée, et sa fille à l'école.

* * *

Sévère passa donc la semaine qui suivit dans l'appartement de sa belle, en prenant bien soin de se faire le plus discret possible, au cas où des sbires de Stefano le surveilleraient. Antonia venait le voir tous les midis, et dès qu'elle le pouvait. Cette semaine lui fit penser au paradis, mais en mieux, car sa Tonia remplaçait favorablement et surtout sexuellement tous les anges du monde et de l'au-delà...

Il restait aussi en contact permanent avec John Henmann, qui était de plus en plus drôle et intéressant, et qui se sentait aussi bien à Florence que lui. Un vrai pote.

Sévère était vraiment amusé par ce qu'il découvrait sur le manuscrit. L'imagination humaine était sans limites. Heureusement, d'ailleurs. Le plus drôle, en 1978, était l'essai d'un philologue nommé John Stojko, qui avait comparé les signes du manuscrit avec de l'ukrainien ancien, mais sans les voyelles ! Cela donnait des phrases telles que : *« Le vide est ce pour quoi lutte l'œil du bébé Dieu »* ! Comme quoi, on se marrait bien dans les années 70 !

(Quand on voit qu'en dix ou douze ans, entre 64 et 76, en gros, on était directement arrivé de Elvis Presley à Michael Jackson, en passant par Credance Clearwater, Otis Redding, J. Hendrix, les Stones, les Doors, les Beatles,

Santana, Jo Cocker, les Pink Floyd, David Bowie... et on en passe, et des meilleurs, on se dit, qu'à l'époque, ça créait vite et bien ! Que d'entrain, que de pêche ! Quel élan ! – Fin de parenthèse).

En 1987, un médecin nommé Leo Levitov avait décidé que le manuscrit était écrit en cathare. Pourquoi pas ? Sans succès non plus. Comme quoi, on peut dire n'importe quoi et être quand même cité dans un bouquin.

Préfixes, infixes, suffixes, combinaison de syllabes... Sévère en avait plein les yeux depuis plusieurs jours. Il avait aussi découvert la « grille de Cardan », du mathématicien italien Girolamo Cardano en 1550. Une sorte de carte à trous, qui pouvait, superposée à un manuscrit, révéler des messages cachés, et donc les créer. La VRAIE prise de tête ! Cela consiste, en gros, à pouvoir écrire un texte qui semble réel, même avec des caractères inventés, par un système de grille et de tableau de syllabes. Chose qui était donc apparemment possible à l'époque. Surtout pour ce fameux faussaire, Edward Kelley, qui connaissait tout de la grille de Cardan, en arrivant à la cour de Rodolphe II dans les années 1580 avec le manuscrit, pour lui revendre six cents ducats, soit cinquante mille dollars...

C'est vrai que c'était une somme à l'époque. Une somme énorme. Mais dans ce cas, pourquoi il n'en aurait pas fait d'autres, des manuscrits comme ça, pour les revendre un peu partout, le Kelley ?...

C'est sur ces bonnes paroles qu'Antonia arriva à l'appartement en cette fin de matinée de vendredi.

– Sévère, j'ai des bonnes nouvelles pour toi !

– Quoi, tu es enceinte de moi ? Des jumeaux ?

– Tu es mignon... Non, on a fini de décaper le tableau.

– Génial, Tonia, fais voir les photos !

– Regarde la signature !

– ...Oui... les mêmes signes... c'est plutôt bon, ça. Qui d'autre les a, ces photos ?

– Mes collègues, Andolfini le conservateur, évidemment. John Henmann ne les a pas encore.

– Et Bill Beck, il les a ?

– Non plus. Je voulais te les montrer avant. Mais tu sais, il les aura dans l'après-midi.

– Il faut que j'appelle Henmann. Dis, Antonia, on sait qui a pu peindre le tableau ?

– Un Italien, forcément !

– Pourquoi, « forcément » ? En France aussi, on sait faire de belles choses. On a quand même eu Manet, Monet, et tous les impressionnistes, pendant que vous n'aviez rien, vous, les Italiens !

– Mais nous, pendant que vous chassiez le sanglier dans vos huttes, on a eu l'Empire Romain, et puis la Renaissance, l'Opéra... C'est même un Italien qui a découvert l'Amérique.

– Mais moi, je t'ai découvert, toi...

Love... ... ...

– Bon, Tonia, j'appelle Henmann... Au fait, comment ça se passe ? Personne ne sait que je suis dans ton appartement ? Tu n'as pas eu de nouvelles de ton Prince des Ténèbres ?

– Bizarrement, non. Tu sais, tu plais à la Mama ! Je te l'ai dit, c'est Elle qui dirige tout. Si tu lui plais à elle, tu lui plais à lui... Pour l'instant...

– Oui, pour l'instant ! Tu as raison de préciser ! Parce que si je la noie dans la piscine, ça va peut-être, sait-on jamais, changer certaines données !... Allô, John ? Mon grand, il faut que je te voie. Hyper urgent. Au même restaurant, même heure ?... OK, je me rhabille et j'arrive.

– John ! J'ai les photos ! La signature ! Offre-nous le Champagne, c'est moi qui paie !... Regarde ! On est les seuls à les avoir, ces photos ! Il faut faire vite. Qu'est-ce que tu penses de ça ?

– Tu me fais rire, Sévère. Vous êtes tous comme ça, en France ?

– Comme quoi, mon grand ?

– Excités, pressés...

– En gros, non ! Bon, alors, raconte-moi ton savoir.

– Déjà, ce tableau, c'est italien, forcément.

– Toi aussi, tu es un traître ! Tu quoque ?

– Comment ça, Sévère ?

– Non, oublie, grand. J'en parlais avec Antonia, tout à l'heure.

– Sévère, je crois que nous nous entendons bien. Je vais te dire : fais quand même attention avec Antonia. Stefano est un homme qui n'aime pas trop qu'on se serve de ses affaires. Moi, toutes ces histoires ne m'intéressent pas. Tout le monde le sait. Ça ne m'empêchera donc pas d'avoir envie de faire équipe avec toi.

– Moi aussi, mon gros poulet ! C'était déjà prévu quand on s'est rencontré, non ? Je te connais comme si j'avais repeint ta cravate ! Maintenant, je me disais... On va être obligés de se servir de Beck. C'est lui, l'expert en linguistique. Ou alors, tu veux l'éliminer ?

– Ça veut dire quoi, pour toi, « éliminer », Sévère ?

– « Éliminer », c'est un mot qui me vient de ma mère. C'est une longue histoire. Ça veut juste dire que j'aimerais qu'il n'existe pas. Ça ne va pas loin, pour l'instant...

– Sévère, Bill Beck est un homme de valeur.

– C'est un homme de valeur, ET un enfoiré à la solde de Stefano, qui ne pense qu'à sa sale petite peau. Sinon tu ne serais pas là, maintenant. J'ai même le sentiment que tu as des choses à lui faire payer... Parce que, quel est vraiment ton intérêt à travailler avec moi ? Tu ne connais personne d'autre ? Je ne sais pas, moi, mais vous n'êtes que deux, sur ce coup-là ?

John ne répondit pas, et, sortant un énorme téléphone portable avec une immense antenne, le genre qui devait permettre d'appeler n'importe qui dans le monde même si on était perdu au fond d'une grotte au Népal, donna un bref et mystérieux coup de fil. C'est fou comme l'avenant John pouvait d'un coup se métamorphoser en un être énigmatique...

– Il est colossal, ton portable, John ! C'est un truc d'espion ? Parce que c'est pas très discret.

– Ça a deux ans d'autonomie, même allumé. Parce que je perds toujours mon chargeur. C'est pratique. C'est fait pour les gars qui voyagent, les alpinistes, les marins, les explorateurs, l'armée. Je t'en aurai un, si tu veux... Dis-moi, j'ai un copain, passionné par ce genre de manuscrits, qui finit ses vacances, pas loin, à côté de Pise. On peut passer le voir, si tu veux.

– Pas loin, pas loin... tu as une notion très américaine du « pas loin » ! C'est au moins à cent cinquante kilomètres ! Il faut y aller maintenant ? Parce que j'ai rien compris à ta conversation. Tu as parlé en turc, ou quoi ?

– On a rendez-vous dans la soirée.

– On amène Antonia ?

– Sévère, je te dis franchement, je ne préférerais pas. Je ne veux pas être mêlé à vos histoires.

– OK, je vais changer de chaussons, et je reviens. On se donne rendez-vous ici vers dix-sept heures ?

– No problem, my friend !

* * *

Vers dix-huit heures trente, ils quittaient l'A11 en direction de Pise, à bord de la Ford Mondéo de John. Sévère avait raconté son entrevue à Antonia, et ils s'étaient promis de se revoir le lendemain au plus tôt. John avait amené un paquet d'au moins vingt-cinq bières « Bud », ce qui ne collait pas franchement avec une entrevue scientifique, mais qui collait bien avec son personnage. D'ailleurs, en arrivant à Pise, il n'en restait plus que dix-huit.

Vingt minutes plus tard, ils se dirigèrent vers les plages de Pietrasanta.

– C'est pas mauvais, ta Bud, John. Tu aurais dû en prendre plus ! Tu sais où on va, au moins ?

– C'est là.

L'air sentait le sable encore chaud, le pin, et la fleur de laurier, le tout rafraîchi par l'air marin du soir. Sévère se dit que s'il avait la formule pour en faire un parfum, il deviendrait milliardaire, et offrirait le premier flacon, en grandes pompes, à sa Tonia.

La maison de l'ami de John était du genre verre-béton, mais de très bon goût, parfaitement intégrée au paysage, s'avançant loin dans la mer, comme une digue. L'homme qui leur ouvrit ne portait qu'un paréo à la taille, et un trousseau de clés, des lunettes de soleil, un paquet de cigarettes, un briquet, un autoradio, un verre de vodka, ou d'eau, disons de vodka, dans les mains.

– Joohn ! Ça fait tellement longtemps ! Ça fait bien... une semaine que je n'ai pas eu ta visite, non ? Tu as amené ton ami. Entrez. Installez-vous ! Je suis au téléphone. Les ouvriers ont construit la piscine de travers ! Je ne vous raconte pas. Il faut tout casser. Enfin, servez-vous. John, tu sais où c'est. Je suis à vous dans cinq minutes.

Il revint donc, comme de juste, quarante minutes après. Toujours en paréo. Il avait la quarantaine, les cheveux bruns mi-longs, et une formidable aptitude dans le visage et dans les yeux à mettre immédiatement tout le monde à l'aise.

– Ah, mes amis, quelle histoire ! On devrait tout faire soi-même. Enfin… vous avez fait la connaissance de Léo ? Non ? Mais où il est encore, celui-là ?... Bon, tu me présentes, John ?

– Je te présente Sévère Plemon, français. Sévère, je te présente Mujda Almaleh, turc, rentier, passionné de manuscrits, et du Voynich en particulier. Mujda, on est venu te voir, déjà pour passer une bonne soirée, mais en plus parce qu'on a un document qui va changer ta vie !

– Changer ma vie ? Franchement, je ne sais pas trop si j'ai envie. C'est quoi ?

Sévère déballa précautionneusement les photos du tableau et les posa sur la table basse en forme d'éléphant.

Mujda Almaleh regarda les photos un long moment, scruta l'horizon, puis John, puis Sévère… Après ce long moment de réflexion, un immense sourire l'illumina d'un coup :

– Une petite vodka, mes amis ? Ou Sancerre ? Cocaïne ? Cigare ? Pâtes fraîches ?

– Un petit assortiment de tout ça serait parfait, répondit John.

Décidément, cet homme était plein de surprises.
Surprises sur Pise…

VII
Les pieds dans l'eau, la tête dans le vague (ou la technique de la feuille morte)

Le fameux Léo avait fait son apparition depuis quelques instants. Lui aussi en paréo translucide. C'était l'heure, apparemment, où il sortait de son lit : vingt heures. Mujda le présenta, Léo Casanova, expert en méthode d'analyse du langage crypté. – Il est vrai que c'est un travail que l'on peut exercer en boîte de nuit. Ils se mirent donc tous les quatre à disséquer les photos.

– Bon, je vais vous dire, mes amis, dit Mujda, jusqu'à maintenant le manuscrit Voynich semble être un canular, une mystification. Je dis bien jusqu'à maintenant. L'auteur voulait faire croire qu'il avait trouvé la pierre philosophale, en d'autres termes, l'élixir de longue vie. Tous les dessins du manuscrit vont dans ce sens : la direction alchimique. Ceux qui s'opposent à cette thèse ne présentent rien.

On a même eu droit récemment à des séminaires payants organisés par des gens qui certifiaient avoir traduit le manuscrit ! Alors pourquoi l'auteur a-t-il inventé une écriture ? Pour que son « secret », si secret il y a, ne soit pas connu ? L'élixir de longue vie est un leurre, un rêve, même peut-être à l'époque. Vous savez, on ne sait plus regarder un tableau du Moyen Âge ou de la Renaissance. Il nous manque beaucoup de clefs de lecture. À l'époque, le langage du dessin ou de la peinture était beaucoup plus parlant que de nos jours ! Maintenant, ce tableau... C'est un portrait de très belle facture. Beaucoup plus travaillé que les dessins du manuscrit... C'est italien, forcément.

– Ben voyons ! lança Sévère.

– Ce que veut dire Sévère, reprit John, c'est qu'il est maintenant incontestable que ce tableau est d'époque. On l'a découvert à l'Accademia. Et comme tu vois, il est signé... Voilà, LA GRANDE question est : avec le nombre de « signes » que comporte la signature, et là je m'adresse autant à Léo qu'à toi, peut-on traduire cette signature, ou alors, c'est plus compliqué que ça ?

– Tu veux dire que tu trouves par expertise qui l'a peint, et tu traduis la signature au nombre de lettres ? Léo, qu'est-ce que tu en penses ?

– Léo, il a envie d'aller se baigner, dit Léo. Et Léo, il veut savoir si ta piscine, elle est vraiment en pente, avant d'y aller. Et puis Léo, il va se faire une petite vodka-ananas, parce que là, vous me prenez au saut du lit. Et puis il va mettre un peu de musique, aussi.

– Oh là là, Léo, tu es complètement à la masse, dit Mujda. Et même si la piscine n'est pas droite, l'eau qui est dedans, elle, elle est droite ! C'est de la physique, ça ! S'il y a un seul truc qui est toujours droit, dans cette maison, c'est bien l'eau !

Sévère lança un coup d'œil à John qui souriait jusqu'aux oreilles et rougeoyait plus que jamais. Il faillit exploser de rire. Ce qu'il fit, d'ailleurs, tandis que Léo se dirigeait vers la piscine. Mujda en profita pour téléphoner... en turc.

– Qu'est-ce qu'il dit ? demanda Sévère à son copain John Henmann.

– Il appelle une certaine Carole. Il dit qu'il est avec des amis français. Il lui demande de venir...

Sévère se dit que la soirée allait être plus longue que prévu.

Le Léo revint quelques instants après.

– J'ai perdu mes glaçons dans la piscine. En voulant les rattraper, j'ai perdu mon portable ! Tu vois qu'elle est en pente ! Bon, en tout cas, je suis en pleine forme... Alors, les plantes : regardez les plantes sur le tableau. Ça, c'est ton domaine, John. Tu remarqueras que c'est des plantes inconnues. Regarde ces espèces de chardons, là, juste derrière les cheveux de la fille. C'est exactement les mêmes que dans le manuscrit. Maintenant, pour répondre à ta question : OUI, c'est plus compliqué que ça. Parce qu'il y a plusieurs manières de crypter un message. En passant par exemple par des alphabets sémitiques. Et les sons ne correspondent pas forcément à des lettres ou des syllabes comme dans l'alphabet romain. Ceci dit, ce tableau est en soi sûrement la découverte la plus intéressante de ces cinquante dernières années. Les plantes, le portrait de femme... vous savez que sur les trois cents ou quatre cents dessins de plantes du manuscrit, on n'en connaît qu'une quinzaine, de nos jours ? Et la femme : il n'y a aucun dessin d'homme dans le manuscrit. Que des femmes nues. Celle-ci aussi est presque nue, à part le ruban...

Mujda enchaîna :

– Dis donc, Léo, ça t'a fait du bien, un petit bain ! Je pensais à une première étape toute simple : savoir si l'auteur du manuscrit, calligraphiquement, est le même que celui qui a peint le tableau, même si la technique est différente. Il nous faudrait un graphologue, pour ça. Léo, tu crois qu'on peut envoyer ça à Lepers ?

– Qui est Lepers ? demanda John.

– C'est le directeur de thèse de Léo, sur le manuscrit. Il connaît énormément de monde. On scanne juste la signature, on lui envoie, et dans les deux ou trois jours, on saura si c'est la même main qui a peint le tableau, et dessiné le manuscrit. Ça peut sûrement nous avancer...

– Historiquement, c'est super intéressant, répondit Sévère, mais au niveau de la traduction, ça ne nous avance pas. Hein, John ?

– Oui, c'est surtout qu'il faut, pour l'instant, que cette affaire reste un minimum entre nous. Mais, d'accord, lance la recherche, Mujda. De toute manière, il faut bien avancer. Nous, pendant ce temps, on peut peut-être savoir qui a peint ce tableau. Peut-être avoir une vingtaine de noms possibles. Avec ça, on pourra la traduire, cette signature, Léo ?

– Je pense, oui. C'est même certain.

– Eh ben dis donc ! Ça t'a vraiment fait du bien, un petit bain, Léo !

– Allez, j'en prends un aussi, je peux ? dit Sévère en se levant déjà.

– Tu veux un paréo ? proposa immédiatement Mujda.

– Oui, je veux bien... Tu viens, John ?

– Oh, moi...

– Si, si ! Tu viens ! insista Sévère.

Une fois la baie vitrée passée, la piscine semblait se jeter directement dans la mer. Un homme en costume, une serviette sur la tête, semblait faire une sieste, allongé dans une flaque, au pied d'une sculpture d'Henry Moore, taillée dans le marbre blanc des montagnes de Carrare, toutes proches. John rejoignit Sévère dans l'eau quelques minutes après.

– John. Je voulais qu'on fasse une pause avant de prendre des décisions aussi rapides. Tu es vraiment sûr de tes copains ? Tu les connais bien ? Parce que là, on est quand même en train de leur déballer tout ce qu'on sait...

John Henmann le rassura sur le fait qu'il connaissait Mujda Almaleh et Léo Casanova depuis vingt ans, et qu'avec tout ce qu'ils avaient partagé, il avait totalement confiance en eux, et surtout, ils représentaient la seule chance de progression. John rentra à l'intérieur, tandis que Sévère récupérait le téléphone de Léo au fond de la piscine.

Sévère resta un moment dans l'eau à fumer une cigarette. On voyait toute la baie depuis la piscine, les lumières des restaurants qui bordaient la plage. Des avions s'envolaient régulièrement dans le ciel rose du soir. Il les imaginait transportant des gens qui quittaient tout pour un futur radieux, vers les Amériques ou l'Extrême-Orient. C'était reposant, presque zen. Lui qui se demandait depuis le début ce qu'il faisait dans cette histoire prit le temps de réfléchir à la raison pour laquelle il prenait le manuscrit et le tableau tellement à cœur. Était-ce uniquement pour rester proche d'Antonia? Et puis qu'est-ce qu'il allait faire, avec elle, après? Se battre pour elle, ne pas se battre, l'emmener ou rester, négocier, disparaître ou s'imposer?...

Sévère décida, en rentrant pour retrouver John, Mujda et Léo, qu'il allait momentanément continuer à se laisser entraîner où le vent le menait. Jusqu'ici, ça ne lui avait pas trop mal réussi. C'est ce qu'il appelait « la technique de la feuille morte ». Ne pas lutter contre le vent, mais au contraire, l'utiliser à son avantage, le dompter. Tout un art! Sûrement à la base de plusieurs arts martiaux!

Il jeta un coup d'œil au type en costume dans sa flaque pour être sûr qu'il vivait encore, et fut immédiatement rassuré par les bruits d'évier qu'il faisait. Mujda était en pleine love story avec un petit tas de coke, Léo en grande discussion transcendantale avec son Moi intérieur, ou peut-être plus simplement avec sa vodka-ananas, et John était descendu ouvrir la porte qui venait de sonner.

– Ah, Sévère, on te croyait noyé ! dit Mujda.

– Non, je regardais les avions. Tiens, tu dois savoir ça, toi : tu sais qu'il y a des avions qui atteignent la stratosphère, enfin qui sortent pratiquement de l'atmosphère, en montant en pente douce, avec seulement quelques centaines de litres de kérosène. Alors dis-moi pourquoi on envoie encore des fusées à la verticale, ce qui les oblige à utiliser des milliards de dollars de carburant pour s'arracher du sol. Elles ne pourraient pas décoller horizontalement, cool, gentiment, comme un avion, avec des ailes ? Ça ne coûterait pas moins cher ? Qu'est-ce que tu en penses ? Moi, je crois que c'est la fin des fusées, c'est la préhistoire... trop cher.

– Honnêtement, je n'en sais rien, pour être poli. Mais il reste des pâtes à la cuisine, si tu veux.

On n'est vraiment pas aidé, pensa Sévère.

Tandis qu'il essayait de nouer son paréo en soie hyper glissant, John remonta avec une fille, la fameuse Carole, que Mujda avait appelée une heure plus tôt.

Sévère s'éclipsa immédiatement dans la pièce d'à côté, soi-disant pour s'habiller, mais nota en fait les dix derniers numéros appelés et reçus par le téléphone de Léo qui, malgré son bref séjour dans l'eau, marchait encore.

On ne sait jamais, se dit-il. Trop important, tout ça. JOHN a confiance, J'AI pas confiance.

Puis il laissa discrètement l'appareil sur une commode.

Le début de soirée révéla la nouvelle arrivante comme quelqu'un de tout à fait intéressant. Carole Dauxois était, entre autres, professeur, écrivain, auteur de la vie de Rodolphe II, « l'empereur des alchimistes ». Elle avait l'air complètement folle, avec des yeux qui ne regardaient jamais au même endroit en même temps, un peu comme un caméléon, mais avait eu le bon goût de choisir une tenue vestimentaire qui aurait tenu dans un dé à coudre, ce qui ne refroidissait pas l'ambiance, loin de là. Après une très longue observation des documents, elle prit la parole, la Carole :

– Pour moi, dit-elle, l'auteur du manuscrit et le peintre sont une seule et même personne.

– Comment tu vois ça, toi ? demanda Léo.

– C'est une impression, une sensation. Plein de petits détails... La taille du tableau, déjà : deux tiers/un tiers, précisément. C'est un rapport assez inhabituel pour l'époque. Or le manuscrit mesure, lui aussi, neuf pouces par six. C'est peut-être insignifiant, je ne sais pas... Bon, les fleurs sont omniprésentes sur le tableau, c'est sûr, mais regardez ces espèces de chardons, là, et ces drôles de roses : malgré la différence de technique, beaucoup plus travaillée sur le tableau, le dessin et les teintes sont les mêmes. Il doit y avoir une trentaine d'espèces de fleurs différentes, à l'arrière-plan. Je suis prête à parier mon string, si ça intéresse quelqu'un, qu'on les retrouve toutes dans les pages du manuscrit... Ce qui est le plus intéressant, c'est la femme. Enroulée dans ce ruban rouge, comme prisonnière, ou alors au contraire sublimée, comme un cadeau. Le ruban semble davantage la déshabiller que l'habiller... Regardez, il cache une partie du front, du nez, un peu les yeux, le menton, une partie des épaules et le bas du cou, mais pas la bouche, pas le sein... C'est très sensuel ! C'est un maître qui a peint ça, certainement pas un simple faussaire. Elle semble prendre vie, au milieu de ces fleurs, comme un bain de jouvence. Vous sauriez qui est cette femme ?...

D'autre part, ce qui ressemble à des petites pivoines, au premier plan, et qui empiète sur le ruban, divise en fait le texte en trois parties. Et vous remarquerez que chacun des trois paragraphes commence par la même « lettre ». Ce n'est sûrement pas une coïncidence. La signature aussi, commence par la même lettre. C'est peut-être « moi » ou « je », suivi du nom du peintre. Il faudrait voir où se retrouve cette « lettre » dans le manuscrit. En admettant évidemment que tout ça ait un sens !

...Bon, moi, je vais dans la piscine, dit-elle en plongeant un œil dans ceux de Sévère.

– En fait, lança John, c'est un regard de femme qui nous manquait dans cette histoire !

– C'est vrai qu'elle réagit rapidement, ta copine. Tu as vu, on dirait un caméléon ! C'est les yeux, on ne sait jamais lequel regarder. Par contre, elle a un corps d'enfer !

En effet, Carole s'était entièrement déshabillée avant même d'avoir passé la porte vitrée menant à la piscine. Il y a des corps comme ça qu'on se doit de montrer au plus grand nombre. C'est une question de charité. Un cadeau qui ne coûte pas cher et qui fait tellement plaisir. Ça, visiblement, Carole l'avait compris. Les femmes comme elle devraient se déshabiller plus souvent, comme ça, sans raison particulière. La bonne action du jour. Imaginez-la dans le bus tout d'un coup, en train de faire un strip-tease. « Merci, madame, ce fut fort agréable ! ». Ce serait un poil choquant au début, encore que... mais c'est sûr qu'on s'y ferait vite.

– Je vais me baigner aussi ! dit John.

Il était déjà debout, deux canettes de Budweiser à la main, prêt à faire le grand plongeon dans la piscine, ou peut-être dans Carole, au choix.

– Tiens, John, prête-moi ton énorme portable. Je n'ai plus de batterie.

...Bis, dix derniers appels reçus, envoyés... ça ne prit qu'une minute à Sévère de comparer la liste des appels de Leo et celle de John. Un des numéros était commun dans les deux listes. Sévère le nota mentalement, puis appela Antonia, moins pour que son numéro apparaisse comme « dernier numéro appelé », que parce qu'il avait vraiment envie de lui parler, de l'entendre, de sentir sa voix, son souffle, sentir ses cheveux, son corps par téléphone. Il se demandait carrément s'il n'était pas en train de devenir viscéralement amoureux de cette fille...

– Tonia, c'est moi. Je suis encore à Pise, avec John. Je me disais que j'étais viscéralement amoureux de toi.

– Tu es tellement agréable, petit Français... Tu me manques.

– « Agréable » !...

– Je t'aime, Sévère, je t'aime. Ton visage me manque. J'ai envie de toi. J'ai envie de t'avoir contre moi... Ça se passe bien ?

– Super. Je suis avec John, un certain Léo, un certain Mujda, une nana toute nue dans la piscine, et un mort en costume-cravate sur la terrasse. Mais on a appris plein de trucs. Je te raconterai. Et ton prince, tu l'as eu ?

– Pas aujourd'hui. Peut-être qu'il est avec une autre fille. Tant mieux pour lui. Vous rentrez ce soir ? Tu viens me voir ?

– Oh, que oui ! Si je reste là, j'ai l'impression que je vais finir en sandwich entre Mujda et Carole ! John me déposera chez toi. À tout à l'heure, belle.

En revenant dans le living, Léo était, comme prévu, en pleine discussion entre lui-même et lui-même, Mujda, comme prévu, en train de tracer des lignes blanches sur la table basse, John, comme prévu, en train de danser la samba dans le petit bain, Carole, comme prévu, en train de rigoler devant John, et le mort, dans sa flaque, toujours un peu mort.

– John, mon gros coco ! On rentre quand ? demanda Sévère.

– Come on ! Viens ! On était en train de parler de toi.

– Ah ? Mauvais signe !

– Carole est une vieille amie. Tu lui plais beaucoup !

– Aïe ! Ça va nous rallonger la soirée, ça !

– Allez, Sévère, viens! Elle a des choses à te dire!
– Aïe, Aïe, Aïe!...

* * *

Sévère préféra aller un peu se promener en solitaire sur la plage plutôt que de danser la samba dans la piscine. Il n'avait pas la tête à ça. De plus en plus de questions, depuis quelques heures, auxquelles il n'avait pas de réponses, l'empêchaient d'être totalement serein. Pourquoi Stefano di Spazzi, jaloux comme une teigne – en admettant que les teignes aient ce genre de sentiments – n'appelait-il plus Antonia? Pourquoi ce même Stefano, qui avait apparemment la réputation de régler ses conflits à coup de liquidation totale et définitive, était-il en ce moment aussi absent et silencieux, comme si tout était prévu pour laisser le champ libre à Sévère?... La Mama, oui, peut-être, la bénédiction de la Sainte Mama... Mais alors dans ce cas, comment concrètement convaincre une femme pareille de marier Antonia à son fils? Ça relevait purement et simplement de *Mission Impossible*! Il est évident qu'en y réfléchissant bien, il était plus simple de la liquider totalement et définitivement, comme ça se faisait dans le coin. Sévère pensa tout d'un coup qu'il n'avait pas évoqué avec Antonia l'idée de liquider aussi le Stefano, une fois qu'il l'aurait épousée, et qu'elle se serait assurée d'une manière ou d'une autre de garder, quoi qu'il arrive, un maximum de millions et quelques propriétés bien placées. Et le tout en six mois maximum. Sévère n'avait pas envie de poireauter cinq ou dix ans.

Maintenant, comment faire? se dit-il. Bientôt, très bientôt, sa couverture d'« expert » en peinture de la Renaissance allait fatalement et joyeusement voler en éclats multicolores à dominante rouge poisseux, et Stefano revenir à Florence... et le paradis s'arrêter net. Ça, Sévère s'y attendait, mais Antonia pas du tout, trop occupée à planer sur son petit nuage.

C'est les pieds dans l'eau de mer, en cette belle nuit chaude, que « ça » tomba sur Sévère comme une évidence incontournable. Il fallait faire vite. Liquider la Mama dans la semaine, tandis qu'Antonia se chargerait d'évoquer son mariage avec Stefano. Restait à savoir si elle avait le cran d'aller jusqu'au bout. Et puis comment, concrètement, faire une chose pareille ? Comment, intelligemment, surtout, liquider la Mama... Lui filer une crise cardiaque en lui faisant peur ? N'importe quoi ! La noyer ? Trop voyant ! Lui injecter le tétanos ? Et pourquoi pas le rhume des foins ! Fuite de gaz ? Accident de voiture ? Escalier glissant ? Morsure de serpent ? Sables mouvants ? Sacrifice rituel ? Parapluie bulgare ?

Décidément, je n'ai vraiment pas l'habitude de ce genre de choses, se dit Sévère en retournant vers la maison...

Il se souvint de s'être vaguement affalé sur un canapé, puis plus rien.

* * *

– John, réveille-toi ! Il est presque midi ! Ou alors, donne-moi les clefs de la Ford, moi, je rentre.

Sévère, depuis qu'il était debout, avait une sorte d'angoisse qui le prenait au ventre, sans raison apparente. Ou un sentiment de culpabilité. Non, c'était vraiment de l'angoisse pure et dure. Ce qui le faisait trépigner sur place. Il n'avait qu'une idée en tête, partir d'ici dans les trois minutes, partir de cette maison qu'il ne connaissait pas et qui avait beaucoup moins de charme que la veille. Il était le seul debout depuis huit heures du matin, et avait furieusement l'impression de perdre son temps, tout seul, avec son angoisse fulgurante.

C'est fou comme c'est inutile, l'angoisse, pensa-t-il. La nature n'est peut-être pas si bien faite que ça. Il n'y a rien de plus inutile que l'angoisse! Je ne sais vraiment pas pourquoi Dieu a inventé une chose pareille. C'est limite sadique de sa part! Il faudra que j'y réfléchisse.

– Allez, John, on y va! Hop hop hop!

* * *

Ils s'étaient repus l'un de l'autre tout l'après-midi. Sévère de Tonia, Tonia de Sévère. Passionnément, comme une drogue. Comme s'ils ne s'étaient pas vus depuis quinze jours. Sans manger, sans boire, sans fumer. Pas le temps. Trop de passion. Trop urgent d'en profiter.

Antonia avait donc fait l'impasse sur le musée, mais tout le monde travaillait d'arrache-pied (quel drôle de mot) à comparer le tableau à toutes les œuvres connues et moins connues. Ce n'est qu'à la nuit tombée qu'ils décidèrent de faire une pause, totalement épuisés.

– Il revient quand, exactement, Stefano? demanda Sévère.

– Normalement jeudi, pas celui-là, l'autre.

– Déjà!... Dis-moi, tu la connais bien, toi, la Mama? Je veux dire, tu connais bien ses habitudes?

– Carolina est une femme qui ne change JAMAIS ses habitudes. Debout à huit heures, petit déjeuner sur la terrasse entre huit heures quinze et huit heures quarante-cinq. Deux toasts, deux tasses de thé blanc, mais elle ne finit pas la deuxième. Puis elle marche jusqu'au bout de l'allée jusqu'à neuf heures cinq. Salle de bains jusqu'à neuf heures quarante-cinq. Ensuite elle s'enferme dans son bureau jusqu'à seize heures, heure à laquelle elle mange une salade au bord de la piscine; parfois du riz, rarement du poisson. C'est en général à cette heure-là que les gens peuvent prendre rendez-vous avec elle, mais jusqu'à seize heures trente seulement. Après, elle se réenferme dans son bureau pour n'en ressortir qu'entre dix-sept heures cinquante et dix-huit heures. Elle se fait servir par Silvio deux tasses de verveine à la piscine – cette fois, elle finit la deuxième – avec ses médicaments, somnifères entre autres. C'est l'heure où elle donne parfois un coup de fil. Ensuite, elle fait ses six longueurs de piscine : une demi-heure. Elle en ressort en général entre dix-neuf heures et dix-neuf heures quinze... Elle sèche, prend ses somnifères, et vers vingt heures, elle est au lit.

Antonia avait récité tout ça comme si elle s'attendait tôt ou tard à la question de Sévère. Et elle était précise, la bougresse !

– Comment tu sais qu'elle prend des somnifères, bougresse ?

– Ses médicaments sont le seul sujet de conversation que j'ai avec elle ! Elle ne s'en lasse pas. Ça peut durer des heures. Elle prend aussi des gélules pour la digestion, d'autres pour ses chevilles enflées, et d'autres encore pour contrebalancer les effets de toutes ces gélules. Tu m'imagines, moi, en train de parler avec elle pendant des heures de son transit intestinal ? Il y a des fois, je te jure, j'ai envie de l'égorger ! Quelle hypocrite ! Quelle saloperie ! Avec tout le mal qu'elle a fait dans sa vie et qu'elle fait encore, je ne sais même pas comment elle peut se regarder encore dans une glace.

– Bon, mais ne l'égorge pas, on doit pouvoir trouver mieux.

– Sérieux ?

– Je ne plaisante jamais ! Enfin, si, tout le temps, mais pas là... Déjà, il y a deux choses à savoir : la marque de ses somnifères, et les endroits de la maison qui ne sont pas sous vidéo.

– Tout ça, je le sais. Les somnifères, je prends les mêmes qu'elle. Quant à la vidéo, il n'y en a pas dans les toilettes.

Elle garde les cassettes huit jours maximum; ensuite elles sont réenregistrées. C'est Carolina qui me l'a dit un jour, parce qu'elle avait perdu un bracelet. Et comme ça faisait plus de huit jours, elle n'avait plus les enregistrements. Elle m'accusait carrément, en fait!

– Donc les cassettes de la soirée n'existent plus. C'est déjà ça... Alors demain après-midi, tu t'absentes du musée après le déjeuner. Tu dis que tu ne te sens pas bien. Tu prends un rendez-vous avec ton médecin vers quinze heures, et tu dis que tu as des vapeurs ou ce que tu veux, tu trouveras bien. Après, tu vas te balader et tu achètes les médicaments que t'aura prescrits ton médecin, vers seize heures. Je t'appellerai plusieurs fois sur ton portable, mais tu ne répondras pas. Après, je t'appellerai le soir, et là, tu répondras.

– Pourquoi?

– Parce que comme ça, moi, je passerai à la propriété vers seize heures, prétextant que je te cherche pour te parler du tableau, et que tu es introuvable. Je tomberai « par hasard » sur la Mama à l'heure où elle reçoit les gens. J'ai un mot à lui dire.

– Qu'est-ce que tu veux lui dire? Fais attention, elle est rusée, la harpie.

– Ne t'inquiète pas, il est rusé aussi, le petit Français... À propos, tu sais à qui est ce numéro de téléphone?

Antonia resta au moins trente secondes à contempler le numéro.

– Tu as eu ça où?

– Hier soir à Pise, sur les portables de John et de Léo.

– C'est le téléphone de Stefano, le privé. On doit être cinq ou six à l'avoir.

VIII
Grosse journée

– Hello, tout le monde! Pronto, pronto!... Il y a quelqu'un?

Silvio, le maître d'hôtel-maison sortit immédiatement de derrière un buisson en remontant sa braguette, et accueillit Sévère.

– Alors, mon tout petit Silvio, on fait pipi dans les plantes?

Le tout-petit-Silvio se lança dans une tirade digne de Don Giovanni:

– Ah pieta, signori miei! Ah pieta, pieta di me! Do ragioné à voi, a lei, ma il delitto mio non è. Il padron con prepotenza l'innocenza mi rubo...!

– No parlo Italiano, petito Silvio. Io chercho...

Seize heures tapantes. Carolina sortit sur la terrasse à ce moment précis. C'était vraiment chronométré!

– Monsieur Plemon! Quel plaisir de vous voir ici! Vous cherchez quelque chose, peut-être?... Veuillez excuser ma tenue, mais vous conviendrez qu'il fait particulièrement chaud aujourd'hui. Que puis-je pour vous?

– À vrai dire, veuillez moi-même m'excuser de mon intrusion, mais je suis à la recherche d'Antonia. Je viens de passer au musée, mais j'ai cru comprendre qu'elle était souffrante. Je n'arrive pas non plus à la joindre…

– Eh bien, joignez-vous à moi! Mangeons quelque chose au bord de la piscine. Vous me tiendrez compagnie, voulez-vous?

Bien sûr que je veux, je suis là pour ça! pensa-t-il.

Après que Silvio eut apporté salades, olives et Martini blanc, Sévère égrena les compliments d'usage à Carolina, sur sa merveilleuse tenue rose brillante, et sur tout ce qui lui passait par la tête.

– Antonia est donc souffrante? Vous êtes toujours le premier au courant à son sujet.

– Signora, vous savez comme moi…

– À propos, monsieur Plemon, votre travail sur ce tableau, cela avance-t-il selon vos espérances?

– Cela avance terriblement bien. C'est la raison pour laquelle je désirais voir Antonia.

Sévère lui raconta en quelques mots leurs découvertes. À seize heures quinze, il pensa qu'il était plus que temps d'attaquer le sujet de conversation pour lequel il était vraiment là.

– Sinon, comment allez-vous? La chaleur ne vous dérange-t-elle pas trop? Je vous trouve bien pâle…

– Vous me trouvez pâle? Il est vrai qu'à mon âge! J'ai des problèmes de circulation, vous savez. Mes chevilles! Et s'il n'y avait que ça! Mais pâle, cela m'inquiète… Peut-être avez-vous raison. Je me demande même si je n'ai pas eu quelques vapeurs, en fin de matinée.

– Vous devriez faire attention. On ne plaisante pas avec ces choses-là! Vous êtes sûre que ça va? Vraiment? Voulez-vous que je redemande un peu d'eau à Silvio?

– Ne vous dérangez pas. Mais je vous remercie, vous êtes un bon *conseiller*. Je vais faire venir le docteur Téoni dès demain matin. Je fais peut-être un peu de baisse de tension. Je vous raconterai cela la prochaine fois que j'aurai le plaisir de votre visite, voulez-vous ?

– Ce sera un réel plaisir (!) Je passerai prendre de vos nouvelles demain soir, et voir si Antonia est remise. J'insiste.

– Je vous remercie, monsieur Plemon. Maintenant, raccompagnez-moi, s'il vous plaît. Je vais rentrer, je ne me sens vraiment pas bien.

C'est incroyable comme ça marche ! se dit Sévère en remontant dans sa Fiat Punto. Il avait envie de danser. C'est même la première fois qu'il avait envie de danser en rendant quelqu'un malade.

Ceci dit, le plus dur restait à faire.

En attendant, passer se montrer à l'hôtel, comme chaque jour. Puis, régler un léger détail avec John.

* * *

Dans le bar de l'hôtel *Romana*, au nord-ouest de Florence, où se donnaient rendez-vous tous les hommes d'affaires de passage, Sévère avait posé la question franchement et directement à John. Celui-ci avait répondu simplement, sans bla-bla :

– Il nous a demandé à tous de l'appeler. Moi, Sévère, je n'ai rien contre toi, au contraire, et tu le sais. Je l'ai appelé une fois, pour la forme... Stefano m'a demandé de l'appeler à chaque fois que je te voyais avec Antonia. C'est pour ça que je ne voulais pas qu'elle vienne à Pise ! Parce que là, avec Léo et Mujda, surtout Léo d'ailleurs, tu étais grillé ! Moi, je te l'ai dit, vos histoires à toi et Antonia, ça ne m'intéresse pas... Allez, je te paie un Jameson ?

– Tu aurais pu me le dire, quand même.

– Vous êtes drôles, vous tous ! Toi, Stefano ! Toutes ces histoires, c'est pas mon métier, moi !

– Tu as raison, grand. Affaire réglée. Jameson, sans glace...

* * *

Sévère avait réessayé trois fois.

Il s'était fait une tasse de thé, avait pilé deux aspirines jusqu'à ce que ce soit une fine poudre, puis versé la poudre dans le thé. Il n'y avait rien à faire. La poudre ne coulait pas. Elle restait bien trop longtemps à la surface.

Il fallait verser la poudre dans le fond de la tasse avant de verser le thé. Là, c'était pas mal, mais il fallait que la tasse soit blanche.

Troisième solution, et de loin la meilleure :
• Enlever le filtre d'une cigarette.
• Mettre la poudre dans la cavité du filtre.
• Tenir la cigarette normalement, entre l'index et le majeur, et bloquer le bout du filtre, donc la poudre, avec le pouce.
• Saisir la tasse avec la même main, donc fatalement, en la prenant, on enlève le pouce du filtre, et la poudre tombe dans la tasse en même temps que l'on sert le thé.

Et là, c'était grandiose ! Totalement invisible, même avec dix personnes autour de la table.

Sévère réessaya dix fois, vingt fois, jusqu'à vider une boîte d'aspirine. En se regardant dans la glace, de côté, de face. C'était insoupçonnable. Les deux seules choses à ne pas oublier : le mégot « vide » une fois la cigarette fumée, et s'occuper de la tasse bue.

Sévère se mit donc à piler consciencieusement quatre somnifères trouvés dans la pharmacie d'Antonia (avec la taille et le poids de Carolina, ça devait suffire. Il ne fallait pas non plus qu'elle s'endorme sur le coup) et à verser la poudre dans un petit sachet, ranger le petit sachet dans le paquet de cigarettes dont l'une avait un filtre enlevé. Prévoir un vrai mégot.

Et voilà, la journée ne commençait pas mal, une fois de plus.

Cette journée fut d'ailleurs interminable, passée devant Internet à attendre dix-sept heures trente, juste ensoleillée par son entrevue du midi avec Tonia.

– Tu m'as l'air soucieux aujourd'hui, Sévère...

– Qu'est-ce qu'on va faire quand le travail sur le tableau sera fini ? Je n'aurai plus de raison d'être là. Et même, quand Stefano va revenir...

– Il nous reste une dizaine de jours.

– À mon avis, il sera là avant !

– Pourquoi tu dis ça, coco ?

– Tu verras. Tiens, au fait, Carolina voulait te voir à la propriété, quand tu sortiras du musée, ce soir. Je me demandais si tu pouvais ramener John, aussi, pour qu'on parle du tableau.

– La vieille peau veut me voir ? Qu'est-ce que tu lui as dit hier, au fait ? Tu ne m'as toujours pas dit.

– Rien, je l'ai saluée. Il faut bien se forcer à être un peu diplomate, non ?

Antonia regarda Sévère avec tendresse, l'embrassa longuement avant de repartir au travail, toujours aussi jolie dans son jean New Hire taille basse. Depuis quelques jours, elle « vibrait » de bonheur, comme un petit félin.

– D'accord, coco, je serai là. J'essaierai même de ramener le conservateur, et Bill Beck. On pourra tous dîner là-bas.

– Géant !

Avant de se rendre à la propriété, Sévère s'arrêta au fameux *Caffe Luigi* pour faire passer son angoisse à coups de Martini blanc. Ce n'était certainement pas la meilleure solution, mais il y avait urgence... Il trouvait incroyables les actes que l'on pouvait entreprendre, uniquement poussé par le désir de quelque chose ou de quelqu'un. Le plus drôle, c'est que ces actes que l'on met une vie à ne pas oser faire, sont finalement si simples à accomplir.

Bon, bon, bon, il faudrait peut-être y aller... se dit-il.

* * *

En arrivant à la propriété, après avoir vaguement salué Silvio Pipito, Sévère fila directement aux toilettes. Il y sortit la cigarette avec le filtre ôté, la petite pochette de poudre de somnifères, la versa délicatement dans la cavité du filtre, bloqua avec le pouce, et enfin, enfouit un vrai mégot au creux de la même main. Un vrai James Bond. Très excitant comme situation. Quand l'angoisse fait place à l'excitation, c'est gagné.

En ressortant des toilettes qui faisaient plus penser à un palais oriental, tout en marbre brun de Carrare, Sévère tomba nez à nez avec John.

– Sévère ! Antonia m'a dit de venir. Il paraît qu'on dîne là.

Silvio les mena à la piscine, où Carolina était déjà en train de déguster sa première tasse de verveine.

– Monsieur Henmann, Antonia m'a mis devant le fait accompli de votre présence à dîner. Monsieur Plemon... par une chaleur pareille, tout en noir !

– Je suis prévoyant ! Je veux dire, pour le soir, je pensais que ce serait de circonstance.

– Tu veux du feu ? lança John à Sévère.

– Tu es gentil, je la fumerai plus tard.

Après moult banalités et moult Martini blanc, Antonia arriva en compagnie de Bill Beck. Sévère, en tant que cadet de la tablée, servit tout le monde, ainsi qu'une tasse de verveine à Carolina.

Prise de tasse, lâchage du pouce, versement de verveine, dévidage de somnifère. Tout ça devant tout le monde. Il avait l'impression d'avoir fait ça toute sa vie. Puis allumage de cigarette, fumage de cigarette, écrasement du mégot. Lâchage du mégot, le vrai, celui enfoui au creux de la main, dans le cendrier. Enfin, discret avalage du mégot-aux-somnifères. Ni vu ni connu.

À aucun moment le rythme cardiaque de Sévère n'avait dépassé celui d'un sportif de haut niveau. Pendant ce temps-là, la Mama avait consciencieusement fini la tasse de verveine. Il était plus que temps de la « pousser » à l'eau.

– Quelle chaleur, dit Sévère. Vous dînez avec nous, Signora ?

– Oh non, vous savez, je dois me coucher tôt. Je vais d'ailleurs vous laisser entre vous, et faire mes longueurs de piscine. Bien que je sois un peu fatiguée, le docteur Téoni a dit ce matin que c'était bon pour moi.

Tout est si simple, si simple, pensa Sévère. Ne pas changer ses habitudes à ce point-là, c'est vraiment un appel au meurtre !

Antonia était trop mignonne. Toute occasion était bonne pour lancer de grands sourires à Sévère. Elle ne se doutait de rien, ou alors savait tout. Il était incapable de le dire.

Bon, maintenant, la tasse, pensa Sévère. Il s'adressa à Antonia.

– Je goûterais bien son thé. Tu crois que je peux me servir dans sa tasse ?

– Bien sûr !

Antonia avait ouvert grands les yeux, tout en gardant son grand sourire, et scrutait fixement Sévère, en cherchant son regard. L'air de dire : « Non, c'est pas vrai, il a pas fait ça ?... Si ? Il a osé ? » Cette fois, il en était sûr, elle se doutait de quelque chose. Elle savait même carrément !

La nage de Carolina di Spazzi était de plus en plus lente, mais apparemment elle tenait à finir ses six longueurs. En entamant la cinquième, alors qu'elle faisait maintenant pratiquement du surplace, elle avait le visage à moitié enfoncé dans l'eau, bouche et nez, et les yeux pratiquement clos. En gros, ça y était.

Trois minutes après, Sévère fit mine de se lever pour s'étirer, la tasse à la main. D'ailleurs Silvio Pipito arrivait au loin avec un plateau. En arrivant nonchalamment, voire dégingandement sur le bord de la piscine, Sévère appela plusieurs fois Carolina. Tout le monde se retourna sur sa chaise. Il fit des grands gestes à Silvio en criant, et se jeta dans l'eau tout habillé, LA tasse à la main.

Tasse rincée. Parfait.

Silvio aida Sévère à sortir Carolina di Spazzi de l'eau. Trop tard.

* * *

« Le prince Stefano di Spazzi, ainsi que toute la famille di Spazzi, tient à vous assurer de son affection, et vous adresse ses sincères remerciements pour votre empressement à être venu en aide à la Signora Carolina di Spazzi, et ne doute aucunement de votre peine quant à l'issue malheureuse de ce terrible accident. »

Sévère, en cette fin de matinée, à la demeure des di Spazzi, recevait nombre de poignées de main, de sourires, de mouvements de tête respectueux. Quarante-huit heures s'étaient écoulées depuis le « terrible accident ». Il n'avait pas revu Antonia depuis ce moment, mais ils s'étaient longuement appelés. Ils avaient parlé de l'avenir, de leur avenir, de Stefano, de tout. De tout sauf des faits. Sauf de

COMMENT – comment as-tu fait? – comme s'ils avaient évité que les questions techniques ne ternissent la complicité qui les liait depuis leur rencontre. Tonia savait tout, Sévère savait tout, et pour cause, mais ils savaient tout chacun de leur côté. C'était comme ça et c'était sûrement mieux. Sûrement mieux pour Sévère, en tout cas car, sur ces heures de conversations qu'ils avaient eues, rien, aucune phrase ne pouvait l'accuser de quoi que ce soit. « On ne sait jamais », s'était-il dit une fois de plus. Non qu'il n'eût pas confiance en sa Tonia, mais plutôt en le monde qui l'entourait.

– Monsieur Plemon? Je me présente: Andréa Antonioni. Je suis un ami de la famille. Excusez mon français un peu approximatif... Nous voudrions connaître quelques détails sur les moments qui ont précédé le drame que nous connaissons. Cela ne vous dérange pas, malgré notre peine à tous, d'en parler maintenant?

Oh là là là!... Je sens que je vais me faire engueuler! pensa immédiatement Sévère.

– Non, bien sûr! Je suis à vous.

– Voilà, je vous remercie. La Signora di Spazzi vous a-t-elle paru... fatiguée avant de se baigner, ce fameux soir?

– Effectivement, elle semblait moins alerte que d'habitude.

– En effet. Et malgré cela, elle a tenu à se baigner. Cela vous semblait-il... opportun?

– Vous savez, monsieur Antonioni, la Signora n'était pas une femme, me semble-t-il, à qui l'on pouvait donner un avis de cette ampleur! Je me vois mal lui dire: « Carolina, va te coucher, t'as l'air trop crevée! »

– Bien sûr, bien sûr, dit-il en riant. Vous savez, je vous demande ça parce que vous êtes un des derniers à l'avoir vue, la veille, entre seize heures et seize heures trente

– Je cherchais Antonia et...

– Nous savons cela.

– Je suis donc tombé sur la Signora qui, me semble-t-il, n'était pas non plus au mieux de sa forme.

– Nous savons cela. Le docteur Téoni l'a confirmé. Elle l'avait convoqué le jour même du drame.

– Peut-on savoir ce qui s'est passé, exactement ?

– Médicaments, calmants, antidouleur... La Signora a aussi ingurgité des somnifères avant de se baigner. Elle aura sûrement confondu. Le docteur Téoni est formel là-dessus. Une bien triste histoire...

– Bien triste, oui.

– En tout cas, nous avons vu sur les cassettes de vidéo surveillance avec quelle diligence vous avez essayé de la sortir de l'eau. Toute la famille a une dette envers vous, monsieur Plemon. Notre pays est votre pays. En attendant, puissent vos travaux avec votre Antonia Fresca di Nagio porter leurs fruits.

– Hein ?

– Je disais, puissent vos travaux au Musée être couronnés de succès.

– Je l'espère.

– Nous nous reverrons après la cérémonie. Stefano di Spazzi souhaitera vous entretenir.

* * *

Mille fleurs, mille bénédictions, mille larmes, mille-feuilles à gogo.

La cérémonie fut belle en l'église San Miniato al Monte, plus sobre que ce à quoi Sévère s'attendait. Durant l'après-midi, Sévère frôla, toucha, caressa Tonia à plusieurs reprises. Elle réagit à chaque fois par une sorte de frisson et de miaulement que Sévère connaissait bien. Elle le cherchait longuement du regard à chaque fois.

Trop dangereux, jugeait Sévère. Une vraie torture.

Tous revinrent finalement à la propriété en cortège. Il y eut un long moment de flottement, comme à la fin d'un mauvais mariage, puis les « proches » furent conviés au grand salon.

* * *

– Asseyez-vous donc, monsieur Plemon. Une coupe ?

La vie reprend déjà... bien vite. C'est dingue ! pensa Sévère.

– Merci, oui, Stefano. Si possible, dans un verre à pied.

Presque tout le monde était autour de cette table. Stefano, Antonia, Bill Beck, John Henmann, Léo Casanova, ô surprise, Carole-le-caméléon-avec-un-corps-d'enfer, deux inconnus, l'« ami » Antonioni qui avait questionné Sévère, trois autres inconnus, et Sévère.

– Je vous avais mal jugé, monsieur Plemon. Sachez que durant toute la durée de vos travaux au musée, il me plaira de vous accueillir dans cette demeure. Quittez donc votre hôtel, et venez vous installer ici dès demain !

Prends-moi pour un con, Stefano ! se dit Sévère. Le vieux coup de garder ses ennemis le plus proche de soi possible, ça date de Confucius !... Tu vas voir, toi, dans quelque temps tu auras droit au coup de la cigarette façon Plemon, mais ce sera pas du somnifère !

– C'est beaucoup trop d'honneur, mais j'accepte volontiers, Signore di Spazzi.

Grosse journée terminée.

IX
L'homme qui n'en savait pas assez

En fait, elle avait tout bon, la Carole ! Avec ses yeux de caméléon, le regard d'un homme de bonne éducation descendait fatalement sur ses seins. Et de là, le chemin vers sa culotte était inévitable. Elle avait inventé le raccourci yeux-culotte. Quel gain de temps ! Que de notes de restaurant économisées ! Carole, c'était l'avenir !

– Tu en penses quoi, Sévère ? demanda Carole.
– De ta culotte ?
– Je n'en ai pas.
Qu'est-ce que je peux dire comme conneries ! se dit Sévère. Je dois devenir fou, c'est pas possible.
Tiens, voilà Môssieur le conservateur-stagiaire Andolfini, Léo Casanova, John et Beck. On est au complet.

Ils s'étaient tous donné rendez-vous en fin d'après-midi au bar de l'hôtel *Romana* plutôt qu'au musée de l'Accademia, qui, malgré la surface de l'endroit, ne possédait pas une table de libre pour s'asseoir à six.

– Carole, messieurs, dit Andolfini, je crois que nous avons bien avancé chacun de notre côté, et que nous pouvons commencer à travailler. John, tu nous sors les photos du tableau ?... Voilà, après avoir recoupé toutes nos recherches, ainsi que celles de nos correspondants à Londres, on en a ressorti cette liste que voici, d'artistes susceptibles d'avoir créé cette œuvre. Puisse-t-elle nous mener sur la voie de la connaissance !

C'est qu'il était cérémonieux, le stagiaire ! Il sortit une feuille où figuraient une demi-douzaine de noms. Donc six.

– Pour l'instant, continua-t-il, on est sûr à quatre-vingt-quinze pour cent que le peintre figure sur cette liste. Maintenant... Voici donc les six noms.

• La piste Domenico Ghirlandaio :
– Notre tableau, continua le conservateur, a été exécuté circa 1500. À une vingtaine d'années près. Ça, pour l'instant, c'est scientifiquement prouvé : spectromètre, opti-scan, chromatographe et je ne sais quelles autres analyses, sur les pigments, la toile et même le châssis sont formels. Elle a même été peinte en Italie : les pollens inclus dans la peinture ne mentent pas. Je peux également vous dire que ces pollens proviennent plutôt du centre de l'Italie, et que l'année de l'achèvement de cette œuvre, il devait faire particulièrement chaud. Vous voyez qu'ils n'ont pas chômé, au laboratoire d'analyse ! Je leur ai demandé en plaisantant ce qu'avait mangé le peintre au petit déjeuner avant de signer son œuvre, ils m'ont répondu : « Ça, il faudrait un peu de temps. Laissez-nous douze heures. » Ils sont drôles... je me demande encore s'ils plaisantaient... Ces scientifiques sont toujours intrigués par la difficulté que nous avons à attribuer avec certitude une œuvre à tel ou tel peintre, alors qu'ils peuvent pratiquement nous dire dans quelle forêt et à quelle saison a été coupé l'arbre dans lequel a été taillé le

châssis du tableau, ou dans quelle forge ont été produits les clous tenant la toile !

...Bref, concernant la première piste, notre Ghirlandaio est mort en 1494. Pour ceux qui connaissent moins son œuvre, Carole et Bill, en deux mots, il avait davantage le goût pour les éléments d'architecture, comme dans les épisodes de *La vie de saint Jean Baptiste* que pour les éléments décoratifs de plantes ou de fleurs. Quoique, et je dis bien quoique... : vers la fin de sa vie, dans les années 1485-1490, il se met à vraiment exceller dans le portrait – même s'il a toujours été inspiré par la manière flamande – et dans les oiseaux, les plantes, comme dans les fresques de *Santa Maria Novella*. Il ne faut pas oublier que c'est dans son atelier que s'est formé tout simplement Michel-Ange, vers 1488 !... Il a toujours, entre autres, voulu concilier Renaissance et monde biblique, antiquité et christianisme, comme dans *La Visitation*. Je vous enjoins vraiment à reparcourir son œuvre, car – et c'est là que tu verras, Carole – il y a un vrai écart, on pourrait dire un tiraillement psychologique, entre l'ensemble de son œuvre, très académique, et certaines créations, d'une chaleur et d'une intimité peu communes. Et c'est là que je vous sors mon joker, mes amis... Regardez ce tableau que vous connaissez tous, mais qu'il est bon de revoir ensemble... J'ai fait des photocopies pour tout le monde... Alors, dans ce *portrait d'un vieil homme et d'un enfant*, peint vers la fin de sa vie, vous conviendrez que le dessin, les teintes, la lumière, nous fait immanquablement penser à notre tableau, notre *Jouvencelle*, comme nous l'appelons au musée...

– Pourquoi *Jouvencelle* ? demanda Carole.

– Car elle a vraiment l'air de sortir d'un bain de jouvence. En rapport avec le manuscrit Voynich, et ses allusions à l'éternelle jeunesse. C'est son nom de code, en tout cas, conclut le conservateur.

– Vous y croyez donc vraiment à l'authenticité réelle du manuscrit, à son message ?

– ...C'est le nom de code de notre tableau. Point. Messieurs, Carole, on continue ?

• La piste Piero di Cosimo :

– Pour nos amis anglais, la piste la plus sérieuse. Pourquoi ? Ils sont très portés sur la symbolique, et surtout sur la symbolique cachée de l'œuvre de di Cosimo. Même si vous savez que la lecture de la symbolique était beaucoup plus claire et plus directe à l'époque que maintenant. Le langage des codes imagés est tombé, pour sa plus grande part, dans l'oubli... Ce qui était directement lisible à l'époque, est aujourd'hui sujet à diverses interprétations, et même à controverses.

...Alors, voilà... je vous passe le *portrait de Simonetta Vespucci*, sur bois, exécuté dans les années 1515 : la posture des épaules, du cou, la coiffure... Constatez le profil parfait du visage, et le trois-quarts du buste : c'est très révélateur ! Le plus important, dans ce *portrait de Simonetta Vespucci*, c'est cette fameuse symbolique, ce serpent autour de son cou qui se mord la queue, ce qui était considéré comme allégorie de l'éternité, du temps qui se renouvelle... vous voyez évidemment le rapport avec notre *Jouvencelle*. Maintenant, la symbolique de di Cosimo mise à part, vous savez et voyez tous que la touche, « l'épaisseur » de la touche de di Cosimo est extrêmement proche de ce que nous cherchons... Pour la petite histoire, on ne connaît aucun de ses élèves qui utilisait cette manière de peindre... et pourtant, il en a eu, des élèves, mais di Cosimo, c'est di Cosimo... C'est vraiment troublant, vous ne trouvez pas, John, Sévère ?

Le conservateur-stagiaire Andolfini avait légèrement insisté sur le « Sévère », comme pour le tester. Sévère mit donc tout son esprit de déduction, de sens logique, d'analyse visuelle et psychologique en mouvement pour s'assurer une fine réponse qui devait rester dans les annales de la vision scientifico-artistique des années 2000 :

– Oui.

– ...Bien, nous sommes d'accord, Sévère. Continuons :

• La piste Bartolommeo da Veneto :

– Personnellement, je n'y crois pas, continua Andolfini. Et franchement, je ne sais pas pourquoi je n'y crois pas. Tenez... je vous donne les copies de ce *portrait d'une jeune femme*, daté d'environ 1505-1510...

– Il fait faim, coupa Carole.

– Il fait surtout soif! enchaîna immédiatement John.

Un seul geste d'Andolfini, et une bouteille de J&B et quelques assiettes de tapas à l'italienne se retrouvèrent comme par magie sur la table. Ainsi qu'une Badoit, par acquit de conscience, sous couvert que « la-femme-ne-buvait-peut-être-pas » (!). De plus, le geste de l'index tournoyant du conservateur au serveur, signifiait, en langage international : « Quand ça manque, tu ramènes un J&B ».

Il était cool, finalement, le stagiaire.

– Donc, messieurs, je continue : regardez ce *portrait d'une jeune femme*, sûrement Lucrèce Borgia, d'ailleurs... Elle nous regarde en nous montrant clairement un bouquet de fleurs. Elle nous le présente. Le peintre semble nous faire passer un message. Le drapé, aussi, sur son épaule : la façon de l'habiller, ou de la déshabiller, est similaire, dans l'esprit, à la façon dont le ruban entoure notre *Jouvencelle* sur notre tableau. De plus, une grande partie des œuvres de Bartolommeo sont, à notre avis, encore inconnues. C'était un personnage assez énigmatique...

Alors, pourquoi, personnellement, je n'y crois pas? Le dessin, le souci de la forme des épaules, le souci du dessin du visage sur notre *Jouvencelle* ne correspond pas, à mon sens, avec l'œuvre de Bartolommeo... Ce n'est pas la même sensualité, la même « sensitivité ». Je pense que Carole sera d'accord avec moi.

Celle-ci était mortellement partagée entre la recherche d'un dernier rouleau de jambon-fromage-basilic, et celle, plus cachée mais tout aussi précise, du pied de Sévère avec le sien, comme si le haut de son corps et le bas appartenaient à deux personnes différentes. Sévère était tout aussi mortellement déchiré entre deux solutions : se laisser faire, sous la table, pour voir, et, deuxièmement, foncer voir Antonia, Sa Tonia, par Amour, par Plaisir... Le conservateur laissa donc gentiment tomber.

• La piste Carpaccio :
– Carpaccio. Piste tellement intéressante. Tellement troublante ! entama le conservateur. Vous connaissez tous et toutes l'œuvre de Carpaccio... Carole ! Tu es avec nous ?.. Donc, « Vittore » Carpaccio, bien que son nom soit un « résumé » de plusieurs noms qui lui furent donnés à l'époque, et que même son année de naissance prête à litige, nous intéresse au plus haut point. Son œuvre est polysémique : en quelque sorte « touche-à-tout ». Mais attention, touche-à-tout de génie ! Regardez *la Vierge et saint Jean adorant l'Enfant*. D'une tendresse absolue. Regardez la série des *Ambassadeurs*, comportant des dizaines de personnages. On peut dire qu'entre les deux, il y a un monde. Vous me direz que notre *Jouvencelle* n'a aucun point commun avec le Carpaccio monumental dont nous connaissons tous les toiles. Eh bien détrompez-vous ! Regardez, Carole, connaissez-vous cette toile ? 1510. Sacrée année ! *Jeune chevalier dans un paysage*. Regardez l'importance que prend ce jardin, ces fleurs, dans cette toile. Peut-être le jardin d'Éden... Chaque plante, chaque animal de ce tableau a une signification bien précise : les lys, iris,

106

ancolies, myosotis... Nous pourrions en parler pendant des heures, mais plus vous regarderez cette œuvre, plus vous serez troublés par la complexité des messages délivrés s'entremêlant les uns les autres. Je dirais que « l'ambiance » de ce tableau nous amène à notre *Jouvencelle*, messieurs. De plus, nos correspondants à Madrid, conservateurs de la collection Thyssen-Bornemisza, dont fait partie ce tableau, sont formels quant à la similitude de la matière de la toile et des pigments utilisés : c'est très technique. Maintenant – je vous vois tiquer, Sévère, et vous avez raison, d'une certaine façon – l'analyse scientifique ne fait pas tout. Et heureusement : L'ŒIL ! L'œil avant tout ! Sinon nous ne serions pas là, messieurs... Vous savez que ce tableau était, il n'y a pas longtemps encore, attribué à Dürer ?

– Et maintenant, comment est-on sûr qu'il s'agit d'un Carpaccio, ce *Chevalier* ? coupa Carole, qui avait rangé ses pieds sous sa chaise, faute de répondant de la part de Sévère.

– On en est sûr aujourd'hui, par le progrès des analyses scientifiques.

– Ça veut dire que de progrès en progrès, dans vingt ans, ce tableau sera peut-être attribué à quelqu'un d'autre ?

– Je ne pense pas. Je ne crois pas. Mais c'est là tout l'intérêt de notre métier ! Un métier d'avenir ancré sur l'analyse d'œuvres souvent multiséculaires.

– Vous parlez bien, conservatore. Vous me faites penser à Alain Decaux ! Toute ma jeunesse ! intervint Sévère.

– Merci... Bon, bref, piste ô combien sérieuse que celle de notre Carpaccio, à mon sens, et, je vous le rappelle, au sens de nos correspondants de Madrid. Maintenant, poursuivons :

• La piste Sandro Botticelli :
– Botticelli ? Je n'y crois pas une seconde ! lança immédiatement John. Nous connaissons tous l'œuvre de

Botticelli. Notre *Jouvencelle*, malgré sa qualité, n'a pas le dessin, la précision, la qualité du trait... Je suppose que vous faites allusion au *Printemps*?

– Gagné! entama le conservateur. Voici la photo du *Printemps*. Je vous laisse vous en réimprégner... Vous savez que ces peintres dont nous parlons ont tous vécu pratiquement à la même époque et au même endroit! Il ne faut pas l'oublier. Seulement notre Botticelli fut un poète. Mais un poète friand de sous-entendus allégoriques et d'énigmes. « Énigme »: n'est-ce pas là le mot-clef de notre recherche?

Énigmes, mysticisme... Entre 1495 et 1500, précisément dans les années de son déclin, son œuvre devient moins... comment dirait-on... plus mystérieuse. Beaucoup plus mystérieuse. Toujours basée sur la Femme, la naissance, la renaissance, la jouvence.

Et maintenant, la surprise du chef: aux pieds et sur la robe du personnage appelé « le printemps », juste à côté de Venus, nous avons quelques espèces de feuilles et de fleurs, qui se retrouvent incontestablement sur le manuscrit Voynich! Allez-y, regardez, prenez votre temps!

– Vous voulez dire qu'on a découvert un Botticelli? demanda Bill Beck, qui prenait la parole pour la première fois, avec sa petite voix de faux jeton.

– Attendez, nous sommes là pour en discuter. Ce n'est qu'une de nos pistes. Mais si c'est le cas, et je ne suis pas loin d'avoir envie d'y croire, nous aurions découvert beaucoup plus qu'un Botticelli! Toute une part d'Histoire, à vrai dire... Nous n'avons en fait jamais étudié un peintre qui « liait » autant la Femme à la naissance, au renouveau. Regardez *La naissance de Venus*, *Le printemps*... cela semblait être une véritable obsession chez Botticelli. Réfléchissez-y...

Sévère n'était pas convaincu.

– Je trouve, dit-il, la pose de la Femme, sur notre *Jouvencelle*, un peu traditionnelle par rapport à ce que faisait

Botticelli. Un simple profil... Les poses des Femmes de Botticelli sont plus « enlevées », plus naturelles, non?

– Je vous l'accorde, Sévère. Cependant, les similitudes sont indéniables. Et puis la pose de profil a aussi sa signification : la femme n'est plus « actrice », mais « spectatrice ». Cette pose transmet aussi un message : c'est à nous d'être « acteurs » devant la toile, et non plus au personnage représenté. Mais nous reparlerons de ça, c'est très intéressant... Ceci dit, avant de nous emballer, la dernière piste :

• La piste Giovanni Bellini :

– Alors Giovanni Bellini. Là, on navigue en pleine difficulté... Je vous passe ces photos... Regardez ce portrait du *Doge Leonardo Loredano* peint en 1501. Il est à la National Gallery. Ce sont nos amis londoniens qui nous ont mis sur la piste. On peut dire, vous serez d'accord, que ce portrait, de par sa facture, l'audace des couleurs, a une bonne cinquantaine d'années d'avance sur son temps ! Ça, c'est une chose... maintenant, Giovanni Bellini, c'est la piste de Rome. Et ils y tiennent, à Rome ! Nous nous devons donc de la considérer avec sérieux. C'est un vrai spécimen, ce Bellini ! Entre 1460, en gros, où il a peint *Le Christ au jardin des oliviers,* ou *La Crucifixion, La Pieta,* très analogiques avec les œuvres de Mantegna, et ce fameux portrait du *Doge Loredano,* nous passons pratiquement du Moyen Âge à Rembrandt. En quarante ans ! C'est impressionnant. Il y a eu peu de progression aussi fulgurante chez un artiste, en si peu de temps. Alors pourquoi Giovanni Bellini, me direz-vous, Carole ?

– Oui, pourquoi Giovanni Bellini, conservatore ?

– Pour plusieurs tableaux, plusieurs détails... Et là, pour le coup, l'analyse des pigments. Giovanni Bellini est peut-être le peintre le plus difficile à identifier par la simple analyse visuelle, tant son œuvre est en constante évolution. Je vous passe cette photo... Regardez ce *Christ mort entre deux*

Anges, peint en 1468. Regardez l'ange de droite : c'est presque un tableau en lui-même, très actuel, dans les traits, dans la posture, contrairement à l'ange de gauche, qui est beaucoup plus dans la « tradition Mantegna »... Maintenant, mises à part les innombrables scènes monumentales et religieuses, Giovanni Bellini a peint nombre de portraits. Et c'est là que ça nous intéresse. D'abord par le goût du secret qui a marqué tout l'atelier Bellini. D'ailleurs, énormément de ces portraits n'ont été identifiés que très tardivement. Certains furent attribués à Jacopo da Valenza, à Lorenzo Lotto, ou même à Carpaccio ! Bref, il a peint ces portraits, d'inconnus surtout, entre 1485 et 1500. C'est pratiquement à chaque fois des trois-quarts gauche... Mais la touche est sans nul doute très similaire à notre *Jouvencelle.* Ce n'est pas l'œuvre d'un apprenti. La touche de pinceau est plus parlante qu'une signature... Ah oui, j'oubliais, dernier détail...

Le conservateur semblait adorer ces instants où tout le monde était pendu à ses lèvres.

– ...Et détail qui a son importance, reprit-il, notre *Jouvencelle,* d'après Rome, pourrait être, si nous retenons cette piste, le portrait de la mère de Giovani Bellini : une abominable marâtre dont il a souffert toute sa vie. D'où la posture de profil de cette *Jouvencelle.* Comme si Bellini ne voulait pas la regarder en face. D'où le message du ruban. D'où plein de choses dont nous aurons largement le temps de reparler... Voilà, Carole, messieurs, extrêmement résumé, le pourquoi de ces six noms.

Carole prit la parole :

– Conservateur, connaissant un peu, pas autant que vous, mais un peu quand même, la peinture et les peintres de cette époque, il y aurait, pour moi, au bas mot... une centaine de noms possibles ! Pourquoi seulement six ?

– Le recoupement ! Le recoupement entre ce que pensent nos correspondants de Londres, de Madrid, entre ce que pensent nos scientifiques de Rome... En recoupant toutes ces données, il en ressort ces six noms. Ne vous trompez pas, cette méthode est relativement si ce n'est très fiable ! Je suis extrêmement confiant là-dessus. Vous me direz que notre *Jouvencelle* n'est pas incontestablement une œuvre d'un de ces six peintres, à cent pour cent. La certitude, dans ce métier, n'existe pas. Mais on est là pour travailler la question, non ?

Sévère osa lancer la question qui le taraudait – non, plutôt, il lança la question qu'il avait envie de lancer, par pur plaisir – depuis le début :

– Et dites-moi donc voir : par exemple, je dis ça comme ça. La piste d'un total inconnu qui n'aurait peint qu'un seul tableau, notre *Jouvencelle*, ça vous a effleuré, ou c'est nul, ce que je dis ?

« Personne ne répond, personne ne me regarde. Bon, ça doit être très nul, ce que je dis ! ou alors ça fout tout en l'air... »

* * *

Huit heures ! Eight hours ! Hate hours !

Huit heures qu'ils discutaient du possible, du probable, de tel détail de tel tableau, de telle biographie de tel peintre ! En conférence téléphonique avec Rome, avec Londres. En dialogue, trilogue, ou monologue pour certains quand tout le monde parlait en même temps.

Les Anglais étaient bloqués sur la piste Piero di Cosimo, comme peuvent être bloqués les Anglais... (mais non, on vous aime !)

Rome restait sur la piste Giovani Bellini, mais au moins, tout le monde était d'accord pour ne pas éloigner la piste Carpaccio.

Vers deux heures du matin, ils décidèrent de se quitter, chacun avec un dossier complet, et de se donner rendez-vous « le plus rapidement possible ».

En se levant, Bill Beck apostropha John Henmann, l'air soucieux, et passablement mécontent. Sévère ne saisit pas ce qu'il s'était dit.

– John, ça va ? Qu'est-ce qu'il t'a dit, Beck ?

– Oh, rien... il était perturbé par la présence de Léo Casanova. Il croit que je veux le court-circuiter, ou je ne sais pas. C'est vrai que normalement je dois travailler avec Beck, et que la présence de Léo est, a priori, déplacée... Mais moi je dis qu'il faut mettre toutes les chances de notre côté. Et puis Léo est vraiment pointu dans le domaine des langages cryptés.

– Tu as bien raison. Bon... On se voit demain, John ?

– Alors demain, départ à Rome. Ça te dit ?

– Quoi ? Qu'est-ce ?

– Léo repart demain à Rome, une semaine, avec Mujda et Carole. Il a des conférences. Si on veut travailler avec lui, il faut le suivre.

– OK... Rome, demain... Tu viens me chercher.

Épisode II

Rome

X
Les gens ne savent pas ce qu'ils veulent mais ils ne le savent pas.

– Je viens !

Tonia n'avait même pas réfléchi une seconde.

– Tu peux quitter ton boulot ? Et Stefano, qu'est-ce qu'il va en penser ? demanda Sévère.

– Stefano, Stefano ! C'est mon boulot, ce tableau ! Stefano, je ne lui demande pas ce qu'il fait pendant des semaines, à l'autre bout du monde, ni avec qui il est !

– Géant ! Je pensais exactement la même chose, et comme tu dis, c'est TON tableau avant tout. Sois prête dans une heure, on te prend en bas de chez toi.

* * *

Après trois heures de route sur l'A1, vers midi, Sévère, Antonia et John débouchèrent enfin sur la *grande raccordo annulare* entourant la ville de Rome. Celui-ci venait enfin de comprendre que le fait de se retrouver avec Sévère et Antonia ne l'impliquait en rien dans leur histoire, et qu'il n'y avait rien de plus louche et plus soupçonnable que les gens qui s'évitent sans raison apparente. Qu'ils soient tous les trois ensemble à Rome signifiait tout simplement que chacun faisait son métier, chacun à sa place. John s'était senti rassuré par cette vision des choses, même si Sévère avait dû lui sortir des trésors de diplomatie et de mains sur l'épaule.

Comme John avait faim, Tonia envie de faire pipi, et Sévère envie de fumer une cigarette debout, trilogie immuable de tout voyageur, ils s'engagèrent par le nord dans Rome, jusqu'à la viale Trinita dei Monti, donnant sur la piazza di Spagna. De là, ils cherchèrent un hôtel pour se poser, qu'ils trouvèrent via Condotti, rue commerçante, dont le point de vue, au nord, donnait directement sur l'église de La Trinité-des-Monts. L'hôtel était tout mignon, à dominante rose, comme souvent les hôtels middle class, très bien placé, et donnait vraiment envie de s'installer là quelques années, dans l'un des plus beaux endroits du monde, l'un des plus chargés de vécu, des plus odorants d'Histoire. L'odeur...

La terre de Rome sentait les larmes, le sang, les triomphes. Elle sentait la victoire. Elle sentait la Force. Elle sentait l'angoisse des femmes de guerriers en campagne dans de lointaines provinces. Elle sentait leurs plaintes, leurs prières, leurs espoirs. Elle sentait l'Envie, en tout cas l'envie de créer quelque chose, de créer un avenir, une civilisation. Elle sentait la peau suintante et tannée par le soleil des hommes qui l'avaient construite, qui l'avaient élevée comme on élève un enfant, qui y avaient cru, et qui y avaient laissé leur vie. Elle avait l'odeur de tous les hommes qui l'avaient foulée, qui l'avaient aimée, ou qui avaient voulu la conquérir, comme on conquiert une femme... La terre de Rome renfermait une puissance émotionnelle propre à Elle, et à Elle seule. Chaque terre dans le monde avait sa propre odeur. Celle de Rome était unique.

* * *

– C'est quoi, ça, Antonia ? Toi qui t'y connais. Du bœuf ?

– Ça, Sévère, c'est la coda alla vaccinara. C'est de la queue de bœuf braisée, avec la tomate et des herbes d'ici. C'est typiquement romain. Excellent.

– Et pourquoi je n'ai pas le même truc que John ?

– C'est du risotto au Marsala. Tu préfères ? C'est un peu sucré.

– Non, c'est parfait... mais de la queue de bœuf, quand même... J'aurai les oreilles comme dessert ? Avec de la confiture, sur un toast ? Ou le museau en gelée ? De la langue confite ? Un petit émincé de babines fraîches avec une boule de vanille ?

...Bon, dites-moi, les cocos : on a pris deux chambres. C'est quoi le plan, je dors avec John, ou on est plus cool que ça ? Deuxièmement, on les voit quand, les Mujda, Léo et Carole ?

– On les voit ce soir, chez Mujda, répondit John, qui dévorait son risotto comme un chien mange un os, avec Plaisir, dans le sens le plus noble du mot. Du reste, il mangeait toujours avec ce même plaisir, tellement rafraîchissant.

– Tu sens ce parfum, Tonia ?

– Quoi, Sévère ? Le parmesan ?

– Non. Ces effluves... L'odeur de ton pays. Je suis le seul à me servir de mon nez, ou quoi ? Le parfum du sol, de l'air, des pierres...

– C'est peut-être le vin ! intervint John. Je le soupçonne d'être légèrement bouchonné. Je vais peut-être même passer à la bière !

– John, répondit Sévère, pourquoi, dis-moi pourquoi, dans la vie, je me dis toutes les dix minutes : « on n'est pas aidé ! » Et que je me sens si seul au monde, parfois ? Eh bien, je vais te le dire : c'est à cause de ce genre de nullité que tu viens de me sortir, mon gros poulet! Je te dis « sensation », tu me réponds « houblon ». Je te dis « émotion », tu me réponds « bourbon »!... Non, mais rassure-toi, je ne te parle pas à toi, je parle au monde entier. Ceci dit, moi aussi, je vais passer à la bière...

– Je vous propose un truc, les amis, coupa Tonia. On va se reposer deux heures à l'hôtel, et après on file directement chez Mujda et compagnie. Ça vous va? En attendant, j'ai besoin de prendre une douche.

– OK.

– Oui, conclut Sévère. Je finis ma queue de bœuf, et c'est parti. Il me reste quelques vertèbres de ce pauvre animal à transformer en énergie par le biais de mon intestin grêle, une fois qu'elles auront été prédigérées par les sucs gastriques de mon estomac aviné. Si tant est que mon foie gruyerdisé donne son aval à ces improbables mélanges... Bon appétit, tout le monde!

* * *

– Sévère, tu vois, je veux te poser la question...

– Je sais, Tonia... Enfin, non, je ne sais pas. Si c'est une question, je te réponds « oui ». Cent fois « oui ». Ce que tu veux. Pour toi, ce que tu veux. Pour l'instant...

– Tu vois comme on est bien dans cette chambre, Sévério! C'est des moments où je me dis que tout le reste, je m'en fous.

– Et?

– Dis-moi, maintenant. Tu l'as vraiment tuée, la Mama? Comment tu as fait?

– Tonia, Tonia... On a dit qu'on n'en parlait plus.

– Non, excuse-moi, ce n'est pas ce que je voulais dire. Je t'aime, c'est tout. J'ai besoin d'être rassurée, tu comprends?

– Oui, bien sûr! Mais tu crois que je n'ai pas envie d'être rassuré, moi? Dans un pays qui n'est pas le mien, avec une fille qui n'est pas la mienne? Faisant un boulot qui n'est pas le mien? Meurtrier, traqué par ton mec? par toute l'Italie?

– Alors tu l'as tuée!

– Attends, elle avait cent mille ans! Et c'était une ordure! On ne peut pas appeler ça « tuer »! T'es marrante, toi! Chez nous, en France, on appelle plutôt ça « éclaircir le terrain ». C'était un peu notre plan, non? Alors tu es gentille, on n'en parle plus! En plus, tu avoueras que j'ai été plutôt... efficace sur ce coup-là, non?

– Efficace, tu l'es, oui... Tu veux bien être efficace sur moi, maintenant? Viens être efficace, viens, je veux que tu sois toujours efficace en moi... ça, je ne m'en lasserai jamais... Jamais... Viens, mon ange, mon Français...

* * *

John était beau comme une Cadillac. Tout en blanc, avec une de ses éternelles cravates roses et son teint magenta, tout frais rasé. Tout le monde était prêt à rejoindre Léo Casanova, Carole, et Mujda Almaleh. Celui-ci habitait entre le Panthéon et l'église Sant'Ignazio di Loyola, via del Pie di Marmo, qui devait son nom à un énorme pied en marbre, vestige d'une statue colossale.

Mujda les accueillit comme s'il ne les avait pas vus depuis dix ans, serrant longuement John et Sévère, moins Tonia. L'immense appartement était l'antithèse de sa maison de Pise, entièrement décoré de nombre de splendides peintures, souvent à tendance religieuse, et d'une quantité impressionnante d'œuvres d'art, poteries antiques, casques étrusques, et même d'un splendide sarcophage en pierre trônant au milieu du salon, sûrement égyptien d'influence grecque.

– Il vient d'Alexandrie, ton sarcophage? demanda Sévère.

– Ah, mais on s'y connaît! Il a été volé par mon arrière-grand-père, figure-toi! Il l'a ramené en barque en Turquie, tout seul. Un sacré bonhomme. Dites-moi si vous avez faim, on est sur la terrasse avec Léo et Carole. Installez-vous.

Tout le monde salua tout le monde, et après quelques banalités échangées sur les Italiens – comme l'insoluble mystère qui poussait ce peuple, comme tous les Méditerranéens à vouer un culte sans bornes au klaxon de leur voiture –, ils se mirent enfin au travail.

– Alors, Léo, commença John, tu nous as dit au téléphone que tu avais avancé depuis hier. Entre les six artistes susceptibles d'avoir peint notre *Jouvencelle Voynich*, tu as une petite idée?

– Un peu. Déjà, je vous rappelle que dans ma partie, les messages cryptés, on peut tomber sur une difficulté majeure: que le message ne veuille absolument rien dire. Je veux vous expliquer par là que si moi-même, par exemple, décidais de créer un nouveau manuscrit Voynich, mis à part les dessins, je n'aurais aucun mal à faire croire à tout le monde que le texte n'est pas écrit de façon aléatoire, bref, que le texte signifie quelque chose, qu'il a un sens. Et je peux vous assurer que tous les chercheurs s'y casseraient les dents pendant des siècles! Maintenant, je n'y crois pas en ce qui concerne le Voynich et notre tableau. Ces méthodes de recherche dont je vous parle sont relativement modernes.

– Tu veux dire, intervint Carole, que les textes sur le Voynich et sur le tableau ont un sens réel?

– Ça, j'en suis persuadé. Un langage comporte des redondances qui le distinguent des autres. C'est tout le travail de Markov sur l'analyse des chaînes linguistiques. Pour résumer, il y a tout un calcul à faire pour déterminer une sorte de moyenne dans l'apparition de lettres ou de signes, dans un texte. C'est extrêmement précis. En langage occidental, par exemple, les voyelles ou groupe de voyelles réapparaissent souvent dans un texte, et plus le texte est long, plus la moyenne de leur apparition tend à être identique, quel que soit le texte... Bon, je ne vais pas vous embêter avec ça, passons plutôt à notre tableau. Et là, vous allez être contents !

— Mais on est déjà contents ! On n'est pas bien, là ? dit Mujda qui arriva, en pagne, avec un plateau de « margaritas » à la main.

— Oh, il est mignon, ton petit pagne en paille ! Tu es trop sexy ! dit Sévère, qui venait une fois de plus de perdre une splendide occasion de se taire. Bon, alors, Léo, pourquoi on va être content ?

— Je pense que je vous ai, pour l'instant, divisé votre recherche par deux. Sur notre *Jouvencelle*, la signature comporte quinze signes qui se suivent. Ces signes sont difficiles à bien identifier, à repérer, certains semblent être doubles, d'autres un peu confus et moins précis, mais je pense qu'il y en a quinze. Maintenant, regardez les noms de notre liste, nos pistes : Domenico Ghirlandaio, Piero di Cosimo, Bartolommeo da Veneto, Vittore Carpaccio, Sandro Botticelli, et Giovanni Bellini. Vous ne remarquez rien ?

— Il faut remarquer quoi, à part que ce ne sont que des Italiens ? demanda Antonia.

— Eh ben, dites donc ! Et c'est vous les experts... Je crois simplement que, d'après le nombre de signes de notre signature, on peut éliminer les trois premiers. Il nous reste Vittore Carpaccio, Sandro Botticelli, et Giovanni Bellini. Tous les trois ont quinze lettres dans leur nom !

— Incroyable, reprit Tonia. Et personne n'a vu ça avant...

— Attendez, Vittore Carpaccio, ça fait seize lettres, compta Sévère. John, ça fait seize lettres, non ?

— Oui et non, Sévère : « Vittore » est aussi « Victor », ou « Vetor », même « Vitore » ou « Vetore », et plus sûrement, à l'époque, « Vector ». Ce qui nous ramène à quinze lettres.

C'est très étonnant... Et donc, tu ne crois pas du tout aux trois autres peintres, Léo ?

– Ça me semble fort improbable. Et je vais même aller plus loin. Ce double signe, en fin de mot, me ferait davantage penser au « CC » de Carpaccio, ou au « LL » de Botticelli. C'est un son... Pour moi, c'est la piste Botticelli ou Carpaccio qu'il faut suivre. Je n'ai pas été plus loin, pour l'instant, mais on est là pour ça, selon la formule consacrée.

* * *

Bill Beck, qui se tenait assis à côté de Stefano, à l'avant de sa grosse Jaguar bleu nuit, était visiblement mal à l'aise. Celui-ci l'avait convoqué, le matin même, en apprenant qu'il ne travaillait plus avec John, et surtout, surtout, qu'Antonia avait disparu de Florence. Bill, qui connaissait bien Stefano, savait par-dessus tout qu'il avait plus qu'intérêt à jouer non seulement franc-jeu, mais aussi faire preuve d'une extrême humilité avec lui. Surtout quand le prince se trouvait dans ces humeurs de colère froide et calme, ce qui n'augurait rien de bon.

– Bill, mon cher Bill, tu veux dire que tu les as laissés partir tous les trois ? Antonia, Henmann et ce Français ? Tu sais bien, pourtant, que ce... Sévère commence vraiment à nous importuner, non ? Qu'est-ce qu'il fait avec elle ? Qu'est-ce qu'il FAIT ? Tu vas me le dire ?

– Attention ! Il y a un feu rouge !... Bon, tant pis, tu as raison, je crois qu'il était orange... Stefano, je ne sais pas ! Comment tu veux que je le sache ?

– Moi, je sais. Ils sont à Rome. Tous les trois. Est-ce que tu trouves normal que moi, je le sache, et pas toi ? Parce qu'il y a deux solutions, Bill : ou tu ne le savais pas et tu ne me sers vraiment à rien, ou tu le savais, et là, ça devient très très problématique. Tu comprends ce que je veux dire ? Oui ?

– Je ne le savais pas, Stefano. Je te jure ! Mais je préfère être un incompétent qu'un traître. Et puis, en plus, continua-t-il tout bas, c'est Ton problème.

– J'ai entendu, l'Américain ! Oui, c'est mon problème. Antonia, c'est Mon problème. Mais je te paie pour être tranquille. Et je paie les gens que tu paies pour être tranquille. Et je paie même toute la famille de tous ces gens-là. J'estime, petit bouseux du Mississippi, que j'ai droit à un peu de confiance, un peu d'amitié.

– Je suis de Boston.

– Ta gueule, Bill. Ramène-moi ce Français, avec Antonia, à Florence. Moi, je dois m'occuper des affaires de ma mère, cette semaine. Je les veux sous mon toit le plus rapidement possible, tous les deux. J'ai des choses à leur dire.

* * *

Antonia, sous le soleil romain écrasant la terrasse de l'appartement de Mujda, semblait vraiment enthousiaste par les premières analyses de Môssieur Léo Casanova. Elle, Tonia, était témoin de la découverte d'un Carpaccio ou d'un Botticelli, et plus encore, que l'un de ces deux peintres était vraisemblablement l'auteur du fameux manuscrit Voynich ! Elle se sentait belle, libre, et elle l'était. Ils l'étaient tous, heureux, tous les six, en cette fin d'après-midi ; heureux ensemble, heureux sous le soleil de Rome, heureux de par l'amour de leur travail, de leur chance, de leurs découvertes. Maintenant, il s'agissait de pousser Léo à continuer son analyse.

– Léo, et toi Mujda, vous penseriez savoir ce que peut signifier cette sorte de « M », avec deux boucles, en début de signature et en début de chapitre, sur notre tableau ? demanda John.

– Ce « M » dont tu parles, est peut-être la traduction de « Voici », ou « Ainsi dit ». En gros une traduction de « Ainsi

123

je dis ». Ce qui concorde assez bien avec le début de la signature : « Ainsi je dis, Sandro Botticelli ». Et qui concorde aussi avec les débuts de nos chapitres, aussi bien sur notre *Jouvencelle*, que sur le manuscrit.

– Eh, Léo, intervint Sévère, ça me fait très plaisir ce que tu dis ! Maintenant, ce n'est plus trois peintres, mais c'est Botticelli que tu mets en avant. Botticelli, mon chouchou !

– Je n'ai pas dit ça ! C'est juste mon point de vue. C'est celui de Mujda, aussi, depuis le début. Tu as raison, Sévère. Mais je ne veux surtout pas vous influencer. Vous voyez, les experts, vous faites davantage confiance à la technique du peintre qu'au feeling, souvent. Pour moi, quand on étudie un peintre pendant des années et des années, jusqu'à rentrer dans son esprit, jusqu'à sentir ce qu'il fait, ce qu'il a fait, dans quel état d'esprit il l'a fait, alors là, quand on rencontre une de ses œuvres, on SAIT. Comme un « profiler ». On le reconnaît, notre peintre, comme si c'était un ami de longue date. Tu le sais, Sévère ? Tu as dû le vivre, ça aussi !

– En gros.... Mais il reste une question quand même... Pourquoi ? Pourquoi tout ce mystère ? Pourquoi, quel que soit l'artiste, s'est-il cru obligé d'utiliser une langue qu'il savait incompréhensible ?

Carole Dauxois prit enfin la parole :

– C'est LA question. La réponse la plus évidente serait qu'il s'adressait à des initiés, à un petit groupe de gens qui, seuls, étaient capables de comprendre ces écritures, une élite. Puis leur goût prononcé du secret a fatalement débouché sur l'oubli total de ce langage. Cette « élite », médecins, savants, artistes ou alchimistes, tenait tellement à s'isoler du peuple, qu'ils ont emporté une part de leur savoir dans leur tombe... Mais est-ce que c'est la question qui nous intéresse, aujourd'hui ? L'important, aujourd'hui, est de se lancer dans la traduction, car sans traduction, toutes ces hypothèses sont sans fondement réel, et restent dans le domaine du fantasme.

– Tu as raison, Carole, continua Léo. Voici les documents qui vont nous aider à y voir plus clair. Ne vous inquiétez pas, ça va vous paraître un peu rébarbatif, au bas mot.

Léo Casanova, qui avait empilé devant lui une masse de livres et de documents, les parcourait comme s'il les connaissait par cœur, hochant parfois la tête, ce qui signifiait qu'il comprenait ce qu'il se disait tout seul, ce qui était tant mieux pour lui, et a fortiori pour tout le monde.

– Voilà, dit-il, ça va être assez long, mais c'est la meilleure solution: on va se dessiner une sorte de grille dans laquelle on va placer les signes qui nous intéressent...

XI
Le pouvoir use ceux qui ne l'ont pas

– Est-ce que j'ai une tête de voleur de briquet?

– Pas du tout! Raison de plus pour se méfier de toi, Angel-face!

– C'est Mujda qui l'a, ton briquet. Je suis sûr qu'il l'a mis dans son pagne en rotin. Il a allumé les bougies, tout à l'heure.

– Bon, Sévère, Antonia, vous ne pourriez pas plutôt aller nous chercher à manger chez le chinois, en bas? coupa John.

– OK, grand. Viens, Tonia, on y va, moi aussi j'ai faim.

– Il est où ce chinois, tu sais, toi? demanda Sévère, alors qu'ils se retrouvaient tous les deux au milieu de la piazza di Sant'Ignazio.

– Juste derrière, à cent mètres.

– Comment tu sais ça? Tu viens souvent ici?

– Eh, mais tu ne connais pas toute ma vie, mon coco!..

– Pourquoi on veut du « chinois », au fait, en Italie?

– Tu n'aimes pas?

– Si Tonia, j'adore les plats chinois! Je ne mangerais que ça. Enfin, si ce n'est pas du chien...

– C'est une légende, ça.

– Justement! Les Chinois, ils adorent les légendes! Tu sais que dans les campagnes, ce qui fait quand même au moins un milliard de personnes, ils croient encore que plus un animal souffre avant de mourir, et plus il a des valeurs nutritionnelles et des pouvoirs de guérison? Ils enferment même des ours dans des petites cages où ils ne peuvent plus bouger du tout, toute leur vie, pour qu'ils se fassent de la bile. Après, ils leur greffent des petits robinets dans le ventre, et ils boivent directement la bile. Ils font pareil avec les serpents. Tout ça pour de soi-disant vertus aphrodisiaques! Ils sont fous d'aphrodisiaques, en Chine. Comme s'ils en avaient besoin, à bientôt deux milliards! Tout ce qui est pointu, du genre phallique, est aphrodisiaque, pour eux. C'est pour ça qu'il n'y a plus de rhinocéros en Afrique. Ils leur bouffent leurs cornes! Ils font pareil avec les tigres en Asie. Ils leur bouffent leur pénis, râpé dans leur thé! Tu vas voir que, quand il n'y aura plus du tout de rhinocéros, ils vont vous racheter la Tour de Pise, la réduire en poudre, et la revendre dans des petits sachets dans les rues de Shanghai! Cent dollars la pochette. Après, ils s'attaqueront à la Tour Eiffel! Tout ce qui est phallique, je te dis!

– On y est, Sévère... Tu veux quoi?

– Un peu de tout, Tonia. J'adore leur cuisine...

Une fois de retour, Sévère s'étonna de la vitesse à laquelle les choses avançaient. Léo avait tracé différentes grilles, y avait placé nombre de signes, et commençait déjà à retranscrire certaines phrases, certains groupes de lettres. Vers une heure du matin, sérieux comme un pape... enfin, certains papes, Léo fit profiter de ses conclusions le reste de la tablée:

– Voilà. Ce signe qui me semble double, et qui était un peu effacé sur la signature du tableau, serait d'après moi le son « LL ». Ce qui me fait dire ça, c'est que le dernier signe de la signature, celui-ci, semble, et je dis bien semble, être un « I » couplé d'un point. Comme une fermeture de session. Alors que le « I » seul, serait plutôt cette sorte de « T » que vous voyez là... Je vais vous montrer les autres signes, mais je peux vous dire tout de suite que si cette signature est celle de Sandro Botticelli, tout concorde. En fait, je vais vous dire, ce tableau, c'est une véritable aubaine. C'est facile de traduire une signature, quand on sait plus ou moins qui a peint la toile.

— Bon, c'est Botticelli ? demanda Carole qui avait les paupières qui se fermaient l'une après l'autre. Parce que si c'est le cas, c'est énorme !

— Je pense... oui. En fait, oui. Sûr à quatre-vingt-dix pour cent, répondit Léo. Il faut quand même que je continue à travailler demain sur certains signes...

* * *

Antonia était belle. Elle l'était toujours. Elle allait bien avec Rome, sur cette terrasse, la vue sur le Palazzo Doria Pamphili.

— Tonia, tu vois l'église, là ? Tu vois ces palais ? Tu nous vois tous les deux sur cette terrasse ? Tu vois comme on est bien ? Il ne fait ni chaud ni froid. « Il n'y a pas de température », comme dit mon premier fils... C'est le paradis. Tout ça, c'est fini. C'est le dernier soir qu'on vit comme ça.

— Séverio ! C'est quoi ça ? Tu ne veux plus... de moi ?

— C'est pas ça, c'est ton mec. Il est trop silencieux. C'est pas normal. Il faut que TOI, tu redescendes sur terre, Tonia ! Il va te traquer. Il va NOUS traquer ! Il va falloir encore faire quelque chose...

— Sévère, tu me fais peur. Je suis heureuse, je suis avec toi. Je suis toujours heureuse avec toi. Ma vie change, tu sais... Stefano, il fait ses affaires et...

– Ses affaires ? C'est toi, ses affaires, Tonia. C'est toi avant tout. Qu'est-ce que tu crois que je veux te dire ? Que tout va bien ? Non, tout ne va pas bien, Tonia... Je les connais, ces gens-là. Moi, je nage dans la boue avec ces gens-là, même si la leur est dorée ! Toi, tu voles dans les nuages. Tu es très très loin de la réalité, ma toute belle...

– Pourquoi tu es comme ça, tout à coup ? On a des nuits à Rome ensemble. On a des années ensemble, si tu veux de moi. J'espère que tu veux de moi. Il faut que tu me rassures là-dessus, aussi.

– Je te l'ai prouvé, non ! Maintenant, demain, après-demain. Mais bientôt, tu vas voir des gens de Stefano débarquer ici. Et là, il va y avoir de l'action !

– Des « gens » de Stefano ?

– Bien sûr, Tonia. Tu ne peux pas vivre comme ça, en faisant l'autruche, la tête dans le sable. Tu le sais. Alors s'ils débarquent, ces gens-là, tu me laisses faire, OK ? L'action, c'est mon truc.

– OK, c'est ton truc, l'action... Je n'ai jamais vécu ça, je te jure... Bon, ceci dit, on la commence, notre folle nuit romaine ?

* * *

Bill Beck n'aimait pas du tout ce qu'il était en train de faire. Son métier était respectable. Mais il s'était mis à plat ventre devant le Signor di Spazzi, en se faisant traiter de larbin. Celui-là, il allait le payer, un jour... Maintenant, il lui avait donné dix mille dollars avant de le laisser à la gare, pour ramener Antonia et le Français. Dix mille dollars, comme un pourboire, qu'il avait sorti de sa poche, le Stefano. Ça, ça ne se refusait pas. Bill ne pouvait pas le refuser. Il aurait aimé, mais il ne pouvait pas. C'est grâce à Stefano que, depuis quelques années, il emmenait sa femme et ses deux filles en vacances, deux ou trois fois par an, dans les plus beaux hôtels de Miami, et même en

Europe. C'est grâce à l'argent de Stefano qu'il avait pu évincer l'amant de sa femme. Il avait payé des gens. Il n'avait jamais voulu savoir ce qu'il s'était passé, mais après, il avait retrouvé une vie normale, et l'été qui suivit fut le plus beau de sa vie. Il avait toujours la photo de ses filles aux Bahamas au milieu des dauphins, dans la poche.

Il avait une arme, aussi... C'était le prix à payer.

C'est donc sans le moindre scrupule, en sortant de la gare centrale de Rome, qu'il se dit qu'il allait ramener Antonia à Florence, dans la journée. Le Français aussi. D'une manière ou d'une autre.

* * *

– Tu supputes ? Eh bien, supputons ! J'adore supputer, à Rome. C'est un métier que j'aurais adoré faire : supputateur. Supputateur romain ! Mais tu supputais déjà hier, Léo ! Alors oui ou non, c'est de Botticelli, ce tableau ? demanda Sévère.

– Écoute, on va attendre que les autres se réveillent, et je vais vous montrer en détail. Surtout que...

– Queue ?

– Que, en prenant comme fait acquis que la signature est bien celle de Botticelli, j'ai pu traduire certaines bribes de phrases sur le ruban. Puis, découvrir d'autres signes en remplissant les « trous », par déduction. À partir de là, ça devient de plus en plus facile. Je crois que votre tableau est une sorte de recette... ou plutôt de testament. Le testament de Botticelli.

* * *

Thé, mais pas en sachet, avec très peu de lait et deux sucrettes. Café très léger, à l'américaine, avec beaucoup de lait et un vrai sucre, surtout pas de sucrettes. Petits pains, grillés mais surtout pas trop, mais chauds, avec du vrai

131

beurre, mais tendre… Dieu, que les filles sont exigeantes le matin !

– Bon, vous avez fini, les filles, qu'on parle de choses sérieuses ? Parce que nous, on a bossé, ce matin, avec Léo ! On en est au milieu de journée, là !... On est à la veille de la plus grande découverte depuis l'invention du téléphone arabe, et pour vous, le temps s'arrête devant un pain grillé !

– Oh, ça va, Sévère, ne sois pas si… sévère ! répondirent-elles en chœur. Vous avez trouvé quoi ce matin, de si urgent ?

– Eh bien, peut-être, entama Léo, en recoupant les grilles de lecture des signes, et je dis bien peut-être...

– Le véritable testament de Botticelli ! coupa Sévère.

Il est des moments dans la vie, où les oiseaux s'arrêtent de voler, suspendus dans le ciel, comme s'ils respectaient l'intensité de l'instant, où les bouches restent bées, buvant avec surprise et délectation les dernières paroles prononcées. Des moments qui sont une photographie de l'aboutissement d'un travail, d'un labeur, d'une recherche. Des photos de bonheur. Ces moments qui nous réconcilient avec l'espèce humaine.

– C'est énorme ! dit Tonia.

– C'est é-n-o-r-m-e ! conclut Sévère. Bon, alors, il est fini, ce p'tit-déj' ?

* * *

– Non, je te jure, Tonia, reste là. J'ai juste envie de me dégourdir dix minutes, aller faire un tour. J'ai des gens à appeler à Paris.

Depuis le début de matinée, Sévère avait reçu plusieurs coups de fil anonymes, d'inconnus qui ne parlaient pas, et avait finalement reconnu la voix haut perchée de Bill Beck qui lui avait juste dit, après un long silence : « Je voudrais vous voir au café *Buro*, via Bocca di Leone, dès que vous pouvez ». Sévère avait évidemment décidé d'y aller seul, sans rien dire à Tonia, pour ne pas l'inquiéter. La seule chose qui l'inquiétait, lui, c'est qu'il ne se souvenait absolument pas lui avoir donné son numéro de téléphone.

Le café *Buro* était une grande galerie fourmillante, toute en longueur, très baroque, surmontée de hauts plafonds entièrement peints de scènes allégoriques. Sévère reconnut Bill de dos, tout au fond de l'établissement. Il paraissait plus petit que d'habitude, plus tassé.

– J'attendais ce moment-là, vous savez. C'est donc vous, Bill… Pourquoi? Pour quelques dollars de plus?

– Je fais ce qui est bien pour tout le monde, Sévère.

– Avez-vous donc la prétention de savoir ce qui est bien ou mal pour le monde entier?

– Stefano di Spazzi souhaiterait votre retour à Florence. Vous et Antonia Fresca di Nagio.

– Vous êtes bien solennel, mon petit bonhomme d'outre-Atlantique. Alors, dites-moi donc pourquoi vous êtes là. Pour parlementer? Palabrer? M'intimider? Me demander conseil? Nous commander une bouteille de Chianti? Je vais vous dire, Bill: Antonia, je la garde. Ici!

– Monsieur Plemon, vous savez, vous n'êtes pas chez vous, dans ce pays…

– Un peu plus que toi, Bill. Moi, de Paris, je peux y aller à pied, en Italie! Bon, dis-moi maintenant: je comprends tes impératifs, et même si ta démarche me semble un peu désespérée, je suis prêt à avoir une extrême indulgence pour toi. Mais qu'est-ce que tu proposes? Qu'on rentre la queue basse, moi et Tonia, attachés à ton char triomphant? C'est un peu léger comme deal, non?

– Je vous serais vraiment obligé, monsieur Plemon.

– Et c'est bien, ça, de me menacer avec ton pauvre pistolet antédiluvien, sous la table, comme un rat? Je suis même sûr que tu ne t'en es jamais servi. Les cartouches sont

133

tellement rouillées qu'elles t'exploseraient immédiatement les entrecuisses !

– Sévère, appelez Antonia, et rentrons à Florence, je vous en prie.

– Eh bien, fais, Bill, fais. Ramène-nous chez Stefano... Donne-moi d'abord cette historique arme à feu, et après, on fera affaire... Donne !

– Je ne plaisante pas et...

– C'est bon, donne. Merci. C'est un truc de la guerre de 14, ça ! Tu as eu ça où ?

– Monsieur Plemon...

– Bill, j'imagine ta situation. Je te dis qu'on peut faire affaire. Tu ne seras pas venu pour rien, je te promets. Appelle-moi dans la soirée.

Sévère avait l'impression d'avoir bien agi, plus par tolérance qu'à dessein. En remontant dans l'appartement de Mujda, il se demanda quand même de quelle manière il allait « retourner » Bill. Il n'avait pas les moyens de Stefano di Spazzi, et, à vrai dire, pas grand-chose à lui offrir... Cependant, dans la situation dans laquelle il se débattait depuis son arrivée en Italie, il trouvait plus opportun de ne pas se faire d'ennemis supplémentaires.

Quel vivarium, tout ça, pensa-t-il en retrouvant sa Tonia sur la terrasse…

En fin d'après-midi, les avancées sur la traduction du ruban semblaient, selon Léo, spectaculaires. Sévère avait malheureusement la tête entre Mars et Vénus. Même les deux « cocktails Mujda » auxquels il avait fait honneur ne l'avaient en rien détendu : vodka, gin, citron vert, sucre, et une touche de rhum blanc pour lier tout ça. Tonia semblait inquiète. Elle regardait constamment Sévère avec son petit air de « ça va, coco ? ». Sévère se contentait de lui répondre avec son air de « oui, ma love, ne t'inquiète pas, je te parlerai tout à l'heure... ». Ils n'avaient même plus besoin d'ouvrir la bouche pour se comprendre, ces deux-là.

C'est peut-être ça, le jardin d'Éden, pensa Sévère. Si j'écris un livre sur Antonia, un jour, je l'appellerai Éden... et je serai le seul à le lire parce que ça n'intéressera personne. Je finirai vieux, dans un vieux fauteuil, à relire l'unique exemplaire de mon vieux livre, avec la tête de ma vieille Tonia sur mes vieux genoux... et ce sera bien.

— Sévère! C'est pas géant, ça? s'emportèrent de concert Léo et Carole.

John n'avait rien dit, car il était sûrement le seul à comprendre la conversation silencieuse des deux amants.

— C'est géant, tu veux dire! Mais quoi exactement?

— Ça! On a pratiquement le tiers des signes! Ça devient de plus en plus facile. On va mettre tout ça à plat, dit Léo. Voilà, comme disait notre chère Carole, le texte est divisé en trois parties. Chacune des parties, ainsi que la signature, commence par ce qui pourrait être traduit par: « Ainsi je dis ». Ensuite, nous avons ici: « le printemps de la naissance est ainsi probable »... ce qui ne veut pas dire grand-chose, mais les signes qui suivent posent problème, pour l'instant. Nous avons ici: « en rapport à Vénus ». Je crois personnellement qu'il se réfère à ses propres œuvres, plus qu'au personnage mythique. Il y a aussi ici: « renaître de soi-même », ou « par soi-même », peut-être même « en soi-même »... ici, le mot « Humanitas », c'est-à-dire la nature humaine, dans le sens noble, abouti, du terme... Ici, c'est très intéressant, et très précis: « les six, encadrées des deux, et bénies par l'Amour du Très Haut », groupé aux mots: « Elles Savent et Elles marchent sur ce que je dis »... ça non plus, ça ne veut pas dire grand-chose... et puis là, en gros: « Je vous montre et vous ne voyez pas », couplé à: « en rapport à Elles seules qui ont compris, Elles portent en Elles le loin », ou « futur »... ça, c'est quelques phrases de la première partie. Ah, j'oubliais ces signes, en fin de chapitre: « maintenant, je vous dis enfin ce que vous ne semblez pas voir ». Ce n'est bien sûr pas du mot à mot, c'est le sens global qui compte… Vous en pensez quoi ?

John, qui semblait en pleine forme, s'engouffra dans la brèche, si tant est qu'un homme de sa corpulence puisse s'engouffrer dans une quelconque brèche, sur la planète Terre. Mis à part la brèche de notre amitié.

– C'est très clair. Botticelli fait référence au *Printemps* : « les six, encadrées des deux, et bénies par l'Amour du Très Haut », font obligatoirement penser à Vénus, le personnage appelé le printemps, la nymphe Chloris, ou Flore, et les trois Grâces encadrées à droite par Zéphir, Dieu du vent, et à gauche, par Mercure, messager des Dieux. Tous ces personnages étant surmontés de Cupidon, « l'Amour du très Haut »… Et quand il est écrit : « Elles Savent et Elles marchent sur ce que je dis », il veut porter notre attention sur les fleurs, les plantes, qui ont une place tellement importante dans le manuscrit Voynich.

– Tu veux dire que Botticelli nous laisse des sortes de « messages » ou de « recettes » dans ses tableaux, que personne n'a vues pendant cinq siècles ? continua Carole Dauxois… Moi, ce qui me frappe, c'est que le manuscrit Voynich est aussi composé, dans la plupart des illustrations, de femmes enceintes. Or, si l'on regarde nombre de tableaux de Botticelli, les femmes semblent, elles aussi, être enceintes ! Dans *le Printemps* justement, puisqu'on en parle, elles sont toutes enceintes d'au moins huit mois ! C'est flagrant. Mis à part l'une des trois grâces, au premier plan, que justement Cupidon vise de son arc… Il la somme de connaître l'Amour. On peut supposer que ce n'est pas un hasard. Un des plus grands maîtres du dessin de tous les temps n'aurait pas « par erreur » peint ces femmes toutes enceintes, si ce n'était pas dans un but bien précis. Je crois que Botticelli a commencé son « testament » bien avant de peindre notre *Jouvencelle*. Et que tous ses messages sont tombés dans l'oubli pendant trop longtemps.

– Ce qui serait bien, continua Sévère, ce serait de traduire le deuxième chapitre du ruban. C'est là que ça doit devenir intéressant...

Sévère profita de s'éclipser quelques instants dans la cuisine pendant que tout le monde parlait en même temps. Antonia le suivit.

– Sévério, mon ange, tu avais l'air ailleurs, là... Viens là, contre moi. Dis-moi...

– J'ai vu Beck.

– Tu as vu... Bill ?

– Oui, Tonia. Bill Beck, ici, à Rome. En début d'après-midi.

– Mais... tu ne m'as rien dit ? Qu'est-ce qu'il faisait là ?

– Il est venu te chercher, ici, à Rome, tel le prolongement du doigt pourri d'un dieu pourri qui te sert d'homme. Il est venu comme une fouine, un rat d'égout dégoûtant. Une enveloppe corporelle tout juste animée par l'appât du gain. Un pantin sans âme. Une pelle à tarte.

– C'est drôle, mais même quand tu es soucieux, tu me fais rire... Qu'est-ce que tu lui as dit ?

– Qu'on était, à partir de désormais et d'ores et déjà, les meilleurs amis du monde, lui et moi. Je dois le rappeler, ce soir. Je pense qu'il a compris que s'il était contre nous, il allait en souffrir dans sa chair. Sa chair de rat. Il faut l'inclure dans notre clan. C'est indispensable.

* * *

La Passion. L'Amour inconditionnel. L'Amour qui fait de notre corps un outil, un facteur des P et T. Le corps devient le simple messager de notre Âme. Notre Âme que l'on croit belle, et qui n'est juste qu'envieuse. Envieuse de l'autre. Envieuse de posséder celle qu'on aime tant. Mais c'est le corps qui veut. L'Âme est faite pour rester solitaire, pour des siècles et des siècles. Le corps doit partager, c'est son rôle... il faut que le corps exulte, disait Brel...

Pourquoi je me dis des trucs comme ça, se reprit Sévère. Ça tombe toujours dans le philosopho-paranoïaco-fataliste. Pourquoi je ne pense jamais à une fête foraine, ou à une troupe de joyeux clowns qui essaieraient de faire rire les enfants en se demandant comment ils paieront leur loyer, et qui retournent seuls se démaquiller dans leur loge, sur la musique de la *Strada*, en noir et blanc… Bon, c'est pire. C'est pas gagné, le joyeux, aujourd'hui ! Je ferais mieux de penser à maintenant. Et maintenant, c'est appeler Bill.

– Beck ? C'est moi, ton nouvel ami.

Pour Sévère, le dîner autour d'une grande table à la *Rosetta* fut extrême à tous les niveaux : gastronomiquement mémorable, à base de poissons cuisinés de toutes les façons possibles, mais aussi le plus drôle, et sûrement le plus cher – merci Mujda – les bouteilles fusantes d'un excellent Torre Ercolana 82 avaient détendu tout le monde, et Bill Beck, que personne ne s'étonnait de voir ici, n'arrêtait pas de parler. C'est qu'il était plein d'humour, le rat, quand il voulait ! Il était lui aussi convaincu par la « solution Botticelli », et semblait fasciné par les traductions de Léo Casanova. Il alla trois fois aux toilettes, sûrement appeler Stefano ; un homme standard ne va pas trois fois aux toilettes pendant un dîner. Ceci dit, Beck était-il un homme standard ?

Peut-être que les rats, ça fait constamment pipi, pensa Sévère. Il faudra que je me renseigne.

Beck repartit le soir même à Florence, prétextant qu'il avait des choses à faire. Il allait surtout, selon Sévère, se prendre une sacrée raclée de la part de Stefano, en rentrant bredouille. Et les choses n'allaient sûrement pas s'arrêter là.

Les deux jours suivants furent cependant étonnamment calmes. Pas ces coups de fil douteux, pas de mauvaises surprises. Léo avait quatre jours de conférences et, sans lui, impossible d'avancer dans les traductions. Mujda enquillait fêtes sur fêtes dans son appartement, auxquelles participaient John et Carole de bon cœur. Sévère et Antonia faisaient du shopping dans Rome, quand ils ne se chevauchaient pas l'un l'autre avec frénésie dans toutes les pièces de la maison, quand les autres n'étaient pas là. Et même quand ils étaient là.

– Dis-moi, Tonia, ça fait pipi combien de fois par jour, un rat?

– Qu'est-ce que c'est encore que cette question?

– Non, rien, je pensais à Beck. Tu as vu ça? C'est un pistolet américain de la guerre de 14. Je lui ai piqué.

– Non... Il avait ça? Il est chargé?

– À fond! Je le garde, je le trouve beau... Super lourd, mais beau.

– Comme toi!

– J'y pensais en le disant. Tiens, au fait, c'est loin d'ici, Orvieto?

– Orvieto? Non, c'est rapide, en voiture. C'est à côté d'Assise, en Ombrie. C'est très beau, la région, très médiéval. Pourquoi? Tu veux y aller?

– J'ai vu hier sur Internet qu'il y a un particulier – ou une librairie, je n'ai pas très bien compris –, à Orvieto, qui possède un herbier avec des milliers de plantes. Ils disent que c'est un des plus anciens d'Italie. Ce serait peut-être intéressant de voir si on reconnaît quelques-unes des mystérieuses plantes du manuscrit Voynich.

– Super! Je suis prête!

– Tu es toujours prête, toi. Je prends quand même les photos du manuscrit et du tableau, qu'on n'y aille pas pour rien. Emporte l'appareil photo, on va en avoir besoin, et préviens Mujda qu'on part deux jours.

XII
Elton John

Le titre de ce chapitre n'a absolument rien à voir avec ce qui va suivre, mais l'auteur voulait le remercier. Merci, Elton, pour tous ces moments de bonheur que tu m'as offerts dans ma vie en écoutant ta musique.

– Feu !

– Ne joue pas avec ce pistolet au volant, Sévère, on va se faire arrêter ! Ils ne plaisantent pas avec ça, en Italie.

– Tu parles ! En Calabre, sur les aires d'autoroute, les routiers dorment avec une mitrailleuse sur les genoux !

– On n'est pas en Calabre. Et ce n'est pas vraiment le moment que tu te fasses arrêter, si tu vois ce que je veux dire…

– Tu as remarqué, on ne voit pas l'intérieur de la voiture de devant. C'est la lumière, le reflet.

– Et koi ?

– Ne dis pas « koi », on va croire que l'auteur ne sait pas écrire !

– Tu dis n'importe-koi.

– Non, je te jure, j'ai souvent l'impression qu'il y a un auteur qui écrit notre vie selon ses humeurs, et qu'on n'y peut rien.

– Et il a décidé Koi pour nous, ton auteur?

– Prends l'appareil photo, mets le grand zoom. Regarde qui est dans la voiture blanche, derrière nous, et prends une photo. C'est un type avec les cheveux hirsutes. Il ne te verra pas, avec les reflets.

– …Oui, il a les cheveux longs… C'est qui?

– Il nous suit depuis qu'on est sortis de chez Mujda, à pied et en voiture. Pas très discret.

– Qu'est-ce qu'il veut?

– Oh, rien de spécial: te ramener à Florence et trouver un coin tranquille pour m'abattre comme un vieux chien. Monsieur Stefano di Spazzi semble avoir perdu patience.

– Bon, arrête-toi là, on va voir ce qu'il fait!

– Non, je continue. Au moins, quand il est derrière nous, je sais où il est, et puis on est presque arrivés. On va jouer son jeu, on va lui trouver son coin tranquille, au contraire. Il y a des palais, des catacombes, des églises, à Orvieto? Regarde dans le livre dans mon sac.

– Tu as déjà vu une ville d'Italie sans église?... Alors, Orvieto… Ah oui, il y a le Pozzo di San Patrizio. Ils disent que c'est « un puits creusé au XVIe siècle pour assurer l'alimentation de la ville en eau en cas de siège. Soixante-deux mètres de haut. Deux escaliers de deux cent quarante-huit marches formant deux hélices qui ne se croisent jamais. Ouvert tous les jours. » Je connais, il n'y a jamais personne, en semaine.

– On ira ce soir, juste avant la fermeture.

Orvieto était effectivement complètement dépaysante, médiévale, magnifique, et son Duomo – sûrement l'une des plus belles cathédrales italiennes – dominait les grandes vallées de vignobles.

142

Depuis qu'ils étaient sortis du petit parking de la piazza della Repubblica, ils n'avaient pas vu l'homme aux cheveux longs, et cela inquiétait Sévère, qui s'attendait à le voir surgir à chaque coin de rue. Il était certain d'avoir aperçu la voiture blanche pénétrer dans la ville, derrière eux, et puis il l'avait perdue de vue. La petite librairie qu'ils cherchaient se situait heureusement dans un endroit probablement fréquenté, via Scalza, en face de l'église San Lorenzo in Arari.

En arrivant à l'adresse indiquée sur Internet, il n'y avait rien. Pas de librairie, juste un petit immeuble ocre rouge de trois étages, et aucun nom ou interphone sur la porte. Antonia demanda finalement à une petite femme qui sortait de l'immeuble, et celle-ci mit dans les dix minutes et une cinquantaine de phrases, à grand renfort de gestes, pour faire comprendre à Tonia que c'était au deuxième. Le genre de femme à qui il ne vaut mieux pas demander « quel est le sens de la vie » si l'on ne veut pas prendre racine sur le trottoir.

Ils furent accueillis par le sosie de Jean-Paul Sartre avec des cheveux, fort sympathique, surtout après qu'Antonia lui eut montré sa carte du musée de l'Accademia. Il les guida vers une pièce où des étagères occupant tout un mur étaient encombrées de centaines de papiers, documents, chemises et livres, en vrac, sous une demi-tonne de poussière. C'était ça, le fameux herbier. Des siècles de végétation de la région réunis là.

– Certaines chemises contiennent des plantes qui ont plus de quatre cents ans. D'autres plus anciennes encore, dit-il. Elles sont en haut. C'est très fragile, vous comprenez. Vous recherchez quoi, exactement?

– Nous faisons une thèse pour le musée. Nous recherchons les plantes qui sont représentées dans les tableaux les plus anciens. Nous allons prendre une ou deux photos.

– Très bien, très intéressant ! Tenez, ces gants de coton, pour ne pas abîmer. Certains spécimens sont uniques. Je vous laisse, vous me trouverez au salon. Je ne suis pas très ami avec la poussière, dit-il en riant, avant de s'éclipser.

Sévère eut subitement un gros coup de fatigue.

– Je dirais, avec beaucoup d'optimisme qu'on en a pour deux ans à photographier tout ça.

– Alors, ça nous fait deux ans ensemble. Tu n'es pas content ?

En descendant acheter une vingtaine de films ultra-fins, Sévère n'aperçut toujours pas l'homme aux cheveux longs dans les rues. Ils commencèrent leur travail qui semblait moins interminable que prévu, un seul étage de la bibliothèque étant réellement ancien. Ils photographièrent de magnifiques planches numérotées, calligraphiées en latin, où étaient collées plantes, fleurs, parfois une simple feuille, de celles qui se rapprochaient le plus du tableau. Il était surprenant qu'un endroit comme celui-là ne soit pas plus visité. Ils trouvèrent même une petite planche remplie de feuilles diverses, datée de 1550. Bien que les écritures soient assez illisibles, c'était un document exceptionnel. Ils en trouvèrent d'autres non datées, mais qui semblaient encore plus anciennes. Les vingt films y passèrent, tandis que le jour commençait à tomber.

– Je crois que j'ai pris les plus intéressantes, dit Tonia. Les autres sont plus récentes. Il faut ranger tout ça, maintenant, Sévère. Tu as un drôle de regard. Tu ne vas quand même pas me...

– Oh que si ! répondit-il en s'approchant d'elle.

– Arrête ! Il est à côté !

– Il n'entend rien. Tu n'as pas remarqué comme il parle fort ? Baisse-moi ton joli pantalon en viscose.

– Non ! Et puis, c'est pas de la viscose...

Trop tard. Sévère savait qu'il y avait un point de non-retour où Antonia ne pouvait plus lutter, où sa volonté s'évaporait totalement. Ce moment se situait en général entre le caressage de seins et le baissage de culotte. Le moment où elle n'avait plus de force dans les jambes. Il l'assit donc sur la table face à lui et la prit comme ça, au milieu de la pièce, lui plaquant une main sur la bouche, pour étouffer ses cris et ses feulements. Il se paya même le luxe, en final, de rester quelques minutes en elle, les yeux dans les siens, jusqu'à ce qu'elle reprenne ses esprits.

En sortant, ils remercièrent longuement le propriétaire, qui avait eu la délicatesse de faire mine de ne rien entendre.

* * *

C'est en cherchant un hôtel-restaurant dans le centre, que Sévère s'arrêta net devant une vitrine. L'homme aux cheveux longs! Il était là, à quelques dizaines de mètres derrière eux. Sévère ne pouvait pas se tromper. Il l'aurait reconnu entre mille, dans le reflet de la vitre.

– Tonia, on n'a plus faim. On va au Pozzo di San machin. Tout de suite!

– San Patrizio. Tu as vu l'homme à poils longs?

– Juste derrière. Viens, on y va lentement, cool.

Ils atteignirent rapidement la viale San Gallo, où se trouvait le monument, un quart d'heure avant la fermeture.

– Bon, Tonia, tu fais exactement ce que je te dis: tu restes dehors, et tu prends des photos du monument, genre touriste. Moi, je rentre dedans, et tu m'attends. À mon avis, il va me suivre. À ce moment-là, tu me téléphones, et tu laisses sonner.

L'homme aux cheveux, voyant Sévère s'engager seul dans le monument, hésita quelques instants. Il retourna même sur ses pas et donna un coup de fil sur son portable, tandis qu'Antonia photographiait la façade de l'édifice. Elle commençait à regretter de ne pas être rentrée avec Sévère. Elle était terrorisée à l'idée que l'homme s'en prenne à elle, mais aussi de savoir son amant seul. Elle vit finalement du coin de l'œil l'homme se diriger d'un pas décidé vers l'entrée du monument. Elle appela immédiatement Sévère, s'y reprenant à trois fois pour faire le numéro, tellement elle avait les mains qui tremblaient.

À cette heure-là, le Pozzo di San Patrizio était totalement vide. Deux escaliers ajourés de fenêtres donnant sur l'immense puits en faisaient le tour jusqu'en bas. Sévère décida d'emprunter l'escalier de droite, descendit quelques marches, posa son téléphone sur le sol, puis remonta et s'engagea dans l'escalier de gauche.

L'homme, devant les deux cages d'escaliers, se demanda quelques instants laquelle prendre, quand il entendit une sonnerie dans celle de droite. Il s'y engagea aussitôt, tombant nez à nez avec un téléphone posé par terre. Il observait encore le portable sonner tout seul quand il entendit une voix derrière lui.

– Coucou !

Antonia n'en pouvait plus. Elle avait les mains moites et tremblait de partout. Ça faisait plus de dix minutes que personne n'était ressorti. Elle se maudissait d'avoir écouté Sévère, hésitant à rentrer dans le monument, ou à se cacher quelque part. Elle décida finalement d'aller aider son amant du mieux qu'elle le pourrait, quand la porte de l'édifice s'ouvrit juste devant elle. Son cœur faillit exploser dans sa jolie poitrine.

* * *

Stefano était content de lui. Il décida d'ouvrir une nouvelle boîte de cigares que le ministre des Affaires intérieures de Cuba lui avait offerts en personne. Il réchauffa lentement l'énorme Cohiba avec une grande allumette, et prit les premières bouffées avec délectation. À cette heure-ci, c'était sûrement chose faite. Et même si l'autre ne réussissait pas à ramener Antonia de force à Florence, il lui donnait deux jours pour revenir d'elle-même, la queue entre les jambes. Il la punirait d'une façon ou d'une autre, pour la forme, et tout rentrerait dans l'ordre. Ce n'était certainement pas un Français sorti de nulle part qui allait faire la loi dans son pays. Il aurait bien utilisé ses relations dans la police et au gouvernement pour régler cette affaire, mais ses problèmes de couple, il les avait toujours résolus seul, au risque de perdre la face.

Il sortit sur la terrasse pour admirer les lumières florentines du soir, et se promit de ne pas oublier aussi de trouver un moyen ferme et efficace de réprimander cet idiot de Bill Beck.

* * *

Antonia en avait des frissons. Elle ne voulait jamais revivre ça, jamais !

– Sévère, tu m'as fait tellement peur ! Qu'est-ce qui s'est passé ? Il est où, l'affreux ?

– Il doit être en pleine discussion avec Mussolini ou Caligula, en ce moment. Il est tombé dans le trou. Ça a fait splotch !

– Splotch ?

– Comme quand tu lances un demi-cochon du cinquième étage.

– Ça ne m'est jamais arrivé.

147

– Oui, bon, il ne faut pas rester là. Tiens, j'ai son portable. Regarde qui il a appelé en dernier, si tu as encore des doutes.

– ...Stefano.

– On rentre à Rome. Apparemment, on est à peu près en sécurité, chez Léo et Mujda. C'est étonnant, d'ailleurs... ils ne doivent pas être au courant des agissements de Stefano. C'est un homme qui aime régler seul ses comptes. Ou alors, peut-être qu'il n'est pas en odeur de sainteté, à Rome ! Tout ce que je peux te dire, c'est que s'il remet ça, ton prince, c'est moi qui vais m'occuper de lui, personnellement.

– Dis-moi, petit Français, fais quand même attention à ne pas te transformer en *Jack l'éventreur*, parce que tu n'en es pas loin, là ! Et puis, ça ne te va pas. Tu es trop mignon, pour ça !

– Tu as raison. Calmons-nous. Allez, viens, on a un travail à finir.

XIII

**On donnera à celui qui a,
et il sera dans l'abondance,
mais à celui qui n'a pas,
on prendra même le peu qu'il pensait avoir.**

(Matthieu, 25,14.30)

Les photos prises à Orvieto étaient exceptionnelles de précision. Le seul problème, c'est que personne n'y connaissait rien en plantes. Les feuilles de coca et de thé vert – à l'occasion – étaient la seule végétation qui n'avait pas de secrets pour Léo et Mujda. John et Sévère étaient incollables sur la feuille de vigne, mais ça restait limité. Même s'il était relativement aisé de comparer, visuellement, les fleurs et essences diverses du tableau et du manuscrit avec les photos de l'herbier, un œil de professionnel était nécessaire. À ce niveau, l'erreur était inexcusable, ces plantes semblant constituer un point important, si ce n'est primordial, du « message » de Botticelli. Antonia fit donc venir un expert qu'elle connaissait bien, par le Musée, expliquant par la même occasion qu'elle allait rester un certain temps à Rome pour continuer les recherches, qui avançaient à grands pas. Le lendemain matin, Léo, qui avait fini ses conférences, était là, ainsi que le fameux expert. Mujda Almaleh accueillit celui-ci en slip Gucci, une superbe canne en verre de Murano à la main. Sa tenue favorite du matin.

– Monsieur Aloys! C'est vous l'expert en pâquerettes?

– J'ai aussi quelques vagues connaissances sur les marguerites...

– Je plaisante! Nous plaisantons tous, ici, dans mon antre. Je connais très bien vos travaux... Non, je plaisante encore: c'était pour vous flatter! Entrez, suivez la musique! Vous aimez les chants grégoriens? Bon, alors suivez ma canne, monseigneur... Que vous êtes amusant! Vous avez l'air tout petit dans cette vieille redingote. Posez-la sur le sarcophage, là-bas. Pas sur le canapé, il vient d'être nettoyé.

Antonia sembla ravi de revoir monsieur Aloys, et le serra dans ses bras. Elle mesurait une tête de plus que lui. Aloys était donc lui aussi ravi, le visage plaqué entre la gorge et le sternum de celle-ci.

– Sévère, John, je vous présente « Monsieur » Aloys: le meilleur! On ne travaille pas beaucoup ensemble, mais c'est un vieil ami.

C'est vrai qu'il était sympathique, l'Aloys, ses gros yeux cachés derrière une paire de lunettes dont l'épaisseur des verres aurait fait passer des hublots de navette spatiale pour des lentilles de contact en cristal de Bohème. Tout petit, voûté de surcroît, les cheveux et les habits à la Einstein. Vieux garçon aimant pourtant les belles plantes, vivant encore chez maman à cinquante ans.

– Malheureusement, dit Mujda, je dois aller faire des courses. Je n'ai plus rien à me mettre. J'ai tout jeté par la fenêtre. Léo vient avec moi, c'est lui qui porte la monnaie, je n'ai pas de poches! Bye! Travaillez bien!

— Vous sortez comme ça?... s'inquiéta monsieur Aloys auprès de Mujda qui était toujours en slip.

— Tu as raison, mon tout petit. Suis-je bête. LEO! Mon peignoir et mes bottes!

* * *

Léo et Mujda se dirigèrent vers la piazza Navone, où Mujda avait un autre appartement, plus modeste, plus secret aussi, via di Parione. En tout cas, ils n'avaient nul besoin de faire du shopping, et nulle envie non plus.

— Bon, c'est quoi, cette histoire? « Il » m'appelle toutes les heures, entama Léo. « Il » est fou furieux! Tu les vires de l'appartement!

— Moi aussi, Léo, Stefano m'appelle quinze fois par jour. Ça va, calme-toi. Jusqu'à présent, c'est encore MON appartement, souviens-t-en, mon petit! Si tu n'es pas content, tu retournes dans ta chambre de bonnes à Turin! Je n'ai aucune envie de les livrer à Stefano. Ce sont MES invités. Et tu ferais bien de t'en souvenir.

— ...Ferme ton peignoir, on voit tes poils. Alors, tu ne les vires pas, mais moi, tu me renvoies...

— Je n'ai pas dit ça.

— Mais il va finir par venir chercher Antonia, ici à Rome! Qu'est-ce que tu lui trouves au Français? Il te plaît, ou quoi?

— Oui, il me plaît! Et puis j'adore quand tu es jalouse!

— Tu nous fais prendre des risques pour rien, Mujda.

— Je vais te dire : Stefano me doit beaucoup beaucoup d'argent, depuis l'année dernière. Tu le sais, tu vois de quoi je parle : pas très glorieux pour lui, c'est le moins que l'on puisse dire. Je peux t'assurer qu'il ne va pas se montrer ici, à Rome, avant un certain temps. Il ne peut rien contre moi. Et puis toute cette histoire m'amuse : Sévère, le beau

Sévère, et Antonia, c'est à mourir de rire. C'est ma manière à moi de faire payer les intérêts à Stefano sur ce qu'il me doit. C'est ma manière à moi de m'amuser. Allez, va me chercher les petites choses au fromage que j'aime bien, du Champagne, et rejoins-moi via di Parione. Et trouve-nous une tenue pour ce soir, un truc discret, tu seras gentil.

* * *

Monsieur Aloys était aux anges. Il connaissait l'herbier d'Orvieto, évidemment, mais n'avait jamais disposé de photos aussi précises le concernant. Antonia lui raconta longuement la découverte du tableau, des signes qui étaient ceux du manuscrit Voynich, le cheminement qui avait amené à la conclusion que le peintre était Botticelli, le début des traductions du ruban, l'importance des plantes, de l'astrologie, de l'astronomie et de l'alchimie au cœur de ces messages restés jusqu'à présent indéchiffrables.

Aloys analysait, contemplait, déchiffrait, comparait les photos de l'herbier à celle du tableau et du manuscrit Voynich, se plongeant parfois dans un de ses petits carnets noirs antédiluviens où étaient griffonnées des annotations antédiluviennes, ses deux gros yeux s'illuminant parfois comme deux sphères de Savoir.

Il faudrait congeler son cerveau et l'envoyer dans l'espace, pour montrer aux extraterrestres qu'on n'est pas tous cons et belliqueux, nous les humains. Ce serait joli, quelques cervelles qui se baladeraient à jamais entre les galaxies, se dit Sévère.

– C'est dommage que Léo Casanova soit parti, commença enfin monsieur Aloys, parce que ces descriptifs en latin sur ces planches, en rapport aux plantes... Bon, enfin, en deux mots, je peux vous dire que celui, ou celle, – ou ceux – qui ont élaboré le manuscrit Voynich n'étaient pas étrangers à votre tableau. Les plantes sont d'une facture et d'un style pictural différent, mais ce sont les mêmes...

— Vous voulez dire que c'est Botticelli qui a écrit le manuscrit Voynich ? demanda Sévère qui allait toujours vite en besogne.

— Vous allez vite en besogne, monsieur Sévère, répondit l'Einstein de la pâquerette. Je dis que les plantes, connues ou inconnues, sont les mêmes, sur le tableau, et sur le manuscrit... Maintenant, je ne suis pas historien, mais peut-être Botticelli a-t-il dicté le manuscrit, je ne sais pas...

— Où est John, au fait ? lança Tonia en s'adressant à Sévère. Ça fait longtemps qu'on ne l'a pas vu ! Lui, il pourrait nous aider sur ce coup-là.

— Dans la chambre du fond, avec Miss Carole Dauxois.

— Non !... Si ? Elle ne pourrait même pas faire le tour de son ventre avec ses bras !

— Ce n'est pas son ventre qui l'intéresse, celle-là, si tu veux mon avis.

— Tu la trouves belle, Carole ? demanda Tonia.

— Sex.

— Et moi, tu me trouves comment ?

— Sex. Sexy. Jolie. Belle. Cœur. Amour. Peau. Futur. Présent. Odeur. Sentiments. Sensations. Moments. Éternité. Plaisir. Plaisirs. Yeux. Odeur encore. Regard. Bras. Bras autour de toi. Autour de moi. Mes bras sont les tiens. Ton odeur est la mienne, est la nôtre. Ma bouche est la tienne. Je suis toi. Puisses-tu être moi. Puissions-nous n'être qu'un.

Fesses, aussi. Dos. Reins. Peau et odeur encore...

— Tout ça...

— ...Monsieur Aloys ! Excusez-nous de cet interlude musical ! Vous disiez ?

— Oui, eh bien... je disais que les plantes sont identiques sur le tableau et sur le manuscrit, et que, s'agissant d'essences pour la plupart inconnues, il y avait obligatoirement un lien entre les deux œuvres. D'ici à penser que ce lien est Botticelli lui-même... ça, ce sera à vous de me le dire. Il y a quand même quelques différences : certaines plantes sur le tableau sont peintes de façon « poétique », dirons-nous, assez loin de la réalité scientifique, mais sont tout de même bien reconnaissables.

Regardez, continua Aloys, sur votre tableau, derrière la femme, ces feuillages, et ces autres là, et ces fleurs ici, et ces autres encore ! Vous ne les reconnaissez pas ?

– Disons que vous êtes un peu là pour ça ! coupa Sévère avec sa délicatesse habituelle. Parce que, nous, à part les roses pour les enterrements et les chrysanthèmes à la Saint Valentin... ou l'inverse...

– Bien sûr, bien sûr... Ces feuillages sont sans nul doute une papilionacée trigonella foenum graecum, ou fenugrec, si vous préférez. Ici, cette splendide fleur jaune bien reconnaissable ne peut être qu'un spécimen de zygophyllacée tribulus terrestris, ou tribulus !

Aloys était excité comme s'il venait de découvrir le mouvement perpétuel, tandis qu'Antonia se demandait s'il était bien sérieux de reprendre un pain au chocolat, et que Sévère hésitait entre mettre son costume de coton ivoire à la machine, ou l'amener au pressing...

Devant leur peu d'enthousiasme, Aloys continua néanmoins :

– ...Et ces jolies feuilles oblongues : une lauracée cinnamomum zeylanicum : un cannelier ! Je vous rappelle que la cannelle est un aphrodisiaque notoire depuis que l'amour existe : les ébats de Tristan et Yseult furent favorisés par la cannelle qui fut à la base de la composition du philtre d'amour qu'ils burent tous les deux !

...Et là, ces fleurs mauves, au fond : des iridacées crocus sativus : du safran. Quant à ces herbes folles, en bas du tableau : des labiées satureia hortensis, et des ombellifères heracleum sphondylium ! de la sarriette et de la berce !

– Aloys, tu es passionnant, coupa Antonia. C'est toujours passionnant d'écouter un passionné ! Mais pour deux ignares comme nous, ça veut dire quoi, tout ça ?

– Toutes ces plantes, bien utilisées, sont de puissants aphrodisiaques. Votre tableau est une ode à l'Amour, ou tout au moins au plaisir. Il serait plus qu'intéressant de traduire au plus vite le reste du ruban.

* * *

L'Envie : l'envie de Savoir, l'envie de connaître, l'envie d'avancer dans sa vie. Ce précieux ciment indispensable à toute existence intéressante, à toute construction. La curiosité qui en découle. Être curieux des arts, de l'histoire de l'humanité, de l'univers qui nous entoure, curieux des autres, tout le temps, sans répit, avec amour et tolérance. « Tolérance », ce mot qui devrait être inscrit en gros sur tous les billets de banque, et dans tous les aéroports...

Ce n'est certainement pas la tolérance qui étouffait Stefano di Spazzi, ce matin-là.

C'était le moment pour lui de se rappeler la manière dont ses ancêtres réglaient ce genre de soucis... Il sortit d'un plastique une de ces chemises bleu nuit qui lui allait tellement bien au teint, s'assura d'un coup de fil que les moteurs Rolls-Royce de son jet étaient déjà en train de ronronner. Il avait un petit détour à faire par Genève, mais demain, il serait à Rome. Lui qui « pesait » un nombre incalculable de millions, il fallait finalement qu'il aille lui-même rencontrer le Français : le punir, lui aussi, vu que c'était la seule façon de se faire respecter, dans ce monde.

Soit.

Par fierté. Par jalousie, surtout. Ce mal qui le rongeait comme un cancer.

* * *

Ce même matin, Antonia, en nuisette rose saumoné, se dirigea directement vers la cuisine, à la recherche d'une boîte d'Aspegic 1000.

– Sévère ? Tu es déjà debout ? Tout habillé, tout seul, dans le noir ? Je ne t'ai pas entendu te lever... J'ai une de ces gueules de bois ! Je crois que je deviens complètement alcoolique.

– Aïe ! Moi aussi ! J'ai même failli m'inscrire aux « Alcooliques Assoiffés », à Paris, mais je n'avais pas le temps. Et quand j'avais le temps, je fêtais ça ! Tu vois le genre ! Sinon, Léo et Mujda sont rentrés à six heures du matin. C'est ça qui m'a réveillé... Tiens, je t'ai préparé des tartines « tomate-fromage-huile-d'olive », en regardant se lever le soleil... Et un café chaud-mais-pas-trop.

– Qu'est-ce que je ferais sans toi !

– Ce que tu as fait pendant trente-cinq ans, ma Tonia. Dis-moi : il faut qu'on avance sur les traductions avec Léo, ce matin.

– Fatiguée je suis, là... On se recouche ?

– On se re-touche !

* * *

– Tiens, Léo ! Tu dois savoir ça, toi : une huître, ça a un cerveau ?

– Sévère, je viens de me lever ! Non, je ne sais pas. Une huître, ça doit avoir des sortes de neurones...

– Une huître, ça a des neurones ?!

– Ou des connexions électriques, j'imagine... Une espèce d'instinct.

– L'instinct, c'est dans le cerveau. Si une huître n'a pas de cerveau, comment elle peut avoir un instinct ?

156

– Il doit y avoir un autre mot : une survie. Une sorte de faculté d'adaptation d'un organisme à son environnement comme les virus, les vers de terre... Comme les plantes. Pourquoi tu me poses ce genre de questions aux aurores ?

– Il est midi ! Non, je me demandais s'il pouvait y avoir survie sans intelligence... Mais tu as raison, plus on est con, mieux on se défend. On ne se rend pas compte, mais on est traqués par les huîtres ! À terme, la victoire totale de l'huître sur l'homme ! L'huître à la conquête de l'univers. Star Wars Huître ! Il ne fera pas bon être écailler, moi, je vous le dis. Ils se prendront vite une perle de culture entre les deux yeux !

– Tu n'as qu'à voir. Il y a quand même plus d'huîtres que de baleines sur terre ; il y a plus de moules que de dauphins ; et en ce qui nous concerne, nous les hommes, il y a plus de cons que de prix Nobel... Bon, ils sont où, les Aspegic ?

Mujda, lui, était en pleine forme, tout de jaune slipé.

– Léo, commença-t-il, Antonia, Sévère, John, Carole, et monsieur Aloys : la troupe de choc. La demi-douzaine d'huîtres savantes ! On va continuer les traductions, mais il nous faut un astronome, dans les jours qui viennent. Antonia, tu aurais ça sous la main ?

– Attends, Mujda... Explique-moi. Un astronome, ou un astrologue ? Pour la traduction du ruban, c'est nécessaire ?

– Léo, explique, toi...

– Bon, continua celui-ci, le mieux, en fait, ce serait un astronome-astrologue-historien : je sais, ça ne se trouve pas sous une coquille d'huître, mais ça va nous être indispensable. Le fait est que Mister Aloys nous a à tous expliqué le pourquoi des plantes dans votre tableau : ce testament, ou cette recette de notre ami Botticelli, cette « ode à l'amour », ou au plaisir, comme vous voulez. MAIS, dans le tableau, et ainsi que dans le manuscrit Voynich, les plantes sont directement liées à l'astronomie et l'astrologie. Ces considérations cosmologiques ont toujours joué un rôle primordial dans la cueillette des herbes et des plantes, ainsi que dans leurs diverses utilisations. En fait, à première vue, le deuxième « paragraphe » du ruban, sur notre *Jouvencelle*, nous parle du rapport plantes-astronomie, de ces diagrammes circulaires évoqués sur le tableau, qui représentent l'espace, ou le ciel, les planètes, mais que l'on retrouve également et beaucoup plus précisément sur le manuscrit: des sortes de calendriers... Mais là, cosmologiquement parlant, je vais avoir des lacunes. Je peux traduire le texte, mais certainement pas sa signification. En un mot et en termes imagés, je peux traduire du chinois en japonais, techniquement, mais ne rien comprendre à aucune des deux langues. C'est pourquoi, Antonia, – non pas pour reparler d'huîtres – mais si tu connais la perle rare...

— J'ai peut-être l'homme qu'il vous faut, coupa monsieur Aloys.

— Qui ça?

— Moi. Je suis versé dans l'art de la cosmologie et de l'astrologie depuis que j'étudie les plantes et la pharmacologie. Effectivement, vous avez raison, Léo, tout est lié. Le simple fait de planter ou tailler des arbres, des plantes, ou des légumes à la bonne saison nous le montre encore aujourd'hui, bien que nous oubliions de plus en plus notre rapport, notre symbiose avec la nature. On mange même des fraises en décembre: quelle impudence... J'ai aussi étudié le manuscrit Voynich, vous savez bien. Les « diagrammes circulaires » dont vous parlez sont des zodiaques, des cartes du ciel.

— Aloys, tu es un homme en or! lui dit sa copine Antonia.

— En plomb, en plomb... Je ne suis pas encore alchimiste!

XIV
Souviens-toi, Antonia...

Elle était prête, ce matin-là. Ce matin qu'elle redoutait tant. Elle s'était longuement maquillée dans la grande salle de bains de Mujda, comme pour une mise à mort, sa propre mise à mort, tandis que son petit Français dormait encore. Son Sévério... Elle l'avait longuement embrassé, en prenant bien soin de ne pas le réveiller, ce matin-là...

Antonia savait qu'il fallait le faire. C'était le plan. Le plan de son amant.

Elle n'avait pas envie d'y aller, mais il le fallait. Elle repassa donc devant les miroirs du salon, tandis que tout le monde dormait encore, pour s'assurer qu'elle était jolie, avenante, désirable... Elle ne se reconnaissait pas. Elle se sentait plus belle. Ses cheveux étaient beaux, souples. Ils avaient une belle couleur. Elle les avait transformés pour plaire à Sévère, et maintenant, elle les aimait. C'est la première fois de sa vie qu'elle en prenait autant soin, depuis qu'elle avait rencontré son amant à Florence, depuis ce jour où elle était amoureuse. Elle avait l'impression que c'était les cheveux d'une autre, d'une femme qu'elle aurait admirée dans un magazine. Mais non, c'était bien elle-même qu'elle regardait, qu'elle contemplait dans le miroir…

Ses petites rides autour des yeux, aussi ; avant, elle les haïssait. Elle s'imaginait que c'était des marques de fatigue, de lassitude. Aujourd'hui, elle les aimait, du moins, elle les acceptait comme des marques de vie. Depuis qu'elle avait rencontré Sévério, son Français, à Florence.

Elle s'aimait, ce matin-là, peut-être un peu trop pour ce qu'elle avait à faire. Tant pis. C'était le plan. Le plan de son amant.

Et puis elle se sentait vibrer, tout le temps, « comme un petit félin ». C'est Sévère qui le lui avait fait remarquer. Son corps s'était transformé. Elle le sentait, elle le ressentait, son corps. On lui avait toujours dit qu'elle était belle. Tous les hommes qu'elle avait rencontrés l'avaient toujours trouvée belle, mais cela n'avait jamais eu autant d'importance pour elle qu'avant ce jour où l'homme qu'elle aimait vraiment le lui avait dit.

Là, elle y croyait de toute son âme, pour la première fois de sa vie.

Antonia saisit dans son sac son parfum avant de partir. *Dioressence.* Cette fragrance que son Sévère aimait tant. Elle laissa finalement le flacon sur la table basse du salon, et s'aspergea d'une des eaux de toilette de Mujda.

Dioressence, c'était pour Sévère, et pas pour l'Autre.

Elle retourna une fois dans la chambre, fit un tendre baiser du bout des yeux à son amant qui dormait encore, et sortit de l'appartement, sans un bruit, comme un fantôme qu'elle se sentait être, ce matin-là.

* * *

Sévère, en ouvrant les yeux, ressentit immédiatement une angoisse lui serrer l'estomac et la gorge.

Elle n'était plus là.

Il ne lui restait que son goût dans la bouche. Oui, c'est vrai, Elle était partie, c'était prévu… Il resta un long moment allongé, cherchant des yeux les petites fissures et les ombres sur les murs, qu'il s'amusait à transformer mentalement en visages humains, grotesques ou grimaçants, ou bien en animaux fantastiques, ce qui le détendait toujours depuis sa plus tendre enfance, puis se plongea, les bras en croix, dans le plafond bleu clair de la chambre, peint à l'huile, qui évoquait un ciel matinal de Provence.

Bon, pensa Sévère, alea jacta est : les dés sont jetés ! (à ne confondre en aucun cas avec *fluctuat nec mergitur* : elle flotte mais ne coule pas. Tu parles d'une La Palissade ! Bien sûr qu'elle ne coule pas, si elle flotte ! J'ai un peu honte pour la ville de Paris d'avoir choisi pour devise une phrase aussi… bateau. On dirait presque un slogan d'équipe de foot, ou de water-polo, en l'occurrence. Bref, fin de parenthèse).

Ils avaient longuement parlé, la veille au soir, avec Antonia, de l'arrivée imminente de Stefano à Rome. Celui-ci avait eu le bon goût – ou la prudence – de prévenir Tonia par téléphone de sa venue. Sévère avait donc décidé que le moment tant redouté de continuer leur plan était venu : le rôle d'Antonia consistait maintenant à faire amende honorable auprès de son hystérique de prince, et finalement de se marier avec lui le plus rapidement possible. Elle avait six mois pour ça. Cela ressemblait un peu à un ultimatum américano-irakien, et non l'inverse, mais il fallait bien se donner des limites dans le temps : le mariage était le but suprême. Au moins la Mama ne serait pas morte pour rien. Et puis Stefano, une fois marié à Tonia, et après l'avoir mise à l'abri du besoin pour des siècles et des siècles, devait être poussé à divorcer, disparaître, ou alors il deviendrait fatalement encombrant sur cette terre...

Ça, c'était l'affaire de Sévère.

Antonia avait décidé de partir en fin de matinée mais, la connaissant, Sévère avait compris qu'il était plus facile pour elle de s'éclipser en douce, au petit matin, plutôt que de subir des « au revoir » à n'en plus finir.

Ils s'étaient quand même promis de s'appeler vingt fois par jour, et de se revoir au plus vite, ce qui le rassura un peu. Pour l'instant. Car Sévère n'avait absolument aucune confiance en lui-même ; il se savait capable de débouler un beau matin à Florence, coller Stefano au mur, et emmener sa Tonia sur un grand cheval blanc – ou dans une Fiat de location – tout en sachant au fond de lui que ça n'était vraiment pas la chose à faire. Tout le travail accompli jusque-là aurait été anéanti. Ils s'agissait au contraire pour lui d'éliminer tous les obstacles à leur mariage, quels qu'ils soient. Et de n'importe quelle façon.

Sévère se leva, passa devant le réfrigérateur, y prit une Heineken et une banane, s'assit sur la terrasse, comme chaque matin, pour contempler le grand soleil orange d'automne caresser les collines à l'est de Rome...

Un matin comme les autres.

* * *

Le quartier du Forum, en plein centre de Rome. Aucune ville dans le monde n'avait su préserver autant son histoire, vivace, avec autant de foi. Le passé, le présent et le futur s'y mêlaient ; ils étaient indissociables. Rome était encore le centre du monde, tout au moins un des centres du monde. Rome avait su modeler le temps. Cette ville avait inventé la théorie de la relativité deux mille ans avant Einstein. Rome l'avait forgé, le temps, l'avait dompté à son image. Rome était un cœur qui battrait pour toujours dans notre mémoire collective…

Bill Beck, l'outre-Atlante, dessinant des demi-cercles sur la terre ocre rouge du bout de ses petites chaussures façon cuir, au pied du temple de Vénus jouxtant le Colisée, se sentait un peu dépassé par les événements. Sévère Plemon l'avait appelé aux aurores, et deux heures après, il était au rendez-vous. Il savait que peut-être, à ce moment-là, la carte « Sévère » était jouable. C'est la première fois qu'il avait trouvé un homme, ce Français sorti de nulle part, capable de lutter, à ses côtés, face au prince di Spazzi qu'il admirait tant, qu'il craignait, quelques semaines auparavant. Sévère lui avait bien dit, la dernière fois qu'ils s'étaient vus, que s'il était de son côté, il en tirerait profit. Apparemment, ce Français tenait parole. Et puis il avait envie de se venger des di Spazzi, pour les humiliations qu'il avait subies.

Bill examina un gros scarabée, du genre bousier, entreprendre la périlleuse ascension d'un mégot de cigarette entre ses pieds, quand il sentit une main sur son épaule.

– Coucou, Bill. Tu as fait vite… Tu vois ce scarabée entre tes pieds ? Que d'efforts pour pas grand-chose, hein ? Cinq minutes pour grimper sur un mégot !

– Monsieur Plemon ! Sévère. Tu m'as appelé.

– Bill, mon petit Bill, mon petit Américain…

– Oui ?...

– Tu crois qu'il pense à ce qu'il fait, ce scarabée, en escaladant cette cigarette ? Ou c'est juste un obstacle qu'il veut vaincre, par la force et l'obstination, parce qu'il a décidé de ne pas le contourner ?

– Je ne sais pas ce que tu veux dire. Je ne comprends pas. Tu me prends pour un scarabée, Sévère ?

– Au contraire : un scarabée, il sait ce qu'il veut, il a la foi, il a un but. Et toi, tu en es l'antithèse. Mais c'est pas un reproche, on est tous comme ça, à un moment donné. Tu es un peu minable, tu le sais. C'est pas méchant, ce que je dis. Disons qu'aujourd'hui, j'ai un peu l'âme à fleur de peau! Je te raconterai... ou pas. So, come on, Bill, on va déjeuner. Je connais un bon endroit.

« *Mon cœur est presque nu, j'ai un pied dans la tombe, déjà je ne suis plus... On est bien peu de chose, et mon amie la rose me l'a dit ce matin.*

À l'aurore je suis née, baptisée de rosée... Moi, j'ai besoin d'espoir, sinon je ne suis plus...

... ... Moi, j'ai besoin d'espoir, sinon je ne suis plus... »

Sévère avait cette chanson, reprise par Natacha Atlas, depuis trois jours, dans la tête. La poésie des mots, d'une si belle voix, le touchait particulièrement ce jour-là.

« *...son âme qui dansait, bien au-delà des nues...* » nos potes, les poètes...

Vous qui avez écrit ça, les plus belles phrases du monde, je vous Aime. Merci, Eux, Merci, Elles, Merci, tout ce qui finit par E. Et les grenouilles, les crochets X, la musique, les dos, les cuisses, les cous, les mains, les Rembrandt, les couleurs, les requins fuselés, les dauphins courbés, les chevaux... Chevaux !. Qui a dit que si on n'adorait pas les chevaux, on n'aimait rien? Un con fini qui n'aimait pas les ânes...

Et les planètes! C'est pas beau, les planètes? Même la matière a envie de se regrouper, en rond! Elle comprend qu'on est plus forts, ensemble : la matière a inventé le troupeau, la foule, les villes, les fourmilières, les hypermarchés... – c'est étrange comme la matière se concentre en planètes et en étoiles, alors que l'univers est en pleine extension. Pourquoi les galaxies ne se regroupent-elles pas, elles, plutôt que de se fuir? – Sévère se promit d'y réfléchir.

Et les brocolis! On dirait des arbres géants, en petit! Qui n'a jamais regardé un brocoli en se demandant s'il n'avait pas entre les mains toute la forêt amazonienne?...

Sévère prit la banquette en cuir bordeaux, au fond de la salle de *Il Delphino*, snack-bar du Largo Argentina, et après avoir commandé leurs célèbres poulets à la broche avec, donc, des brocolis, rentra dans le vif du sujet:

– Voilà, Bill, tu te souviens, la dernière fois qu'on s'est vus, tu me menaçais sous la table, avec ton espèce de revolver – d'ailleurs il marche très bien. L'eau est bien passée sous les ponts, depuis. Aujourd'hui, il conviendrait que l'on soit amis, toi et moi; du moins, partenaires.

– So?

– So, Antonia est repartie à Florence. Tu es au courant?

– Ça, je ne veux pas le savoir. Toi et Antonia Fresca di Nagio, ce n'est plus mon problème, Sévère. Trop dangereux.

– Trop dangereux, trop dangereux! T'es drôle, toi! Jusqu'à présent, c'est quand même moi qui prends les risques! Tu es bien un Américain, toi... Bref, ce n'est pas exactement cela dont je veux te parler, mais cela en fait partie. Je t'explique. D'abord, question: Qu'est-ce que tu aimes vraiment dans la vie? Qu'est-ce qui te fait vibrer?

Après une dizaine de secondes de réflexion, une lampée de Perrier, et un furtif regard gauche-droite comme le font toujours les gens qui ont des choses à cacher, Bill lâcha:

– Mon travail, ma famille, ma patrie.

– Eh bien! Venant de toute autre personne que toi, j'aurais hurlé de rire. Mais toi, tu vois, je te crois. Alors ton travail, justement, parlons-en: tu sais qu'on est en passe de traduire le ruban sur notre tableau, notre *Jouvencelle*, avec ton copain John et les autres.

– Il m'a bien lâché, sur ce coup-là, John...

165

– Tu t'es lâché tout seul, Bill, comme un grand, à force de fricoter avec l'autre prince ! Il fallait choisir le bon camp dès le début. Mais cela n'a pas d'importance. Tu es un chercheur, un historien. Tu dois avoir ta place dans cette aventure. Une vraie place. Tu sais que cette histoire va avoir des retombées médiatiques énormes, une fois le manuscrit Voynich traduit. Tu dois y participer activement. Tu as droit à ta gloire !

– Donc, si je comprends bien, vous avez besoin de moi ?

– Pas vraiment, Bill, en fait. Mais c'est moi qui te le propose.

– Je suis encore fâché avec John, mais j'aimerais, effectivement...

– ....le succès !

– J'aime mon travail, Sévère. Je te l'ai dit. Mais TOI, qu'est-ce que tu veux ?

– Rien. Je veux juste que tu continues aussi à voir Stefano, et Antonia par la même occasion, à Florence. Tu lui feras part à elle de l'avancée de notre travail ; tu seras notre lien, à elle et moi.

– Tu veux que je sois ton coursier ?

– Messager, Bill. La noble tâche de messager ! Et puis je te donnerai surtout quelques petites missions délicates, toi qui aimes bien ça...

– En gros, tu me demandes d'être ton espion personnel.

– Bill ! Tout de suite les gros mots !... Mais c'est un peu ça. Allez, mange ton poulet, ça va refroidir.

XV
Sous le manteau de la nuit

« Sous le manteau de la nuit, elle couche avec la Bête... ». Sévère éteignit la télévision au moment où il entendit cette phrase issue du film *Seven women* de John Ford, car un flash d'Antonia avec Stefano venait de lui transpercer la tête, et ce n'est pas le genre de mots qu'il voulait entendre, à ce moment précis.

Sévère préféra se concentrer sur son entrevue du midi avec Bill Beck. Il avait donc trouvé la faille, le « talon d'Achille » de Bill. C'était tout simplement la soif de gloire, de respect. Ce que Stefano di Spazzi n'avait pas pu lui offrir avec tous ses millions. Sévère savait qu'il jouait une partie de poker, ou le bluff était roi, mais il n'avait justement que le bluff pour lutter contre un prince italien en Italie... Il ne voulait surtout pas perdre sa Tonia, à aucun prix, et pourtant, il l'avait poussée à retourner à Florence, dans les bras de Stefano.

Si je m'en sors vivant, ce sera un exploit, mais si je récupère Antonia, ce sera un miracle, pensa-t-il.

Bon, reprends-toi, Sévère, il faut qu'elle se marie avec Stefano, mais après? Après, tu en fais quoi, du prince? Tu ne vas quand même pas le noyer comme la Mama! Ça ferait un peu gros! Et même, est-ce que Tonia serait d'accord? Là, c'est quand même un peu plus compliqué.

C'est à ce moment-là qu'il sentit, une fois de plus, sa mauvaise conscience lui susurrer à l'oreille :

« – Qu'est-ce que tu fais là? lui dit-il. Tu es toujours là quand ça sent le souffre, toi!

– Tu sais bien qu'on est amis. Je suis la seule à toujours répondre à ton appel, non?

– Je ne t'ai pas appelée!

– Oh que si! Tu te demandais si Antonia serait d'accord pour que Stefano di Spazzi disparaisse. Cela t'importe-t-il vraiment, au fond, qu'elle soit d'accord ou non?

– Pas vraiment. En fait... non.

– Tu penses toujours faire le bien, Sévère. Mais tu penses à toi avant tout. Tu me hais, mais je ne suis que ton reflet. C'est pour ça qu'on est inséparables, toi et moi. Amis à vie! Je sais que tu m'aimes: tu décharges tes angoisses, tes peurs sur moi. Heureusement que j'existe, avoue! De toute façon, c'est toi qui décides, Sévère, comme toujours. Je te laisse, je sais que tu n'aimes pas parler tout seul, mais je suis là, à tes côtés.

– Je t'aime mais tu dégages. Maintenant. »

Sévère, suivant des yeux les volutes liquides d'un glaçon se fondant dans un verre d'amaretto, imaginait déjà les mille et une façons de se servir de Bill pour arriver à ses fins, quand Mujda, tout d'or vêtu, fit son entrée dans l'appartement.

– Sévère, tu es bien pensif. Tu fais la moue?

– Point du tout. Je ne fais aucune moue.

– Si, tu moues ! Je le vois bien... Comment trouves-tu mon costume ? Pas trop classique ?

– Classique, non. Il est quand même très doré.

– Allez viens, on sort un peu. Je n'aime pas te voir mouer.

Ils se dirigèrent vers le Panthéon, passant devant la Tazza d'Oro, belle boutique qui vendait l'un des meilleurs cafés de Rome, celui que servait Sévère à Antonia le matin, puis arrivèrent aux alentours de la piazza Navona. Mujda, devant récupérer quelques affaires, emmena dans un premier temps Sévère visiter son autre petit appartement, à deux pas, via di Parione, dont seul Léo connaissait l'existence, puis donna les clefs à Sévère au cas où monsieur di Spazzi aurait des velléités passagères de vengeance. C'était un petit duplex au dernier étage, qui donnait en face sur l'église Sainte-Marie-de-la-Paix, et à droite sur la piazza Navona. Sévère se dit que s'il avait eu la moitié de ça à Paris... Là, selon Mujda, il serait beaucoup plus difficile à trouver que dans le grand appartement de la via del Pie di Marmo.

– C'est gentil, Mujda, mais on n'est jamais introuvable. Et puis tu sais, je n'ai pas envie de me faire traquer comme un vieux renard. Je l'attends, le prince !

– Fais quand même attention, Stefano est un homme dangereux. Rappelle-toi Orvieto.

– Tu es au courant pour Orvieto ?

Sévère avait encore en tête l'homme aux cheveux hirsutes qui était « tombé dans le trou ».

– C'était un homme de Stefano ; pas besoin d'être polytechnicien ou joueur d'échecs pour faire le rapport avec toi et Antonia. C'est quand même passé dans les journaux le lendemain du jour où vous y étiez...

– Je ne lis pas l'italien.

– Enfin, tu t'en es bien sorti, ce jour-là, mais ne tente pas le diable, Sévère.

– Je ne le tente pas, le diable, c'est lui qui me tente... Et toi, Mujda, tu as des rapports d'affaires avec Stefano ?

– Rien que d'en parler, ça me fatigue, ça me donne des suées dans le cou. Tu vas me faire gâter le col de mon Armani ! Bon, viens, on va s'asseoir en terrasse de la *Taverna*, je vais t'expliquer.

Tu vois, continua-t-il, on a été longtemps en affaires, avec Stefano. On s'achetait ou on se revendait des villas, sur la côte, vers Viareggio. Bref, on faisait beaucoup de bénéfices. Et puis l'année dernière, il y a eu un problème ; mais a posteriori, ça ne m'étonne pas de lui... Antonia t'a dit que Camigglieri, l'ancien conservateur de la galleria dell'Accademia, avait disparu ?

– Quel rapport ?

– Soi-disant, le Camigglieri en question tournait depuis un bon moment autour d'Antonia ; c'était au mois de septembre dernier. Je venais de revendre une villa à Stefano pour une bouchée de pain – une histoire de taxes, je te passe la législation italienne. Bref, il ne m'avait pas encore payé la villa, aucun papier n'était encore signé, mais il en avait l'usage. Un jour, il a emmené le Camigglieri là-bas en week-end, et l'a fait disparaître. Plus de traces.

– Il l'a... ?

– Il ne « l'a » pas, mais il l'a fait faire. Tout le monde le sait. Sauf que, évidemment, il ne m'a jamais payé la villa, et que c'est moi qui ai été emmerdé par la police pendant six mois : c'était encore ma villa.

– Et maintenant ?

– Affaire classée. Porté disparu, le Camigglieri. Mais tu comprendras que tout ça m'a un peu refroidi.

– C'est le cas de le dire. Mais tu peux le prouver, tout ça ?

– Je pourrais, évidemment. On est au courant de tout, avec Léo. C'est comme ça que je le tiens, le prince.

– Viens, Mujda, on va marcher un peu, je me sens en pleine forme, tout d'un coup !

170

* * *

Monsieur Aloys était orange, ce soir-là. Tout orange. L'homme orange : pantalon, chemise, cardigan... Tout. Il devait connaître un magasin secret où il achetait ses vêtements, où alors c'était sa mère qui lui tricotait, parce que ce genre de choses était de nos jours introuvable autour du bassin méditerranéen. Lui si éthéré, si « Einstein » d'habitude. Peut-être qu'il avait voulu faire « mode », faire romain... en tout cas, il avait gardé ses énormes lunettes scotchées de partout.

À ma droite, Mujda, l'homme doré, et à ma gauche, l'homme orange ! Je vais me mettre un string en papier d'alu, et ça fera la totale, pensa Sévère.

Léo, John et Carole étaient, quant à eux, déjà en plein travail sur la terrasse de l'appartement, flamboyante de mille bougies odorantes.

– Sévère, Mujda, on n'attendait plus que vous, apostropha John Henmann. Vous étiez où ?

– John ! Tu es sorti de la chambre ? Parce que ça fait quand même deux jours qu'on ne vous a pas vus, toi et Carole ! Hein, mon gros poulet ! répondit Sévère en adressant un regard complice à l'un des yeux de Carole. Vous êtes en plein boulot ?

– La deuxième partie du ruban de notre *Jouvencelle*, Sévère. Tu vas voir, ça a l'air étonnant.

John semblait moins gros. Peut-être l'exercice...

– Notre *Jouvencelle* nous amène apparemment de surprises en surprises, commença Léo. Déjà, notre ruban est divisé en trois parties distinctes. Ça, on le sait. Or, le manuscrit Voynich est divisé en cinq parties : la première partie comporte cent douze pages, qu'on appelle « l'herbier », parce qu'illustrée de plantes et de fleurs. La deuxième partie de trente-quatre pages est réservée à

171

l'astronomie, ou l'astrologie, ces fameuses cartes du ciel. La troisième partie, de dix-neuf pages, pour moi de loin la plus intéressante et la plus énigmatique, nous dévoile ces femmes nues, enceintes pour la plupart, se baignant dans des bacs ou baignoires, reliés les unes aux autres par des sortes de « tubulures », par des canaux. La quatrième section du manuscrit, comportant quarante-quatre ou cinq pages, en gros jusqu'à la page deux cent onze, est réservée à une « pharmacopée », une description un peu rébarbative, à première vue, mais qui nous amène directement à la cinquième partie du manuscrit: ces fameuses « formules », ou « recettes » de notre ami Botticelli.

– En quoi consistent exactement ces « recettes », Léo ? intervint Miss-Carole-fraîchement-sortie-du-lit.

– D'abord, le ruban de notre *Jouvencelle* comporte donc trois chapitres. Le manuscrit, cinq. Notre tableau est un prélude, une introduction au manuscrit: une sorte de prologue, je pense, ce qui est d'autant plus intéressant, car ce n'est pas un résumé du manuscrit.

Cette recette médiévale, sur le manuscrit, continua-t-il, semble elle-même divisée en trois grandes parties majeures: le bain de ces femmes, tout d'abord, censé capter les « humeurs », le principe de vie, récolté ensuite par ces sortes de « tubes ». La deuxième étape consiste à mélanger ces « principes de vie » aux plantes et herbes, dont monsieur Aloys nous a parlé. Enfin, la troisième étape, c'est de la cuisine: concocter tout ça, en fonction de thèmes zodiacaux, afin de réunir les meilleures conditions de la réalisation, la création de l'élixir.

– Ça semble un peu dépassé, tout ça, de nos jours, coupa Carole Dauxois. Et puis de quel « élixir » parles-tu, Léo ?

– Là, il faudra peut-être traduire la troisième partie du ruban pour le savoir. Tu sais, Carole, pour l'instant, contentons-nous d'être historiens, traducteurs de ce qu'on a en face de nous, sans jugement hâtif. Et cette deuxième partie du ruban nous parle de thèmes zodiacaux, en rapport avec nos plantes. Ça commence aussi par : « Ainsi je dis... », comme sur la première partie. Également « ce que je vous montre... ». Après, vient le mot « cueillette », ou « récolte » puis l'énumération des plantes. Là, je vous dis franchement, je n'y comprends pas grand-chose. Heureusement que, dans sa grande clairvoyance, Botticelli a peint toutes ces plantes sur notre tableau, car leurs noms semblent avoir évolué, au cours des siècles, n'est-ce pas, monsieur Aloys ?

– Je ne vous le fais pas dire, bien que la base latine soit restée la même, la plupart du temps. On peut donc s'y retrouver. Tenez, j'ai mis sur papier la liste des essences que nous présente le tableau ainsi que leur étymologie. Je pense que l'on va les retrouver dans le texte.

La traduction des plantes fut un peu laborieuse, mais il s'avéra que, en combinant les facultés d'analyse de Léo et le savoir de monsieur Aloys, le nom des plantes finit, en toute fin de soirée, par être décrypté. Il s'agissait effectivement des herbes et fleurs qu'Aloys avait repérées la dernière fois, ou de très proches cousines : fénugrec, tribulus, cannelier, safran, sarriette, et berce, aux facultés aphrodisiaques, que Botticelli couplait chacune à une saison, une date, ou même une heure de la journée bien précise pour que leur cueillette et leur utilisation soient faites dans les meilleures conditions possibles.

– Voilà, en gros, la deuxième partie du ruban, dit Léo. Après, il y a une suite de chiffres assez précis, qui correspond à ces fameux calendriers...

– C'est drôle, intervint Sévère qui voulait se détendre un peu, plus je te regarde, Léo, plus je me dis que je ne t'ai jamais vu rire. On avance bien, et ça n'a jamais l'air de te mettre en joie. Tu ne ris jamais, en gros, et nous, on rit tout le temps. Un monde nous sépare, finalement...

– Beaucoup de choses nous séparent, Sévère, forcément. Mais à l'heure qu'il est, nous sommes dans le même bateau, sur la même galère... Aloys, éructa-t-il, continue, je vais nous préparer des cocktails façon Léo. Et puis je vais m'habiller, vu que tout le monde a l'air sur son 31 ! Surtout vous, monsieur Aloys, tout en orange.

– Oh moi, répondit celui-ci, je vais aller me coucher. Je crois que nous avons, vous et moi, des horaires un peu... décalés ! Je vous propose de continuer demain. Je vais repasser mon pyjama, me faire un tilleul, et vous laisser profiter de la vie nocturne italienne.

– Tu repasses ton pyjama ? s'interloquèrent-ils tous de concert.

– Chacun ses petits plaisirs. C'est comme de rentrer dans des draps propres, c'est plus agréable. Allez, bonne nuit à tous. Je dois être en forme pour vous aider à traduire la dernière partie du ruban, sûrement la plus révélatrice, la plus intéressante.

Un vent frais balayait la terrasse, excitant les flammes des bougies, et faisant remonter les effluves des restaurants en contrebas. Un vent qui annonçait en avance le début de l'hiver. Il ne restait plus que Sévère, John et Carole, autour de la table, Mujda ayant disparu depuis un bon bout de temps à la cuisine, avec Léo.

– Mon grand John, dit Sévère, qu'est-ce que tu penses de tout ça ?

– Je pense que notre Léo fait un sacré bon boulot. Quand tu sais que ça fait des siècles que l'on essaie de traduire le manuscrit Voynich, et que nous, on va être en passe de le faire en quelques semaines, grâce à notre *Jouvencelle*... C'est une œuvre énorme, ce Botticelli. Aloys est bien, lui aussi. Je ne le connaissais pas avant.

— Moi, John, il y a un petit détail qui m'étonne depuis le début, et personne n'a l'air de s'en soucier : tu te souviens quand on a découvert ce tableau, à la Galleria ?

— Je te vois venir. Tu voudrais savoir pourquoi un tableau de cette qualité a été recouvert d'une autre peinture, une immonde croûte. C'est ça ?

— On n'a qu'un cerveau pour deux, c'est pas possible ! Tu penses toujours à la même chose que moi, comme mon fils !

— J'imagine que le propriétaire du tableau l'a dissimulé volontairement derrière une autre couche de peinture, faite à la va-vite, peut-être en temps de guerre, pour que le Botticelli ne soit pas volé.

— Ou alors que ce même propriétaire ne voulait pas que le contenu de notre *Jouvencelle* ne soit un jour découvert...

* * *

Sous le manteau de la nuit... Sévère avait passé une partie de la nuit seul à somnoler sur la terrasse, et se réveilla frigorifié, enveloppé dans son seul costume en lin beige, ses mules en daim, et ses lunettes de soleil, comme si celles-ci avaient la faculté de le protéger contre une quelconque baisse de température.

Quatre heures du matin ! Bon, c'est pas possible, j'appelle Antonia. Celui à qui ça ne plaît pas n'a qu'à venir me le dire en face, maintenant et tout de suite, pensa Sévère, quand son portable sonna.

— Tonia, c'est toi ? Tu ne me croiras jamais, mais j'allais t'appeler à l'instant... Toi non plus, tu ne dors pas ?... Non, ça, c'est mes dents qui claquent ! Je suis transi de froid sur la terrasse. Raconte-moi...

Antonia lui apprit qu'elle n'avait pas parlé à Stefano de la journée. Ou plutôt, c'était lui qui ne lui avait pas parlé. Du tout. Pas un mot. Il était parti à Turin en fin de soirée pour ses affaires, et serait de retour le lendemain. Elle se retrouvait donc seule à Florence, avec pour seule compagne une angoisse que le silence de Stefano nourrissait avec sadisme.

– Il n'y a pas pire que le silence, dit-elle. J'ai vraiment peur de ce qui va me tomber sur la tête. Sinon, comment vont les traductions? Je compte sur toi pour me tenir au courant; je dois rendre des comptes au musée.

– C'est Bill Beck qui va te tenir au courant. Je vais m'en servir comme lien entre toi et moi.

– Beck? Tu n'as peur de rien, toi!

– De rien. C'est trop tard pour avoir peur. Tu veux que je vienne te voir?

– J'aimerais, mais ce serait de la folie, Sévère.

– La folie aurait été que je ne décide pas de venir un beau jour à Florence...

XVI
Vitupérations

Midi !

– C'est pas vrai, il est midi ! Il arrive aujourd'hui, Stefano ?

– Calme-toi, Sévère, dit Tonia. Il arrive ce soir. Reste encore un peu...

– Apparemment, question fou-fou, il n'y en a pas un pour rattraper l'autre !

Sévère avait, tôt le matin, fait la route Rome-Florence en un temps record, de quoi renverser tous les radars de l'autoroute A1, avec la bénédiction de John qui lui avait passé les clefs de la Ford. Celle-ci était munie d'une plaque d'immatriculation étrange venue d'ailleurs, avec laquelle, semblait-il, on était inarrêtable : une vraie ambassade roulante. Ce qui était très pratique quand on faisait trois cents kilomètres en un peu moins d'une heure trente, petit déjeuner compris.

– Bon, je dois rentrer à Rome pour rendre la Ford à John. Mais cette fois, en deux heures ; il faut quand même que je prenne un peu le temps de visiter la région par les routes secondaires. Sinon quand je t'enverrai Bill Beck, tu feras exactement ce que je te dis: exactement ce que je te dis... Et tiens bon, je pense à toi. Essaie d'envoyer le maître d'hôtel dans le jardin, je passe par-derrière. Love.

* * *

« – *Ne va pas trop loin, Tony Montana…*
– *Moi, je ne vais nulle part. Toi, tu dégages!* »
Ce genre de phrase culte, extraite, celle-là, du *Scarface* de De Palma, avait le don, bizarrement, de détendre Sévère, et il s'en souvenait, de façon récurrente, quand il était au volant. Cela lui faisait passer la fatigue. Ces mots couplés à un CD des *Stones* copié chez Mujda, à fond dans la Ford, étaient, pour lui, la meilleure des caféines.

C'est donc en pleine forme qu'il déboucha, deux heures plus tard, sur le *grande raccordo annulare*, qui cerclait Rome, puis emprunta la via Salaria, qui l'emmenait directement dans le centre, par le nord.

* * *

Deux mille ans d'histoire. Deux mille ans d'histoire récente, presque contemporaine, après les pharaons, les Sumériens, ou autres Assyriens. Deux mille ans, une goutte d'eau dans l'océan, comparée aux quatre milliards et demi d'années de notre planète, et aux quinze milliards d'années qu'affiche l'univers au compteur. Et pourtant... pourtant, en deux mille ans, quatre-vingts générations, il s'est passé tellement de choses! La naissance de la chrétienté, la fin de la guerre des Gaules, le déclin de l'empire romain, les siècles obscurs qui suivirent, les souffrances, Clovis, les Incas, Charlemagne, le haut Moyen Âge, la peur de l'an 1000, les Vikings, Richard-Cœur-de-Lion, Saladin et les croisades, les souffrances encore, la lèpre, l'âge d'or des sciences au Moyen-Orient, la peste en Europe ou une personne sur trois mourut, la guerre de Cent ans pendant laquelle l'Anglois violait nos femmes dans nos campagnes et égorgeait joyeusement nos derniers-nés parce qu'il s'emmerdait dans son île, Louis XI, pour n'en citer qu'un, les Aztèques, Galilée, Christophe Colomb, ce rêve qui se termina en cauchemar pour les Indiens d'Amérique du Sud – déjà –, la peste encore, la route de la soie, les Huns, la Renaissance, les Ming, l'empire Byzantin, les samouraïs, Louis XIV, pour en citer un deuxième, les colonies, l'esclavage, l'extermination des Indiens d'Amérique du Nord – cette fois –, la Révolution française, Napoléon, toujours les souffrances, la guerre de 14, Lénine, les années folles, Hitler et la guerre de 40 (pendant laquelle le Germain violait nos femmes dans nos campagnes et shootait joyeusement…), le mur de Berlin, la bombe A, H, l'hépatite A, B, C, Staline et ses goulags, Israël, Elvis, la conquête de l'espace, le droit de vote et de pilule pour les femmes, la CIA et son Pinochet et ses Talibans, Mao, Fidel. C., Pol Pot, l'A. Khoméni, Saddam H, W. Bush…

Et puis le sida, Nokia, Motorola…et Antonia.

Tout ça en deux mille ans! Vingt-quatre mille mois. Sept cent vingt mille jours. Dix-sept millions deux cent quatre-vingt mille heures. Un milliard, trente-six millions, huit cent mille minutes. Soixante-deux milliards de secondes. Toute notre histoire s'est déroulée en soixante-deux milliards de secondes! Si on transforme ça en cents de dollars, il y a à peine de quoi acheter un porte-avions.

Ça fait rêver, ou ça fait peur…

Et une vie d'homme: son enfance, sa jeunesse, ses amours, ses espoirs, son métier, ses regrets, sa vieillesse… tout ça en deux milliards de secondes, à tout casser.

C'est ce que se disait Sévère ce jour-là en rentrant dans Rome. Tous ces palais, ces églises, cette vie, tout ça créé en une poignée de secondes, finalement... Et puis Stefano ! Comment Sévère pouvait-il se laisser un moment impressionner par Stefano, cet organisme composé à soixante-dix pour cent d'eau, né il y a à peine vingt-cinq millions de minutes ! Franchement !

C'est donc tout revigoré et optimiste qu'il arriva enfin chez Mujda.

C'est étrange, la terre est recouverte à soixante-dix pour cent par les océans, et notre corps, lui aussi, est composé de soixante-dix pour cent d'eau : y a-t-il un rapport ? Une sorte de chiffre d'or du milieu aquatique ? pensa Sévère.

Il se promit d'y réfléchir, et au plus vite.

Sévère gara la grosse Ford Mondéo de John sur un trottoir, via della Gatta – qui devait son nom à un chat sculpté dans la pierre, en face du Palais Doria, à une centaine de mètres de chez Mujda –, rassuré par le fait que son enlèvement par la fourrière déclencherait certainement une guerre nucléaire americano-italienne, ou au mieux une deuxième guerre froide. Il se dirigea à pied vers l'église Santa Maria Sopra Minerva, à une centaine de mètres de là. Il avait besoin de réfléchir un peu seul à la suite des événements. Sévère, d'expérience, savait qu'il y avait deux endroits au monde où il pouvait se parler à lui-même sans être dérangé : un bar grouillant de monde où personne ne faisait attention à lui, et une église où il avait l'impression d'être hors du temps, hors du monde, presque entre parenthèses. Il se dit qu'un jour il faudrait installer un bar dans une église, puis se ravisa : c'était vraiment une idée plus que moyenne.

Santa Maria était une église gothique, peut-être la seule de Rome, longtemps occupée par un Ordre dont les membres, fidèles défenseurs de l'Inquisition, étaient surnommés Domini Canes – les chiens de Dieu. L'inquisition: encore une sale période de notre Histoire... Sévère trouva un banc face à une fresque de Fillipino Lippi, et ôta ses mules pour sentir le marbre froid sous ses pieds, se disant qu'on avait sûrement le droit d'enlever ses chaussures dans une église, comme un pèlerin: pas de chapeau, pas d'épaules nues, mais pieds nus, on pouvait. Va savoir... l'église a toujours eu un étrange rapport avec le corps humain. Il n'y a que le Christ qui a le droit d'être en pagne, dans une église. (Cette dernière phrase sera peut-être supprimée, après relecture.)

Comment se servir intelligemment de Bill Beck? se disait Sévère, les heures passant. Comment utiliser ce fourbe, ce rat? Dieu, aide-moi! Je sais que tu as d'autres choses à faire, mais là, c'est important. Illumine-moi! Je te jure que si tu me donnes une idée, j'allume un cierge. C'est donnant donnant: tu m'illumines, je t'illumine. Quoi, du chantage? Allons, comment pourrais-je faire du chantage avec Toi, Dieu? Quoique... si on n'était pas là, nous les humains, je ne sais pas qui construirait des églises, hein? Je ne sais pas qui prierait! Je ne sais pas qui T'aimerait, Toi qui n'as pas de compagne. Tu n'aurais même plus de boulot, ou alors juste à arbitrer un combat de cerfs pendant la saison des amours... Ça deviendrait vite lassant, pour Toi, non? Allez, j'attends. Soit cool, un peu!

Sévère sortit de l'église une heure plus tard comme un vampire sort d'un tombeau, tellement ses yeux s'étaient habitués à l'obscurité, et que le soleil rasant de cette fin d'après-midi lui semblait agressif. Se cachant derrière sa plus large paire de lunettes de soleil Gucci, il se remémora brièvement son monologue avec Dieu. La solution était là, si près, si évidente. Il fallait partir du fait que tout ce qui se dirait entre Sévère et Bill Beck serait immédiatement répété à Stefano. Tout paraissait soudainement clair et limpide. Quelquefois les ennemis nous servent plus que les amis : ça doit être Jules César qui a dit ça… Il a dû le piquer chez Confucius.

Mince, j'ai oublié d'allumer un cierge, se dit Sévère. J'ai oublié mes mules sous le banc, aussi. Tant pis, je rentre à pieds nus. Quand on a un costume d'enfer comme le mien, on peut se permettre de se passer de chaussures ! lançons une mode, après tout.

— Allô, Antonia. Ça va, ma belle ? Tu es seule ?

— Pas trop, non… j'ai essayé de te joindre plusieurs fois. Tu es où ?

— Je suis dans Rome, je rentre chez Mujda. J'avais éteint mon portable, j'étais sous Jésus et saint Thomas, je t'expliquerai. Dis-moi, ma toute jolie… par où commencer ? Oui, on va être amené à se revoir rapidement : je vais mettre Bill Beck dans la confidence. Je veux qu'il le sache, je veux qu'il nous voie ensemble.

— Tu sais, Bill va tout répéter à Stefano, je le connais.

— Justement, c'est ça que je veux. C'est la seule façon d'accélérer les choses. Ça peut paraître dangereux, mais on n'en est plus à ça près. Et ne t'inquiète pas, je gère. J'ai eu une illumination tout à l'heure. Plus Bill nous verra ensemble, plus ça nous servira, crois-moi. J'étais en grande conversation avec Dieu et Jules César, et on est tous d'accord.

— C'est toi qui sais, mon Sévério… Je te laisse. Stefano rôde à côté. Je te rappelle dans la nuit.

— Je pense à toi, ma Tonia. À plus tard.

— Sévère ?

— Oui ?

— J'ai confiance en toi.

* * *

Antonia, affalée dans l'immense canapé rouge et or du « petit » salon côté belvédère de la propriété des di Spazzi, se faisait apporter par Silvio des « piscines », coupes de Champagne remplies de glaçons, en essayant d'écrire son rapport au musée concernant les dernières découvertes sur *la Jouvencelle,* bien qu'elle n'eût vraiment pas la tête à ça. Mais c'était son métier, et son métier la passionnait.

L'esprit ailleurs, elle était obligée de relire au moins trois fois ses écrits, car le visage sur le tableau se fondait avec celui de Sévère, et ses pensées basculaient comme un pendule entre les obligations du moment, l'amour de son métier, et la passion pour son amant. Quelquefois même, elle était obligée de gommer des mots qu'elle écrivait, qui n'avaient rien d'un rapport scientifique destiné à un musée.

Elle s'était habillée d'un gros pull en cachemire noir, beaucoup trop grand pour elle, mais dans lequel elle se sentait protégée. Ce pull était une barrière entre elle et le reste du monde. Elle l'avait depuis des années et le mettait à chaque fois qu'elle avait l'âme vagabonde, car il était chaud, comme un cocon, comme un duvet. Elle attendait en fait LA grande scène que Stefano allait lui faire d'un jour à l'autre, d'une minute à l'autre. Il restait pourtant d'un calme inquiétant depuis qu'ils s'étaient revus, et cela la terrorisait. Stefano le savait, et il en jouait comme un artiste du genre.

Elle espérait cependant que Sévère avait bien compris ce qu'elle avait voulu dire en lui lançant: « J'ai confiance en toi », comme on lance une bouteille à la mer. Elle ne voulait pas rester seule, elle ne voulait pas être abandonnée, ici, avec l'Autre. Et elle espérait de tout cœur avoir raison en plaçant sa confiance dans son Français – car le simple fait de dire j'ai confiance en toi à quelqu'un prouve en général le contraire. Mais peu importe. Sévère représentait maintenant son seul espoir, surtout quand elle sentait

Stefano, sans même lever la tête, rôder autour d'elle comme un vautour muet, ou comme un léopard, sûr de sa supériorité, tourne autour d'une pintade.

Son rapport à la Galleria enfin terminé, percevant l'odeur du cigare émaner de la pièce d'à côté, elle sentit aussi que le temps d'affronter son destin était venu : s'il y a une chose que la vie apprend aux femmes, c'est bien de se transformer en comédiennes de haut vol en un clin d'œil. Elle choisit donc sa mine la plus lascive, son déhanchement le plus galbé, et pénétra nonchalamment dans le bureau de Stefano.

Celui-ci continua à lire ses e-mails, répondant brièvement à certains, et daigna enfin lever les yeux quand Antonia s'assit sur le bureau en face de lui, cachant l'écran de l'ordinateur. Il prit quand même le temps de s'allumer un *« Partagas Lusitania double corona »*, avant de s'adresser à elle.

– Quoi ? dit-il en lui soufflant une superbe fumée bleue en plein visage.

– Je voulais qu'on parle, tous les deux…

Ils parlèrent donc. Longuement.

Puis, quand Stefano commença à hurler de colère, elle sut qu'elle avait gagné le combat.

* * *

Sévère, de la rue, crut d'abord qu'il y avait le feu sur la terrasse de Mujda tellement elle était illuminée, éclairant même les immeubles d'en face. Puis, entendant une musique incroyablement forte qui en provenait, La Callas en live chantant la *Traviata*, il se dit que c'était tout simplement l'heure pré-apéritive habituelle, où Mujda, sous sa douche, mettait le volume à fond pour entendre la musique même depuis la salle de bains.

Comment il peut mettre le son aussi fort? On doit entendre la musique depuis le Vatican! Il n'a pas de voisin, ou quoi? Il doit payer les gens, c'est pas possible, se dit Sévère.

En entrant dans l'immeuble, il tomba nez à nez avec une forme fluorescente de type humanoïde.

– Mujda?

– Sévère! On a essayé de te joindre tout l'après-midi sur ton portable. Tu étais où?

– C'est pas vrai, toi aussi, tu t'y mets! Tu quoque! Tu n'as jamais vécu au XIXe siècle, ou quoi? On a quand même le droit d'éteindre son portable quand on parle aux apôtres! Je croyais que vous étiez en haut; la musique est à fond.

– Elle s'éteindra toute seule.

– Les bougies sont à fond, aussi...

– Elles s'éteindront toutes seules.

– Eh bien moi, Mujda, j'ai éteint mon téléphone tout seul. Tu vois, on est pareils.

Sévère avait oublié, en fait, qu'il avait demandé le matin même à Mujda d'organiser un dîner avec John, Carole, Aloys, Léo et surtout Bill Beck, histoire d'avancer sur *la Jouvencelle*, histoire d'avancer sur Tonia, aussi...

– Bon, Sévère, on va tous dîner à Gaeta, les plages, au sud. On a rendez-vous avec Bill Beck et le conservateur d'Antonia. Ils sont déjà là-bas. Tu es prêt?

– J'aurais aimé remonter deux secondes...

– Pas le temps. Une limousine nous attend au coin. Dis donc, Sévère: tes chaussures deviennent de plus en plus minimalistes! En fait, tu n'en mets plus du tout. Ça devient de l'art conceptuel. Tu as raison, j'aime beaucoup. C'est très « Révolution française », Marianne montant sur les barricades; très « Cabaret », ou *le radeau de la méduse* sans chaussettes. J'adore!

– Quand même, tu n'en as pas une paire à ma taille, dans la limousine ?

– J'ai TOUT dans la limousine. On va te trouver ça.

– Au fait, elle vient d'où, cette limousine ? C'est la blanche, là-bas ?

– Si je te le disais, ça te ferait rire. C'est juste une cliente qui me devait des intérêts qui me l'a donnée. Mais elle est toujours au garage : je la trouve un peu vulgaire…

Gaeta était une station balnéaire à une centaine de kilomètres au sud de Rome, dominée par un campanile du XIIIe siècle, qui coupait littéralement la ville en deux : d'un côté la vieille ville, protégée par une superbe forteresse aragonaise, et de l'autre les hôtels modernes s'étendant à perte de vue le long du golfe de Gaète, rejoignant Sperlonga, ancien village de pêcheurs, aujourd'hui pris d'assaut chaque week-end par toutes les riches Romaines flanquées de leurs riches Romains. De nos jours, on y pêchait de tout, sauf du poisson.

Une sorte de Saint-Tropez, en somme.

Le Grand Hôtel *Villa Irlanda,* qui dominait la baie, avait réservé la grande terrasse pour Mujda, le conservateur-stagiaire Andolfini, et leurs invités. Toute la partie supérieure du bâtiment principal leur était, en fait, dédiée. L'hôtel était constitué de cinq bâtiments indépendants, perdus en pleine végétation. Détruit en grande partie pendant la guerre, il avait été reconstruit dans un style romano-disneylando-californien, mais, contre toute attente, d'assez bon goût ; ce qui en faisait un des endroits les plus sympathiques et confortables de cette partie de la baie.

Le soleil avait fait place à la fameuse brise nocturne que Sévère aimait tant, celle qui exaltait les effluves de végétation méditerranéenne, romarin, dattiers, cyprès et lauriers roses, en l'occurrence, le tout iodé et salé par la mer.

Andolfini présenta à tout le monde une grande fille brune, aux yeux extrêmement noirs et profonds, du nom de Shaolina Lee. Celle-ci était d'après lui son assistante ; peut-être sa maîtresse… sûrement les deux. Ce qui groupait les plaisirs et les problèmes.

Sévère Plemon se présenta. Shaolina était presque aussi grande que lui.

– Shaolina Lee, vous avez un nom de bande dessinée, c'est charmant.

– Mon père était, paraît-il, un moine shaolin. Je ne l'ai jamais connu. Et on donne le nom de Lee à presque tous les enfants abandonnés, en Asie du Sud-Est.

– Vous n'avez pas l'air vraiment asiatique. Ni abandonnée…

– Ma mère était française. Infirmière. Elle visitait tous les villages inaccessibles, à dos d'éléphant, pour soigner les enfants pendant la guerre du Vietnam. Un jour, son éléphant a sauté sur une mine. Ma mère est tombée de l'éléphant, et l'éléphant est tombé sur ma mère. Et voilà, j'étais orpheline ! J'ai quand même eu la chance de pouvoir faire mes études en France. Et puis cet été, j'ai sauté sur des propositions de stage ici, en Italie, et je suis restée.

– La mère saute sur une mine, et la fille saute sur des propositions de stage. La vie n'est pas juste ! Néanmoins, il est sympa, Andolfini, hein ? Dis-moi, on se revoit tout à l'heure, Shaolina. J'ai un mot à dire à Bill Beck.

Sévère fit le tour de la terrasse et du demi-étage donnant sur les jardins, sans trouver trace de Bill. Il fallait pourtant qu'il lui parle avant le dîner, pendant les petits-fours-et-convivialités. Il croisa Carole Dauxois dans les toilettes, mais pas de Bill.

– Carole, tu n'as pas vu le Bill Beck ?

– Il était en train de téléphoner, il y a quelques minutes, à la piscine.

– Merci !

– Sévère, deux secondes. Tu as vu Shaolina, la copine d'Andolfini ? Plutôt jolie, non ?

– Non. Pas plutôt jolie. C'est tout simplement LA plus belle fille qu'on ait jamais vue, toi et moi. Tu le sais très bien. Je me demande ce qu'elle fait avec Andolfini…

– Elle est très drôle, très fine, en tout cas.

– Bon, Carole, ma cocotte, où est la piscine ?

Sévère fit le tour de la grande bâtisse par le rez-de-chaussée, escalada lauriers et bougainvilliers encore en fleur et déboucha finalement dans le patio donnant sur la piscine. Bill Beck était là, debout, de dos, en pleine conversation téléphonique.

Une chance sur deux pour qu'il soit en train de parler à Stefano, se dit Sévère. Et une chance sur deux pour qu'il parle à sa femme. Si c'est avec Stefano, il ne raccrochera pas. Si c'est sa femme, c'est simple, il va raccrocher dès que j'arrive après deux ou trois bises. On va savoir ça tout de suite.

– Bill, tu étais là ? Je t'ai cherché partout ! Qu'est-ce que tu fais ?

– Rien, je prenais l'air…

Il ne raccrocha pas. Point de bise au téléphone. Il était clair que Stefano était à l'autre bout du fil, et qu'il entendait tout ce qu'il se disait :

– Antonia me manque, entama Sévère, parlant fort et distinctement. Je n'arrive pas à me faire à l'idée qu'elle soit repartie à Florence.

– C'est peut-être mieux comme ça.

– Ce n'est pas mieux pour moi, Bill. Je la récupérerai ! Tant qu'elle ne sera pas mariée à l'autre Stefano, je la récupérerai, d'une façon ou d'une autre. Par contre, si elle se marie avec lui, je m'avouerai vaincu, et je retournerai en France. J'abandonnerai. Je leur donnerai toute ma bénédiction. Mais si Stefano n'est pas capable de l'épouser, là, je ne la lâcherai pas. Jamais. Et s'il n'a pas les reins de l'épouser dans les trois mois, alors qu'elle ne demande que ça, je te jure que je l'emmène à Paris, et adieu le prince !

– Je ne sais pas, Sévère, si tu ne devrais pas rentrer maintenant en France. Ce serait peut-être plus simple pour toi.

– J'attends de voir ce que fait Stefano. S'il ne fait rien, je rentre en France, mais avec Antonia. Tiens, prête-moi ton téléphone. Je vais appeler Tonia, justement, elle me manque trop !

Bill tripota les touches de son téléphone, histoire de couper la communication en direct avec Stefano, et le tendit à Sévère.

– Non, finalement, je l'appellerai plus tard… Au fait, Bill, tu sais que j'ai confiance en toi ?

– Oui.

– C'est qui, cette Shaolina ?

– Shaolina Lee ? Une relation de travail du professore Andolfini, me semble-t-il.

– Ce ne serait pas plutôt une relation de travail du professore Stefano di Spazzi ? Histoire de me la mettre dans les pattes, pour que je lâche Antonia ?

– Non, Sévère, je ne sais pas. Je n'ai aucune idée de tout ça.

– Réponds-moi ou je te pousse dans l'eau. Je te rappelle que tu es Mon espion personnel.

– Je ne sais pas qui est Shaolina.

– Je plaisante ! Viens, on monte sur la terrasse. Ils sont peut-être déjà à table. Au fait, Bill, aucun mot de tout ça à Stefano.

– Bien sûr, Sévère. Tu me connais.

* * *

Stefano di Spazzi, qui avait suivi mot à mot la conversation grâce à Bill Beck, était partagé. D'un côté, il aurait bien réessayé d'éliminer ce Français qui osait bafouer son honneur sur ses terres, et de l'autre, il ne pouvait pas vraiment lui en vouloir. Ce monsieur Plemon avait raison sur un point. Tant qu'Antonia ne serait pas Sa femme, une vraie di Spazzi, dans les règles et dans l'honneur, il pouvait difficilement éviter que d'autres hommes s'y intéressent.

C'était comme ça dans son monde.

Après le mariage, ce serait évidemment une autre affaire. Et puis la Mama – Dieu la bénisse – était morte, pensa-t-il. Si j'organisais un grand mariage, le plus grand mariage d'Italie de cette année, moi et Antonia, cela assoirait enfin mon autorité. Cela ferait taire les ragots, les médisants qui pensaient que je n'oserai rien sans l'accord de ma mère…

Plus il y pensait, plus il trouvait cela évident. Il pouvait reconquérir Antonia, son honneur, et l'admiration de tous, en organisant un mariage somptueux.

Il se mit à rire longuement en pensant que c'était Sévère Plemon qui lui avait, sans s'en rendre compte, donné l'idée…

Il resta longtemps dans la bibliothèque à repenser à sa vie avec Antonia, à sa mère qui ne l'avait jamais acceptée, à toutes les choses qu'il avait cru bon de faire pour celle qui lui appartenait…

– Silvio! aboya-t-il enfin. Allez me trouver Antonia! Qu'elle se prépare! Nous dînons dehors, ce soir.

* * *

Bon, je crois que j'ai parlé assez fort, pensa Sévère. J'espère que je n'en ai pas trop fait. Ou bien je suis mort dans deux jours, ou bien Tonia est mariée dans deux semaines. Tu vois que tu sers à quelque chose, Bill…

– Sévère, tu as l'air soucieux.

– Au contraire, Bill, au contraire. Tu es parfait !

XVII
La douce caresse de la fraîcheur d'un soir

— Comment dit-on « plutôt rosé, l'agneau », demanda Sévère à un serveur italien qui ne parlait visiblement pas un mot de français.

Pour ne pas faire durer le dialogue de sourds, Sévère commanda finalement quelques rougets du Sénégal, après avoir pris place entre John Henmann et Shaolina Lee.

La table était chargée d'olives, de pains divers, de beurres salés ou non venus de France, d'huiles de Calabre et de Sicile, de vinaigre de Modène, de coupes de Champagne de Reims. Trois énormes vases remplis de tournesols, aussi, scindaient la table en quatre.

— Vous êtes donc Le Fameux Français? demanda Shaolina Lee à Sévère.

— Toi, il faudra que tu m'expliques pourquoi tu mets une majuscule à « Le », « Fameux », et « Français », déjà... répondit-il. Mets juste une majuscule à « Fameux », ça suffira. Ou à « Le », comme tu veux. Mais pas à chaque mot, c'est pas français. Toi dont la mère française est morte sous un éléphant vietnamien, tu devrais le savoir.

193

– Je ne vois pas le rapport.

– Moi non plus, en fait... Tu nous passes les olives, Shaolina? Et le jambon fourré au saucisson, pour mon ami John Henmann.

– Les tournesols! commença Andolfini-le-conservateur, en bout de table. Nos amis de la Villa *Irlanda* nous en ont offert de très beaux bouquets, sur cette table. Ne trouvez-vous pas? Quelle splendeur!

– Les fameux tournesols, confirma Carole Dauxois.

– Alors justement, reprit Andolfini, les tournesols, ces fleurs sont indiscutablement présentes dans le manuscrit Voynich, ainsi que sur notre *Jouvencelle*. Or, vous le savez tous, le tournesol a été importé du Nouveau Monde à partir de 1492, ou plutôt vers 1500. Pourtant, cette plante figure sur plusieurs pages du manuscrit, – page 53, par exemple –, censé être dicté par Botticelli. Celui-ci est mort vers 1510. A-t-il eu le temps, en une dizaine d'années, à la fin de sa vie, de prendre en considération, à un niveau scientifique, pharmaceutique, cette nouvelle plante venue du Nouveau Monde? C'est la première question de ce soir, mes amis.

– Sauf ton respect, conservatore, coupa John, tout de saucisson à l'ail embouché, je ne pense pas, personnellement que Botticelli soit mort en 1510, comme on le dit. Plutôt 1511, ou 12, selon notre calendrier et les témoignages de l'époque, qui sont loin de correspondre aux écrits officiels... Ce qui laisse à Botticelli une bonne quinzaine d'années entre l'arrivée du tournesol en Europe et sa mort, pour faire de multiples expériences, réaliser *la Jouvencelle*, et le manuscrit...

– Tu as raison, John. Tu as toujours raison, de toute façon. Cependant, penses-tu qu'il fut apte, à la toute fin de sa vie, à réaliser le manuscrit, sans parler de *la Jouvencelle*?

– Je le pense, conservatore. Et je vais te dire pourquoi: je pense que les quinze dernières années de Botticelli furent celles où il fut le plus libre. Ces années magiques pour nous aujourd'hui, où, à mon avis, il fut le plus à même de créer des merveilles, s'il en avait eu le temps. C'est pourquoi il a peint notre tableau, dicté le manuscrit, comme ses dernières œuvres, comme un testament... Carole, tu es d'accord avec moi ?

Carole acquiesçant, c'est monsieur Aloys qui reprit la parole :

– Puisque nous sommes sur les « tournesols », j'aimerais apporter une petite nuance, si vous le permettez. Il est bien évident que les illustrations dont nous parlons représentent, à première vue, un Helianthus annuus, le tournesol d'Amérique, ce qui permet de dater le manuscrit et *la Jouvencelle*. Cependant... je pense que la ressemblance entre le tournesol et les illustrations reste limitée. Je m'explique : nous ne connaissons pas l'échelle des illustrations. Les comparer à l'immense fleur que nous voyons aujourd'hui dans nos champs me semble donc quelque peu hasardeux. Je veux juste vous faire remarquer qu'en tant que scientifiques, nous nous devons de nous poser la question suivante, conservatore : ces figures représentent-elles bien des tournesols, ou plutôt une espèce similaire de la vaste famille des Asteraceae, dont font partie l'artichaut, la marguerite ou le pissenlit, qui sont depuis fort longtemps présents partout dans le monde, et en Italie en particulier ?

– C'est une bonne question, mais vous seul pouvez y répondre, Aloys.

– Il faut le faire, quand même, pour confondre un artichaut avec un tournesol, non ? intervint Sévère. Vous croyez à ce que vous dites, Aloys ?

– Je dis que c'est une possibilité que nous ne pouvons pas écarter. Maintenant, personnellement, je penche pour le tournesol d'Amérique. Ce qui date effectivement nos œuvres entre 1500 et 1510. Il faudrait malgré tout demander l'avis d'autres spécialistes...

Andolfini sembla ravi de cette réponse.

– À qui voulez-vous que l'on demande, Aloys ? C'est vous le meilleur ! Affaire réglée, il s'agit bien de tournesols. Notre *Jouvencelle* ainsi que notre manuscrit Voynich sont donc enfin datés avec précision.

– Il va toujours aussi vite à régler des questions scientifiques aussi importantes ? chuchota Sévère à Shaolina.

– Non, mais Andolfini aime entendre les réponses qui confirment ce en quoi il croit profondément.

– Comme tout le monde. C'est comme ça que l'on écrit l'Histoire.

– Mon histoire à moi, personne ne l'a encore jamais écrite, ou n'a pas pris le temps de le faire, murmura-t-elle.

Les canards rôtis furent servis. Les rougets aussi.

Cela rappela furtivement à Sévère un épisode des *Simpson*, dans lequel un énorme cochon cuit fut amené sur une table, une pomme décorative dans la bouche, et Omer Simpson de lancer : « Pauvre cochon, on l'a tué pendant qu'il était en train de manger une pomme ! »

Les addicts comprendront.

Andolfini, après avoir broyé de ses mâchoires de primate ailes et os de quelque pauvre canard qui ne demandait rien à personne, se leva pour porter un toast à l'américaine, en tapant un verre de sa fourchette. Comme tout le monde parlait en même temps, il explosa finalement le verre, comme de juste.

– Allez hop ! Scène du toast, deuxième. On la refait ! Accessoiristes, un autre verre pour le conservateur ! ne put s'empêcher de crier Sévère.

– Messieurs, Carole, Shaolina ! Écoutez-moi ! Déjà, je souhaiterais vous remercier d'être tous là ce soir. Il est des moments rares dans la vie où les bonnes personnes sont réunies au bon moment, et cela entraîne toujours de grandes choses, de grandes réalisations. C'est le cas ce soir.

Nous vivons un moment rare qu'il convient de goûter comme un œnologue goûte un bon vin: avec curiosité et délectation. Mujda, Léo, Bill, John, Carole, de vieilles connaissances, et monsieur Plemon, monsieur Aloys que je connais depuis peu, mais que je remercie pour leur participation à nos travaux, et de leur présence ce soir. Et puis ça nous fait profiter d'un excellent repas aux frais du contribuable italien, ajouta-t-il en riant tout seul. Aloys, vous savez d'ailleurs que nous avons plusieurs années de travail pour vous au musée. Nous regrettons simplement l'absence d'Antonia Fresca di Nagio, à l'origine de la découverte de notre tableau, mais qui, vous le savez, a dû être rappelée à Florence. Maintenant, mes amis, notre travail n'est pas fini, loin de là. Mais je vous rassure, mon discours, lui, est fini! Léo, je te laisse la parole, si tu veux bien.

– Oui, continua celui-ci, je voudrais vous confirmer que, effectivement, il nous reste du travail. Déjà traduire la troisième et dernière partie du message de notre *Jouvencelle*, puis le manuscrit dans son ensemble. C'est un travail de Titan, mais, comme le disait très justement notre conservateur, nous sommes ici les bonnes personnes réunies au bon moment pour accomplir cette tâche.

* * *

Antonia n'arrivait pas à dormir, ce soir-là. Stefano l'avait invitée au restaurant, comme si de rien n'était. Il avait été gentil, lui avait pris la main, et surtout, avait évoqué le mariage. Elle ne savait plus quoi faire. Elle avait juste dit: « Oui, bien sûr, j'aimerais être ta femme », car c'est ce qui était prévu. C'est Sévère qui avait prévu tout ça. Pendant tout le repas, elle avait pensé à Sévère comme à une foudre qui lui était tombée sur la tête. Elle savait qu'il était là, et puis elle ne savait plus. Ceci dit, Stefano, l'homme en face d'elle, était bien présent, lui, et il l'aimait. Il était riche,

Sous le manteau de la nuit

aussi. Elle avait de la chance, finalement: deux hommes l'aimaient, deux hommes se battaient pour elle. Elle se dit d'abord qu'elle n'en valait pas le coup, et puis imagina que c'était toujours comme ça, chez les hommes. Ils se battent pour une jolie femme. Ils feraient tout pour une jolie femme. Et elle se trouvait plutôt jolie, en plus, ce soir-là.

Elle avait donc dit « oui » à Stefano.

En pensant « peut-être », en songeant à Sévère.

Mais Sévère n'était pas là, ce soir-là…

Puis, quand Stefano lui avait fait l'amour, elle était sûre qu'elle ne pourrait plus partager une vie entière avec lui. Elle ne l'aimait plus. Ce n'était pas de sa faute, le pauvre, mais sa tête était ailleurs. Ce soir-là, elle aurait aimé rester seule, emmener sa fille en vacances, sans hommes…

Lâchez-moi, les hommes, se dit-elle en s'endormant.

* * *

La cupidité humaine est sans limites. Sa rapacité dépasse toutes les frontières de l'imagination – Pourquoi dit-on « rapacité », d'ailleurs? C'est gentil, un rapace – « Homo homini lupus », disait Plaute: l'homme est un loup pour l'homme… Quelle erreur! C'est gentil, un loup! Il n'y a pas plus solidaires entre eux, doux et affectueux que les loups. L'homme, c'est différent; son intelligence n'a d'égale que sa cruauté. Plaute aurait dû dire: « l'homme est un homme pour l'homme ». Ça sonne moins bien, mais c'est plus juste… Fin de parenthèse.

– Sévère?

– Antonia!

– Non, moi, c'est Shaolina. Tu étais perdu dans tes songes?

— Mes songes n'ont pas d'importance et ce n'est pas eux qui me perdront.

— Vous restez tous là, ce soir ? Vous avez des chambres ?

— Je pense que oui. C'est le contribuable italien qui paie, de toute façon.

— Alors, on se revoit tout à l'heure, Sévère. Il y a une petite soirée dans la grande salle, pour nous. Vous viendrez, j'espère !

Cela ressemblait davantage à une convocation qu'à une invitation.

À la toute fin du repas, il ne restait plus que le noyau dur : John Henmann en train d'exterminer une mousse au chocolat à grands coups de langue, Carole de plus en plus en train de se dévêtir de façon inversement proportionnelle à la baisse de température, Mujda au téléphone debout sur la table pour que ça capte mieux, Sévère en train de penser qu'il ne fallait pas penser, Aloys examinant des fraîches feuilles de thé blanc telles de saintes reliques, et Léo statufié devant une vodka-ananas. Tout était normal, en un mot.

— Les amis, on la traduit, cette dernière partie de notre tableau ? demanda Carole, en slip, parce que sinon, moi, je vais à la piscine avant d'aller faire un tour à la soirée !

— Ne va pas à la soirée en slip, Carole. Moi j'aime bien, mais je ne suis pas sûr que ce soit la mode de cette saison, répondit Sévère. Ceci dit, tu as raison, si Léo est prêt pour traduire, moi je suis pour.

Décidément, John Henmann n'aimait pas les serviettes. Après avoir consciencieusement essuyé la mousse au chocolat qui recouvrait la moitié de son visage avec la nappe, puis avec le bout de sa cravate au préalablement trempé dans un verre d'eau, il prit quelques instants Sévère à part.

— Sévère, tu as parlé à Bill Beck ? Tu lui as dit qu'on avait besoin de lui ?

— Je ne lui ai pas dit qu'On avait besoin de lui, je lui ai dit que J'avais besoin de lui. Nuance.

— Pour Antonia, c'est ça ? Vous en êtes où, tous les deux ?

— Je ne sais pas, John. Je n'en sais rien. J'espère que tout ça ne va pas nous dépasser.

— Depuis, j'ai parlé à Bill. C'est une bonne chose qu'il soit revenu. Je te remercie.

— Va le chercher, qu'il participe un peu, si on traduit.

— Je vais le trouver, il doit être au bord de la piscine. Commencez sans nous… Et fais attention à toi, Sévère, que tout ça ne te dépasse pas, justement. Antonia, elle s'en sortira toujours, mais toi…

— Moi quoi ?

— Stefano est un homme puissant.

— Les cimetières sont remplis d'hommes puissants. Allez, va nous chercher le Bill, mon grand.

Léo commença par la partie qui semblait la plus problématique, la plus confuse, de la traduction de la dernière partie du ruban de *la Jouvencelle :*

— Vous voyez, il y a vingt-huit signes différents dans le ruban de notre tableau, comme à peu de choses près, dans le manuscrit Voynich. Seulement, dans cette dernière partie, l'écriture est moins soignée, comme par manque de place. Les signes sont plus serrés, moins bien calligraphiés. Vous voyez, là, et aussi là… Le problème, c'est surtout que quelques caractères nouveaux, inhabituels, apparaissent : une douzaine de signes que je vais avoir du mal à traduire. Je pencherais pour des dates du calendrier, ou des signes géométriques décrivant le ciel, ce qui revient à peu près au même. Mais une fois de plus, on va déjà approfondir le sens général du texte. Tu es d'accord, Aloys ?

– Oui, bien sûr, Léo. Mais pour les signes nouveaux, sûrement des dates du calendrier, comme tu dis, je pense qu'il ne faut pas oublier le principal : notre tableau !

– Qu'est-ce que tu veux dire par là ?

– Que le texte, c'est une chose, mais que l'image compte aussi. Je veux dire que le message de Botticelli se trouve autant dans le ruban que dans la peinture elle-même. Sinon, quel intérêt de peindre cette *Jouvencelle*, si ce n'est pour compléter le texte, ou tout du moins aider les générations futures à le décrypter ? Par exemple, pour déchiffrer les dates du calendrier, comme tu dis, ces diagrammes circulaires entourant certaines étoiles, peints avec précision, sont aussi parlants pour un cosmologue que n'importe quel discours, que n'importe quel texte.

– Bien sûr, Aloys. Tu as bien raison de nous le rappeler. C'est là que tu m'aideras, justement... Alors, hormis cette partie qui correspond à des « recettes » couplées aux dates justement, cette dernière phrase est plus intrigante. En résumant, ça veut dire, en gros : « Cela même dont la réponse à Venus sonnant Mars se trouve de ma main au domaine de Neapolis, capitale de Parthénope échouée »... Là, je vous dis franchement, je vais me replonger dans une vodka-ananas. Je n'explique pas ce genre de phrase.

– Neapolis, c'est Naples, intervint Bill Beck. Napoli veut dire « nouvelle ville ». Selon la légende, Naples aurait été construite à l'endroit où la sirène Parthénope, rejetée par Ulysse, se serait échouée sur le rivage. Léo, tout le monde le sait, ça.

– Bill ! Tu étais là ? Je ne t'avais pas vu.

– Oui, j'étais là. Et Venus sonnant Mars évoque le tableau que Botticelli a peint pour la chambre nuptiale des époux Vespucci, vers 1483 : Venus et Mars se reposent après leurs ébats. Pourtant elle semble en pleine forme, et lui est totalement épuisé. Elle essaie de le réveiller par l'intermédiaire de petits satyres qui lui hurlent dans l'oreille.

— Et ça veut dire, Bill ?

— Ça veut dire que ce tableau, Venus et Mars, est lui aussi directement lié à votre *Jouvencelle*. C'est aussi une ode au plaisir, vu du côté féminin. Et qu'il existe une réponse, une continuité, à Naples, à l'époque, tout du moins.

— Tu veux dire qu'il existerait un autre tableau, une suite de notre *Jouvencelle* à Naples ?

— Ça me semble être une éventualité. En même temps, c'est très confus, et cinq siècles sont passés... Il ne faudrait pas trop y compter. Moi Léo, je serais toi, je me contenterais de m'intéresser uniquement à la peinture que l'on a sous les yeux, pour l'instant. Chaque chose en son temps.

Bill Beck, assez fier de son intervention qui entérinait son grand retour, s'assit entre John et Sévère. Celui-ci lui serra brièvement l'épaule, moins comme un geste de félicitations ou de bienvenue, que comme un geste de possession, tandis que Léo et Aloys continuaient les traductions.

Les heures passant, il s'avéra que Bill Beck et Carole Dauxois s'intéressaient de plus en plus aux méthodes de traduction qu'utilisait Léo. Ils semblaient fascinés par sa technique de décryptage des signes et des glyphes, au moins autant que par le contenu du message de Botticelli. Ils voulaient tout savoir : comment Léo utilisait ses différentes tables de traduction, comment celles-ci fonctionnaient, à quelle syllabe ou à quel son correspondait tel signe...

— En somme, conclut Léo, on a pratiquement tout traduit, sur cette *Jouvencelle*. À part quelques petites zones d'ombre. Je pense qu'on a pas mal travaillé ! Après, ce sera à toi de jouer, Aloys, pour donner les dates précises de la cueillette des plantes correspondant aux différentes recettes dont on vient de parler. Enfin, Carole, tu nous as bien aidés !

— Je n'ai fait que mon devoir, Léo. Je suis très intéressée, surtout. C'est moi la première, à Pise, qui vous ai dit que ce tableau était une « recette d'amour » dédiée au plaisir féminin. Ce n'est pas pour rien si le mot « alchimie », qui revient tout le temps dans le tableau, nous est resté aujourd'hui comme la promesse d'entente parfaite entre deux personnes.

La pierre philosophale, censée transformer le plomb en or, est décrite ici très clairement comme une image, un symbole : comment transformer la « femme-plomb » en « femme-or ». C'est très amusant ! La quête de l'immortalité, de l'éternelle jeunesse, est finalement très bien révélée par Botticelli quand il dit : « La Femme deviendra Or par ce que je vous dis, et en passant par ce que vous voyez son corps dans le corps d'un autre, elle connaîtra l'éternelle jeunesse »… « Passer son corps dans le corps d'un autre, et connaître ainsi l'éternelle jeunesse… » : procréer, faire un enfant, tout simplement. C'est joli, comme formule, non ? C'est ça, la pierre philosophale. Vous devriez vous en inspirer, les hommes, de temps en temps. Sortez-nous de jolies formules comme celle-là, et on plonge toutes !… Et en plus, les trois-quarts du ruban et sûrement les neuf dixièmes du manuscrit sont dédiés à des élixirs censés accroître la fécondité, faire des enfants dans les meilleures conditions, ou à des recettes aphrodisiaques dédiées aux femmes pour avoir envie de les faire ! Très sympathique, tout ça. Aloys, tu nous donneras rapidement ces recettes exactes, quant aux plantes, que j'essaie la première ?

– Ne t'inquiète pas, Carole, tu seras notre premier cobaye, coupa Léo ; mais je ne suis pas sûr que tu aies besoin de quelconque aphrodisiaque pour être une femme-or, ni même une femme tout court… Moi, je dois aller parler de tout ça au conservateur. Il doit être à la soirée. Vous venez, on y va tous ensemble ? Carole, habille-toi.

– Laisse-moi deux secondes… Il faut lui parler du deuxième tableau qui serait à Naples, aussi. Dites-moi, les hommes, personne n'a vu ma jupe ?

— « *Passer son corps dans le corps d'un autre, et connaître ainsi l'éternelle jeunesse* ». Carole a raison, c'est une jolie formule, dit le conservateur Andolfini. L'alchimie, qui réunit deux être, la femme-or… Sacré bonhomme, ce Botticelli ! On mettra tout ça noir sur blanc demain. Ce qui m'intrigue davantage, c'est l'éventualité de l'existence d'un autre tableau, d'une autre *Jouvencelle*. Nous avons découvert celui-là vraiment par hasard, à la Galleria… Des recherches pour trouver l'autre, en admettant qu'il existe et qu'il soit toujours à Naples, seraient pharaoniques, avec une espérance de succès vraiment minime. Je pense que tu seras d'accord avec moi, Léo, que pour la notoriété du musée, il est plus urgent de traduire la totalité du manuscrit Voynich, maintenant. Là, on fera vraiment la nique aux Américains qui s'y cassent les dents depuis toujours… Vous avez bien travaillé. Encore bravo !

Shaolina Lee était une parfaite maîtresse de maison, ou en l'occurrence une parfaite maîtresse de boîte de nuit, et sûrement une parfaite maîtresse tout court. Elle avait l'œil sur tout le monde, s'enquérait du bien-être de chacun en particulier, virevoltant de table en table. Le décolleté bas et la fesse haute, elle était visuellement incontournable en cette fin de soirée. D'après Carole, elle était très drôle et très fine, en plus…

Mais qu'est-ce qu'elle fait avec Andolfini ? ne put s'empêcher de penser Sévère après sa douzième coupe de tequila-Champagne.

La soirée se passait au rez-de-chaussée, dans la grande salle de l'hôtel qui donnait directement sur la piscine. L'air s'était radouci, et il faisait presque chaud ; peut-être la tequila. John Henmann était là, au bord de la piscine, les pieds – et chaussures – dans l'eau.

– Tu sais que ça ne se fait pas de mettre ses chaussures dans la piscine, John ?

– C'est bon pour le cuir. Assieds-toi à côté de moi, Sévère.

– Je ne sais pas s'il fait vraiment chaud ou si c'est la tequila italienne, mais je vais peut-être passer à la bière, pour calmer le jeu… Ça va, toi, mon John ? On a bien travaillé ce soir, non ?

– Ça oui, on a bien travaillé, on est une bonne équipe… Dis-moi, Sévère, il y a quelque chose que tu ne m'as pas dit, sur Bill Beck ?

– Je ne sais pas, non. C'est un traître, mais ça, tu le sais déjà… Tu as vu les palmiers ? On se croirait en Afrique ! Tout à l'heure, avant le dîner, je lui parlais d'Antonia, et il avait son téléphone ouvert en ligne directe avec Stefano di Spazzi. Mais je le savais, je m'en suis servi pour dire ce que j'avais à dire… Je m'en sers comme ça, du Bill. À l'insu de son plein gré, comme on dit.

– Sévère, Sévère… Va demander à Shaolina de nous ramener deux bières, tu veux ?

– Vas-y, toi.

– Je suis sûr qu'elle préférera que ce soit toi.

* * *

La fin de soirée s'était terminée sur les transats. John Henmann avait placé le sien sur les escaliers descendant dans le petit bain de la piscine, afin de se « rafraîchir un peu les jambes ». Il avait en fait fini par s'endormir à moitié noyé, mais cela ne semblait pas le gêner outre mesure.

Andolfini-le-conservateur était en pleine discussion avec Bill Beck dans la grande salle, au sujet des dernières traductions de *la Jouvencelle*. Monsieur Aloys, au dodo. Quant à Mujda et Carole, ils étaient en train de refaire le monde à grands coups de coupes de Champagne, chacun des deux étant persuadé d'avoir raison. Raison sur quoi? Mystère…

– Je peux m'allonger à côté de toi, Sévère? demanda Shaolina.

– Bien sûr. Mais la dernière fois qu'une fille m'a demandé ça, elle n'en est pas ressortie indemne, je te préviens.

– Tu surveilles ton ami John? Il n'est pas en train de se noyer?

– Ne t'en fais pas, il gère! Il inspire par le nez, et expire par la bouche. C'est pour ça que ça fait des bulles.

– Vous avez bien travaillé sur le tableau. Toi, tu es peintre, je sais. Il faudra que l'on se revoie.

– Eh bien, on se voit, là, non? Demain est un autre jour… Toi, tu es avec Andolfini…

– Je ne suis pas avec Andolfini! coupa-t-elle. Je ne suis que son assistante. Je travaille au musée, c'est tout.

C'est tellement facile de faire parler les femmes, même si elles nous racontent des mensonges, pensa Sévère.

– Ce n'est pas important, Shaolina. Mais, moi aussi, j'adorerais te revoir. Je te donne mon numéro de portable.

Le lendemain, le retour en limousine vers Rome aux aurores, fut plus que soporifique. Tout le monde dormait sur tout le monde. Mujda contrôlait les pédales de la voiture et Sévère tenait le volant.

XVIII
On ne part pas de rien pour aller nulle part

Une semaine passa. Cette année-là, le début de l'hiver romain ressemblait à une fin d'été parisien, et de nombreuses terrasses de restaurants étaient encore pleines de monde. Sévère avait fait un aller-retour à Florence pour voir Antonia tandis que Stefano di Spazzi s'était absenté. De son côté, celle-ci jouait son rôle à merveille, préparant déjà son mariage, qui était prévu juste après les fêtes de fin d'année. Les sentiments de Sévère étaient ambigus : certes, c'est lui qui avait imaginé tout ça : le mariage, l'évincement de Stefano d'une manière ou d'une autre, la récupération d'Antonia les poches pleines de quelques millions des di Spazzi, mais il avait parfois l'impression d'avoir lancé une machine qu'il avait du mal à contrôler. Antonia était plus radieuse que jamais, et c'est bien ça qui inquiétait Sévère.

Il est toujours facile d'ourdir un plan, mais c'est une autre affaire que de le mener à bien. Le facteur humain n'est jamais assez pris en considération. Et Sévère pouvait tout contrôler, sauf le facteur humain, sauf ce qui se passait vraiment dans la tête d'Antonia pendant qu'il n'était pas là.

Pour « s'évacuer les neurones », Sévère passait une grande partie de son temps en compagnie de Léo et Aloys qui peaufinaient les traductions du tableau, au détail près, pour le musée. Ce dernier se plongeait des heures entières dans les cartes du ciel représentées sur *la Jouvencelle*, les comparant avec des diagrammes de l'époque trouvés sur Internet ou fournis par la Galleria dell'Accademia. Les pittoresques marchés de Rome, dont celui de la piazza Campo dei Fiori, n'avaient plus de secret pour lui non plus, car il y trouvait toutes les plantes et essences dont il avait besoin. Sévère l'avait accompagné une seule et unique fois, car suivre un passionné de plantes à travers un marché ou dans les magasins spécialisés l'avait obligé à s'extasier un après-midi entier devant une touffe d'herbe !

C'est la dernière fois, s'était-il dit ce jour-là.

Ce même jour, le téléphone de Sévère sonna, indiquant un numéro qu'il ne connaissait pas.

– Shaolina, je suis ravi de t'entendre. Tu es où ?

– Je suis à Rome. Je dois passer prendre les traductions de Léo ce soir, pour Andolfini. Tu vas bien ?

– Je viens de passer l'après-midi avec une touffe d'herbe, mais à part ça…

– Il faudra que tu m'expliques ça. On peut se voir, tu as le temps ?

– Le temps, ce n'est pas vraiment ça qui me manque, en ce moment.

– Il y a une trattoria, sur le Tibre : *Sora Lella.* Tu connais ?

– Je trouverai… OK, dans une demi-heure.

Le ponte Cestio menait directement à l'île Tiberine, sur laquelle se trouvait la fameuse trattoria. Sévère prit le temps d'admirer le soleil se coucher, illuminant le fleuve, et contrastant les architectures romaines. Il avait un peu la tête en fusion.

Pourquoi elle veut me voir, la Shaolina? C'est une envoyée de Stefano di Spazzi, c'est sûr! C'est gros comme une maison, ou comme un éléphant vietnamien! Il va falloir la jouer serré, pensa Sévère.

Et pourquoi on ne voit pas de poissons morts dans le fleuve? Quand une rivière est polluée, on voit les poissons morts flotter le ventre en l'air par milliers. Là, on n'en voit aucun flotter. Même si le fleuve n'est pas pollué, ça meurt bien de sa belle mort, de temps en temps, un poisson! Dans la mer, c'est pareil, on voit rarement de poisson flotter le ventre en l'air. Pourtant il doit y avoir des milliers de poissons qui meurent à la seconde, dans la mer. Les océans ne devraient-ils pas être recouverts de poissons morts, flottant à la surface…? Tout ça n'est pas normal normal…

Sévère se promit d'ajouter ça au bas de la longue liste d'événements qui lui semblaient étranges sur cette planète.

– Shaolina, tu sens le poisson!

– Je sens le poisson?

– C'est une image. Ce que je veux dire par là, c'est que tu connais forcément mon histoire avec Antonia, et que je pense aussi que tu connais forcément le prince Stefano di Spazzi. Et je pense enfin que tu n'es forcément pas là par hasard, avec moi, ce soir. Maintenant, si je me trompe, mea culpa.

– J'avais simplement envie de te voir. Tu te dévalorises, Sévère.

– Réaliste. J'aime bien mettre les choses au point, d'entrée de jeu, comme ça, on n'en parle plus.

La trattoria *Sora Lella* était peut-être l'une des plus agréables de Rome, fréquentée par une foule d'élégantes et d'élégants, et Shaolina leur avait réservé la meilleure table. Celle-ci paraissait réellement choquée par la façon dont Sévère avait entamé la discussion. Elle était toute belle, dans sa petite robe noire, et Sévère pensa à ce moment-là qu'il avait peut-être attaqué un peu fort. Peut-être se faisait-il des idées, et qu'elle avait simplement envie de passer une belle soirée à Rome ?

— Excuse-moi, Shaolina, tu ne sens pas le poisson, ce n'est pas ce que je voulais dire... Au fait, tu veux quoi, de la viande ou du poisson ?

— Je vais prendre un gros morceau de viande bien gras, et toi un joli poisson. Comme ça, on se comprendra enfin, dit-elle en riant.

Elle était charmante, Shaolina. Elle parlait d'elle toujours en souriant, même en racontant les malheurs qui avaient parsemé sa vie. Et puis de temps en temps elle regardait Sévère de ses grands yeux noirs, et celui-ci avait l'impression de tomber dans un gouffre sans fond ; au vrai sens du terme : ses regards donnaient réellement le vertige.

La mauvaise conscience de Sévère se rappela une fois de plus à lui.

« — Sévère, tu ne vas pas tomber dans le panneau, quand même.

— Tu ne peux pas me lâcher un peu, ce soir ? Qu'est-ce que tu veux qu'il m'arrive ?

— Que tu tombes dans le panneau, justement !

— Selon la formule consacrée...

— Je dégage ?

— Voilà ! Tu vois que tu commences à comprendre. »

Ils rentrèrent en suivant les rives du Tibre, s'arrêtant parfois pour contempler les lumières nocturnes de Rome. Shaolina récupéra les dernières traductions chez Mujda, et repartit le soir même pour Florence. Sévère s'endormit tout de suite, en pensant qu'Antonia ne l'avait pas appelé.

* * *

Le lendemain matin, la personne qui attendait Shaolina Lee, piazza del Duomo, à Florence, avait la mine maussade, et ce n'était pas son habitude.

Shaolina était arrivée une demi-heure en retard au rendez-vous, traînant des pieds, redoutant cette entrevue qui allait forcément mal se passer. Non pas qu'elle eût échoué, loin de là, mais elle avait passé la nuit à regretter d'avoir accepté une telle mission qui la dépassait totalement. Quand elle croisa le regard de la personne qui l'attendait, elle eut soudain envie de rebrousser chemin, mais elle n'y arriva pas, et chaque pas la rapprochait de l'abattoir.

— Alors, Shaolina ?

— Alors je ne veux plus de cette mission, dit-elle en reprenant son courage à deux mains.

— Tu ne veux plus de cette mission… Tu sais que tu as été payée pour ça. Et grassement. Là, ça me pose un problème.

— Je te rendrai l'argent. Je n'ai pas besoin d'argent pour séduire Sévère Plemon. J'étais très mal, hier. J'avais envie de tout lui dire. J'ai passé une soirée…

— Mémorable ?

— Oui.

— Je ne peux pas te forcer, Shaolina. Garde l'argent. Mais si tu revois Sévère, et tu vas le revoir, tu ne lui dis rien de tout ça.

La discussion terminée, Shaolina resta seule, soulagée : la discussion s'était finalement bien mieux passée que prévu.

* * *

Mujda Almaleh était peut-être la seule personne au monde capable de se promener dans la rue en peignoir violet sans choquer quiconque. Une question de dégaine. Il était sorti, ce dimanche matin, chercher les « petites choses au fromage » qu'il aimait tant, et Sévère avait décidé de l'accompagner. Celui-ci avait en tête de le faire parler de Stefano di Spazzi, de l'élimination de l'ancien conservateur de la Galleria dell'Accademia, Camigglieri, qui s'était passée dans sa propre villa en bord de mer. Mujda avait, paraît-il, des preuves de l'implication directe de Stefano dans cette histoire, et Sévère voulait les connaître. Il était de plus en plus persuadé que la meilleure façon d'éliminer Stefano après son mariage avec Antonia passait tout simplement par la voix de la justice : il fallait que monsieur Stefano tombe pour le meurtre de l'ancien conservateur, et sûrement le meurtre de quelques autres. Dans ce cas-là, Antonia obtenait le divorce et ce qu'on appelle un dédommagement pécuniaire, qui ne pouvait se chiffrer qu'en millions de dollars. Maintenant, il fallait des preuves. Et des preuves, Mujda en avait.

— Et tu ne veux pas te venger de Stefano ? demanda Sévère.

— Tu sais, Stefano a de nombreuses protections dans ce pays. Ça ne m'intéresse pas de le faire couler. Comme disent les joueurs d'échec : « La menace est plus forte que l'exécution ». Alors je le menace. Mais tant qu'il reste dans son coin... Et puis, ce pays est bien assez grand pour deux.

— Un pays n'est jamais assez grand pour deux, pour un type comme lui. Dis-moi, Mujda, c'est des copains à toi, sur le scooter blanc ?

— Quel scooter ?

— Le blanc, avec les deux gars dessus. Ça fait cinq minutes qu'il roule à trois mètres derrière nous.

— Et ?

— Et je n'aime pas ça. J'ai déjà vécu ça à Orvieto. Tourne à droite.

Mujda et Sévère quittèrent le Corso Rinascimento pour s'engager, au sud, dans les ruelles menant vers le campo del Fiori, le fameux marché que Sévère connaissait bien, pour l'avoir visité tout un après-midi avec Aloys.

– Alors on se fait suivre, et toi Sévère, tu nous emmènes dans les ruelles !

– C'est ça, la technique. Le chassé devient chasseur. On les entraîne sur notre terrain.

– Tu es sûr que tu es peintre, toi ? Moi je n'aime pas ça du tout ! Je préférerais rentrer. Ils sont toujours derrière ?

– Yes. Je pense qu'ils attendent qu'on soit dans une ruelle bien sombre pour te faire ta fête.

– Ma fête ?

– Je plaisante, Mujda ! C'est moi qu'ils veulent. Ou peut-être les deux. C'est forcément des hommes de Stefano. Mais ne t'inquiète pas, j'ai un vieux revolver de la guerre de 14 sur moi.

– Je n'aime pas ça du tout !

– Il y a un petit passage à gauche avec des escaliers. On ne peut pas passer en scooter. Prends-le, il ressort de l'autre côté de la place. Avance devant et tu retournes directement à la maison. Ne te retourne pas. Moi, je reste derrière, et on va voir ce qu'ils font.

Mujda emprunta à grands pas le petit passage couvert, totalement désert le dimanche, suivi de près par Sévère. Celui-ci s'accroupit derrière l'un des nombreux étals en bois qui bordaient le passage de gauche et de droite, et attendit dans l'ombre. Il entendit finalement des bruits de pas, des injonctions en italien : les deux hommes arrivaient. Mujda avait presque atteint l'autre côté, et les deux hommes tentèrent de le rattraper, quand ils passèrent devant Sévère sans le voir. Celui-ci surgit d'un coup derrière eux.

– Coucou, les deux !

Mujda était complètement surexcité quand il ouvrit la porte à Sévère, hurlant au téléphone, tournant en rond, vociférant après son interlocuteur, ou après le pauvre Léo qui n'avait pourtant rien à voir dans tout ça.

– Alors? demanda-t-il enfin à Sévère, une fois calmé. C'est qui, ces deux types? Tu as réussi à les semer?

– Pas exactement, en fait.

– Ils sont où?

– Ils se sont plus ou moins tiré dessus, dans le petit passage.

– « Plus ou moins » tiré dessus? Tu plaisantes?

– Écoute, Mujda, je n'en sais rien, moi! Ne me demande pas de détails! Je crois qu'ils sont un peu morts, c'est tout!

– « Un peu morts »? LEO! Si tu veux bien nous ramener quelques glaçons, s'il te plaît! Profites-en pour nous apporter du Martini blanc, pour aller avec. J'ai un peu chaud!… Et les deux types se sont tiré dessus, comme ça, sans raison?

– Je ne sais pas, je te dis! C'était confus, il faisait noir… Sinon, tu étais avec Stefano, au téléphone, tout à l'heure?

– Il dit que ce n'est pas lui. Je n'en crois pas un mot. Sévère, tu as raison, je crois qu'il est plus que temps d'agir sérieusement contre le prince di Spazzi.

* * *

Naples fut la destination choisie d'emblée pour prendre un peu de recul, le temps que l'affaire se tasse. Mujda venait d'y acquérir une villa pour y passer les mois d'hiver. Carole, qui avait écumé tous les magasins de Rome, était ravie de changer d'air, John Henmann ravi de suivre Carole, et Bill Beck ravi de suivre tout le monde. Quant à monsieur Aloys, il connaissait à Naples quelques fameuses petites herboristeries auxquelles il n'était pas mécontent de rendre visite.

Seul Sévère était moyennement d'accord, car cela l'éloignait de plus en plus de Florence, et donc d'Antonia : mille kilomètres aller-retour pour dire bonjour à Tonia, ça devenait du luxe.

La décision de partir le soir même était cependant prise, et Sévère alla une dernière fois sur la terrasse, d'où il pouvait admirer pratiquement tout Rome. Il eut l'étrange impression qu'il n'y remettrait pas les pieds avant bien longtemps, comme à chaque fois qu'il quittait une ville. Le vague à l'âme et la jambe molle, il regardait toutes ces rues qu'il commençait à bien connaître, et qu'il aurait aimé découvrir davantage. Mais les événements en décidaient autrement. Il se souvint en détail de chaque journée qu'il avait vécue à Florence et à Rome, de chaque pensée, de chaque odeur… Mais à chaque inspiration, c'est celle d'Antonia qu'il sentait.

Maintenant, les avions qu'il voyait dans le ciel, n'étaient plus la promesse de grands départs vers des jours meilleurs et des destinations fabuleuses, mais au contraire la menace de devoir un jour rentrer en France, et de quitter tout ce pour quoi il se battait, tout ce qu'il aimait.

En voyant un scooter blanc passer dans la rue, il se dit qu'au moins la journée n'avait pas été si mauvaise, toutes proportions gardées. L'intervention des deux idiots, le matin même, avait immédiatement poussé Mujda à rentrer en guerre avec Stefano di Spazzi…

Je suis fatigué, ce soir. Comme toi, dit-il en s'adressant au grand soleil romain qui se couchait lentement derrière l'horizon…

Épisode III

Naples

XIX
Épopée pop

– Tu es prêt, Sévère ? demanda John. Tu vas dans la limousine, ou tu viens dans la Ford avec Carole et moi ?

– Question discrétion, puisqu'on en est là, je préfère la Ford.

– Tu as eu Antonia ? Tu lui as dit qu'on partait à Naples ?

– Pas encore, John, je vais le faire.

– À mon avis, elle sera ravie !

– Ah ?

– Tu te souviens des dernières traductions de *la Jouvencelle*, comme quoi il existerait éventuellement un deuxième tableau, à Naples ? D'après Léo, le musée d'Antonia aurait décidé d'y effectuer quelques recherches, par acquit de conscience, en collaboration avec certains musées de Naples. À mon avis, elle se fera un plaisir de venir de temps en temps y mener les recherches en personne, si tu vois ce que je veux dire…

Effectivement, Antonia, apprenant le départ de Sévère à Naples le soir même, après un bref moment de surprise, hurla pratiquement de joie au téléphone.

219

– Et en plus, tu sais que je suis napolitaine ! Toute ma famille est de là-bas. Je pourrai te faire visiter la ville quand je viendrai ! Je m'occupe dès demain de voir avec le musée quand je pourrai descendre.

– Et ça avance, le mariage ?

– Si tu savais, Sévère… Je dois m'occuper de toute la publicité, en plus. C'est énorme. J'ai l'impression de diriger un porte-avions avec un guidon de vélo ! Mais ça avance… Je pense de plus en plus à toi, petit Français.

– Moi aussi, je pense à toi. Mais ne t'inquiète pas, moi j'ai l'impression de diriger un Boeing 747 avec un cure-dents. À bientôt à Naples, alors.

L'autoroute A1, encore. On dit que tous les chemins mènent à Rome, mais ça dépend du sens dans lequel on roule. Ils arrivèrent à Naples au milieu de la nuit. Mujda décida qu'il était préférable, pour la première nuit, de prendre des chambres au Grand Hôtel *Vesuvio*, à la pointe sud de la ville. Trois « Corona suite » furent donc louées, et Sévère se retrouva dans l'une d'elles avec John et Carole. Celui-ci commanda deux bouteilles de Champagne, pour être sûr de ne manquer de rien, ainsi que des sushis pour Carole qui, soi-disant, faisait un régime ; régime qui consistait en fait à manger ce qu'elle voulait quand elle voulait, et croquer qui elle voulait quand elle voulait.

Le lendemain, un vacarme époustouflant réveilla Sévère en sursaut : John était en train de se gargariser dans la salle de bains, tout en chantant l'hymne américain ! Comment pouvait-il faire ces deux choses en même temps ? C'était bien là tout le mystère de cet homme hors du commun !

Quand Sévère se leva, il tomba nez à nez avec Carole qui attendait la salle de bains, nue derrière ses lunettes de soleil.

Quel corps d'enfer! se dit-il. Un corps comme Carole, ça se rencontre une fois par siècle. Même si sa tête n'est pas terrible… Pourtant, quand on fait l'amour à une femme, c'est avant tout son visage qu'on regarde, au moins de temps en temps. On fait l'amour à un visage, en fait, à des yeux mi-clos, à un souffle. Mais elle, je me demande si je pourrais… Elle a quand même une drôle de tête !

– Sévère, tu as bien dormi? Pourquoi tu me regardes comme ça?

– Je me disais que tu avais la tête sur les épaules, ma Carole.

– Merci. Un petit compliment dès le matin, ça fait toujours plaisir.

C'était pas un compliment, pensa Sévère.

Mujda et Léo étaient déjà en bas quand les autres descendirent dans le grand hall de l'hôtel *Vesuvio*.

– Le programme de la journée est simple, dit Mujda. Ne rien faire, profiter de la piscine, se détendre. On doit commencer toute la traduction du manuscrit Voynich dès demain, mais aujourd'hui, moi, je vais voir l'état de ma villa avec Léo. Il paraît que ce matin, il n'y avait toujours pas l'électricité. Elle est à Massa Lubrense, en face de Capri, de l'autre côté du golfe. Sévère, tu viens avec nous?

La lumière de Naples était plus jaune, plus chaude. L'ambiance générale, le sourire des gens dans la rue, la chaleur annonçaient déjà l'Afrique. On se sentait bien loin de Rome, et encore plus loin de Florence et d'Antonia. Sévère avait parfois l'impression de n'être qu'un canard sauvage qui migrait vers le sud pour fuir l'hiver. Mujda et Léo avaient laissé la limousine à l'hôtel, qui était peu maniable dans les rues de Naples, et avaient loué une petite Fiat à la réception. Ils remontèrent jusqu'au Castel Nuovo, immense bâtisse qui dominait tout le quartier du même nom, cœur de l'ancienne capitale, qui s'étendait du port jusqu'aux ruines antiques de la colline du Pizzofalcone, puis ils remontèrent la via Colombo, vers l'est, longeant la baie. La ville était immense, étendue, grouillante de vie, et le Vésuve semblait si proche… Sévère se dit que s'il advenait un beau jour que ce volcan explose, ça ferait un deuxième Pompéi, et autrement plus dramatique. L'insouciance côtoyait le danger : c'était toute l'histoire de Naples.

Sévère avait l'impression qu'ils roulaient depuis des heures, et avaient depuis longtemps quitté la route principale le long de la baie. Ils s'enfonçaient maintenant dans les terres, toujours plus au sud.

— Dis-moi, Mujda, tu es sûr que c'est la bonne route ? Je croyais que ta villa était sur le golfe de Naples.

— Ne t'en fais pas, Léo connaît la route par cœur. Mais on a un petit détour à faire… C'est pour ça que je voulais que tu viennes avec nous, répondit Mujda. On va à Amalfi, de l'autre côté de la presqu'île de Sorrente. On a quelqu'un à voir.

— Une fille ?

— Je te rappelle, Sévère, qu'on a failli se faire abattre dans les ruelles de Rome, pas plus tard qu'hier. Si tu as déjà oublié, moi pas. Et je ne suis pas prêt de l'oublier, crois-moi ! Je t'ai dit qu'il était temps de rentrer en guerre avec Stefano di Spazzi, c'est ce qu'on va faire.

C'est parti, pensa Sévère en riant silencieusement. Dire que tout le monde était si tranquille avant que j'arrive en Italie !

* * *

Amalfi était accrochée à la montagne qui plongeait directement dans la mer, au sud de la presqu'île. On y accédait par la fameuse route nationale 163, qui, à chaque virage, devait offrir une des plus belles vues d'Italie. Chaque crique, chaque plage, cachée entre pierre et eau, était à elle seule un véritable petit paradis terrestre. La côte rocheuse amalfitaine ne volait vraiment pas son surnom de « Côte Divine ».

En pénétrant dans la ville, Sévère fut frappé par la beauté des architectures de cette ville qu'il ne connaissait pas, et qui pourtant, il y a mille ans déjà, rivalisait de puissance avec Venise ou Gênes. Le style roman se mêlait à des édifices plus arabisants, et les petites maisons de couleur et de formes typiquement méditerranéennes liaient le bleu du ciel et celui de la mer. Léo se gara finalement sur la piazza Duomo, au pied de l'escalier monumental qui menait à la cathédrale. Car il y en avait des escaliers, dans cette ville construite à flanc de montagne : les gens devaient avoir la fesse dure et le mollet ferme.

– On va voir qui, au juste ? demanda Sévère.

– On a rendez-vous avec un certain Remo. Tu vas voir, il est très sympathique, mais très prudent. Un vieux de la vieille : j'ai eu beaucoup de mal à obtenir un rendez-vous, et pourtant, je le connais depuis vingt ans... Il est au courant de tout des affaires de Stefano di Spazzi. On va mettre certaines choses au point, pour l'instant, mais tu me laisses parler, Sévère. Surtout, tu me laisses parler, tu n'interviens pas.

– Loin de moi l'idée d'intervenir en quoi que ce soit, Mujda... Pour l'instant.

La petite maison rose du fameux Remo, encastrée dans les hauteurs, ne payait vraiment pas de mine. Sévère s'attendait à atterrir dans une grande villa en bord de mer, mais ils débarquèrent en fait dans l'arrière-cour d'un petit restaurant, fréquenté uniquement par un vieux chien jaune pouilleux et à moitié mort.

— Oh, il est joli le chien! s'exclama hypocritement Sévère.

Un petit homme en chemisette blanche et tablier fit enfin son apparition, un grand couteau dans une main et une botte de gros radis noirs dans l'autre. Il ne payait pas plus de mine que sa maison. Après quelques banalités en italien dont Sévère ne comprit que le mot « Chianti », le fameux Remo leur tendit trois verres à moutarde remplis d'un truc rosâtre. Mujda, Léo et Sévère les burent comme si c'était du Château-Latour, pour ne pas blesser leur hôte, mais c'était vraiment immonde.

— Bueno? Good? demanda le Remo.

— Je ne crois que ce que je bois, répondit Sévère.

— Y tutti Chianti! ajouta Léo.

Présentations faites, Sévère, après un bref coup d'œil à Mujda, pensa que le moment était venu d'aller fumer une cigarette dehors, et de les laisser entamer la conversation. Il se demandait ce qu'il faisait là. Ce n'était quand même pas ce Remo qui allait faire tomber Stefano, LE prince di Spazzi, puissant maître de Florence et d'ailleurs! Et pourtant Mujda, qui connaissait bien tout ce monde-là, avait vraiment l'air confiant.

Les minutes passaient, puis les demi-heures. Sévère décida de redescendre vers la cathédrale, où il avait vu en passant un petit restaurant jouxtant le campanile. Après tout, Mujda avait son portable, et pouvait l'appeler à tout moment.

Tiens, quand on parle du loup, pensa Sévère en entendant la sonnerie de son téléphone.

— Sévère?

— Antonia! Tu es où, ma toute belle? Tu viens quand?

— Demain matin. Demain soir on dormira ensemble. Demain soir, j'aurai ma tête sur ton cœur.

– Tu lis dans mes pensées, Tonia. Ta tête sur mon cœur… je n'attends que ça. Mais Stefano… ?

– Il part ce soir jusqu'à la fin de la semaine. Et puis c'est le musée qui m'a demandé de descendre à Naples ; j'en profite. Mais je ne descends que deux jours. Vendredi, j'ai rendez-vous pour les papiers du mariage… Et tu es où à Naples ?

– Au Grand Hôtel *Vesuvio*.

– Génial !

– Eh bien je t'attends. Fais vite.

– …Sévère ? Tu es encore là ?

– Yes.

– Tu es l'homme de ma vie, je voulais te le dire. Je le sais. Une femme sent ces choses-là. Tu es l'homme de ma deuxième vie.

– Tonia… Je pourrais écrire un livre sur toi, si j'avais le temps. Love.

En revenant dans l'arrière-cour de la maison de Remo, Sévère sentit tout de suite que l'atmosphère était tout à la détente, entendant Mujda rire et plaisanter en italien. Il décida donc de faire son apparition dans la pièce, car cela faisait plus de deux heures qu'il attendait dehors. Mujda, Léo et Remo, en le voyant, l'invitèrent à venir prendre place à la table en plastique rouge, entre la vieille glacière de cornets de glaces Miko et le vieux chien jaune pouilleux.

– Sévère, assieds-toi, commença Mujda, il faut qu'on t'explique. On s'est mis d'accord avec Remo. Il connaît toutes les histoires de Stefano, je te l'ai dit. Il connaît aussi la personne qui a fait disparaître l'ancien conservateur Camigglieri, de la Galleria, plus d'autres choses pas mal non plus. Toutes ces affaires sont passées par lui, en fait.

– Très bien.

Sévère avait l'impression d'être en pleine quatrième dimension, sur cette table en plastique, à parler de choses aussi importantes.

– Et Remo est d'accord pour nous aider à faire tomber définitivement le prince Stefano di Spazzi, conclut Mujda.

– Définitivement?

– Écoute, Sévère. Définitivement, ça veut dire qu'avec le témoignage de certaines personnes dont Remo se porte garant, Stefano va obligatoirement passer au minimum une bonne quinzaine d'années dans une jolie prison Toscane.

Le Remo en question était apparemment content de lui en finissant de préparer ses radis, Mujda se faisait les ongles avec un couteau en plastique, et Léo, impassible, regardait en l'air. On aurait pu entendre les mouches voler, s'il y en avait eu en cette saison.

– C'est parfait, tout ça, Mujda, c'est parfait… Mais qu'est-ce qu'il veut, pour ça, ton ami?

– Un million de dollars.

– Un million?

– Ça les vaut.

– Moi je ne sais pas. Je ne dois pas avoir ça sur mon compte… Il faudrait que je revende quelques costumes… que je demande un découvert à la banque…

– Ça, c'est mon affaire, Sévère. Toi, tu nous as sauvé la vie à Rome, c'était ta part. Il faudra peut-être juste que tu témoignes avec moi contre Stefano. C'est pour ça que je voulais que tu sois là, et que tu sois d'accord. Mais entre nous, ajouta-t-il tout bas, il n'y aura même pas besoin, je te le garantis: c'est juste pour rassurer Remo, lui montrer qu'on participe tous.

– Eh bien, OK, Mujda! C'est parti! Mais chose très importante: il faut que tout ça se passe APRÈS son mariage avec Antonia.

…Bref conciliabule. Pas de problème.

Remo comprit que le moment était venu de ressortir l'immonde Chianti.

* * *

John faisait des brasses coulées dans la piscine de l'hôtel. Et quand on dit coulées, c'est vraiment coulées. En fait, il avait beaucoup de mal à remonter à la surface après chaque brasse.

Carole prenait des poses pas possibles sur sa chaise longue devant un appareil photo qui n'existait que dans sa tête, et Bill Beck était parti avec Aloys en ville, en quête de quelque merveilleuse plante inconnue.

Sévère laissa Léo et Mujda dans le hall, et alla rejoindre son ami John à la piscine. Lui aussi avait envie de se détendre un peu car, pendant le retour vers Naples, il avait eu le temps d'analyser la suite des événements qui, certes, ne se présentaient pas mal, mais qui auguraient des heures et des jours de stress et d'angoisse, avant que tout cela ne finisse. Et puis au fil des kilomètres, le plaisir de revoir Antonia le lendemain à Naples avait repris le dessus. Après-demain serait un autre jour.

Le dîner fut simple, tout le monde était épuisé. Il fut simplement décidé pour le lendemain que Léo commencerait avec Bill Beck, John et Carole les traductions du manuscrit Voynich, qu'Aloys continuerait ses recherches sur les plantes, et que Sévère accompagnerait Antonia voir certaines personnes qu'elle connaissait, dans différents musées de Naples, puisque c'était sa mission, quant à l'éventuel « deuxième tableau » dont parlait Botticelli sur le ruban de *la Jouvencelle*. Sévère ne croyait pas du tout à ce fameux deuxième tableau, mais se dit que c'était un parfait prétexte pour passer une journée avec Tonia.

Quand son téléphone sonna au milieu de la nuit, il sut que c'était une mauvaise nouvelle. La sonnerie d'un téléphone n'est jamais la même pour annoncer une bonne et une mauvaise nouvelle : une sorte de sixième sens…

– Antonia, je savais que c'était toi… Tu ne peux pas venir demain, c'est ça ?

– Je suis désolée, ça me rend malade, mais Stefano ne part plus. Il veut m'accompagner pour les choses du mariage, les papiers. Tu comprends ? Ce n'est pas le moment de tenter le diable, petit Français. C'était ça, notre plan, non ? Le mariage avant tout.

– Oui, le plan, le plan… mais bon.

– Le musée vous envoie l'assistante d'Andolfini. Shaolina Lee. Tu la connais. Elle a toutes les adresses des gens à voir et tous les dossiers. Accompagnez-la, qu'elle ne se retrouve pas toute seule à Naples. Moi, je descendrai la semaine prochaine.

– Sûre ?

– Je ne pense qu'à toi, murmura-t-elle.

Sévère était bizarrement en pleine forme, en attendant Shaolina à l'aéroport de Naples le lendemain matin, car il n'avait pratiquement pas fermé l'œil de la nuit, en repensant à tout ça. Il vit d'abord une grande tête brune qui dépassait tout le monde, puis les grands yeux noirs sans fond qui ne s'arrêtèrent qu'à dix centimètres des siens.

– Merci d'être venu me chercher, Sévère. Emmène-moi…

XX
Emmène-moi...

...Quelle plus belle phrase peut-on dire à un homme!

Ça dépend de qui vous le dit, effectivement. Mais quand c'est Shaolina Lee un beau matin à Naples, vous avez les jambes qui tremblent et la main moite. Ce qui doit se voir comme le nez au milieu d'un magasin de porcelaine, et ce n'est pas vraiment « classe ». Bref. Shaolina sentait moins bon qu'Antonia. Et puis ce n'était pas le propos de la journée qui les attendait.

Shaolina Lee cala ses grandes jambes de gazelle comme elle pouvait contre la boîte à gants de la petite Fiat.

– Shaolina, proposa Sévère, si tu veux, va sur le siège arrière.

– Ah non! Si je vais sur le siège arrière, tu viens avec moi, dit-elle en riant.

– Bon, reste là, conclut Sévère. Si on est tous sur le siège arrière, j'aurai du mal à conduire. Quel est le programme?

– Petit déjeuner, acheter cigarettes, et après, deux personnes à voir avant seize heures. Ça va, on a le temps...

– C'est dingue les grandes pattes que tu as, elles sont plus longues que les miennes. Tes jambes mesurent deux mètres! Alors, petit déjeuner? demanda Sévère. Tu connais un endroit?

– Il y a des endroits très sympas à côté de votre hôtel, dit-elle. Le *caffe Gambrinus* est bien… Et mes grandes pattes te posent un problème?

– Je ne sais pas, je n'espère pas.

Tu parles qu'elles me posent un problème! Je suis à deux doigts de te sauter dessus, ici et maintenant! pensa Sévère. Je suis sûr que tu ne dirais pas non, en plus.

Le *caffe Gambrinus* sur la piazza Trieste e Trento devait avoir été créé autour d'une fille comme Shaolina. Sévère contemplait sa nuque couverte de longs cheveux châtain foncé dans la glace derrière elle, tandis qu'elle mangeait sa petite brioche au sucre. Elle souriait souvent, pour des raisons qui n'appartenaient qu'à elle, et levait soudainement la tête, plongeant ses yeux profondément noirs dans ceux de Sévère, comme pour s'excuser de penser toute seule à ce qu'elle pensait. Ses yeux questionnaient, riaient, scrutaient. Elle était heureuse, elle était curieuse, et toute chose semblait l'étonner et la ravir. Elle aimait la vie, tout simplement.

– Tu es mignonne, tu souris tout le temps! Qu'est-ce que tu aimes tellement dans la vie, Shaolina?

– Toi! dit-elle en riant, finissant sa brioche à pleine bouche.

La fin du petit déjeuner fut ponctuée d'effleurage de mains et collage de genoux, sans qu'un seul mot ne soit prononcé. Sévère avait la tendre impression d'être un vampire ou un diable, rien qu'en la regardant. Ou peut-être un homme, tout simplement.

– Shaolina. Je vais te raconter une histoire, et tu vas me dire ce que tu en penses…

En ressortant une heure après du *caffe Gambrinus*, Shaolina ne lâcha la taille de Sévère qu'une fois arrivée devant la voiture. Il était vrai qu'elle avait des talons, et que le sol n'était pas droit.

Le Palazzo Reale, en face du golfe, dans le quartier de Toledo, était un immense palais, dont la construction mit plus d'un siècle à être achevée. Entouré de jardins édéniques, comprenant théâtre et galeries magnifiques, sa façade n'était malheureusement pas à la hauteur des trésors qu'il renfermait. Quand on dit que la beauté est souvent intérieure… Ce Palais, vu de la mer, ressemblait davantage à une immense gare de banlieue. Par contre, la Biblioteca Nazionale Vittorio Emanuele III, dans l'aile nord, *l'ala delle feste*, était peut-être la plus belle bibliothèque du pays, comprenant des millions d'ouvrages multiséculaires, et autres manuscrits ou parchemins uniques.

Le regard de Shaolina avait changé depuis leur discussion au *caffe Gambinus*. Il était plus sombre, plus chaud, si tant est qu'il puisse l'être. Pendant dix minutes, elle ne le quitta plus des yeux, attendant leur rendez-vous avec le directeur de la bibliothèque dans la salle principale. Celui-ci arriva enfin, escorté d'une femme croulant sous une pile de documents. C'était un grand homme tout fin aux cheveux noirs reteints en noir plus noir.

– Excusez mon retard, dit-il. Je suis Paolino Gianfrandelli, directeur de la bibliothèque. Je vous présente la mémoire de cet endroit: notre amie Marietta. Vous êtes donc Shaolina Lee, et le doctor Plemon, de Firenze. Je suis désolé, nous avons beaucoup de travail. J'ai été très intéressé par votre étude sur votre nouveau Botticelli, continua-t-il. Monsieur Plemon, madame Lee, voulez-vous un café?

– Merci, répondit Sévère.

Comme cela ne voulait dire ni oui, ni non, la Marietta en question ramena quatre expressos tellement serrés

231

qu'ils auraient donné immédiatement une crise cardiaque à n'importe quel Anglo-saxon.

– Je suis donc au courant de votre fameux deuxième tableau de Botticelli qui se trouverait à Napoli, continua le directeur. La découverte de *la Jouvencelle* est déjà un événement national, vous le savez. Je suis heureux que notre beau pays recèle encore de tels trésors. Par contre, l'existence d'un autre tableau, ici, dans notre ville de Naples…

– Vous n'y croyez pas non plus, coupa Sévère.

– Je n'ai pas dit ça, doctor Plemon. Je n'ai pas dit ça.

* * *

Antonia Fresca di Nagio avait la tête ailleurs.

Elle savait que son petit Français passait la journée à Naples avec Shaolina Lee, et malgré tout, cela lui faisait mal au cœur. Elle se replongea dans la paperasse de son mariage, pour ne plus y penser. Elle connaissait bien, en tant que femme, le pouvoir de séduction de Shaolina, et surtout l'attirance que pouvait avoir Sévère pour une femme comme elle.

C'est moi qui ai trouvé Sévère, se dit-elle. C'est Mon homme, et c'est uniquement pour ça qu'il lui plaît tant, se rassura-t-elle.

Pour la première fois depuis longtemps, elle sortit dans le grand jardin de la propriété. Elle avait envie de revoir l'endroit où ils avaient fait l'amour pour la première fois, la piscine dans laquelle ils avaient passé de si bons moments… Les tables de jardin étaient recouvertes de feuilles, en ce début d'hiver, mais son Sévère était toujours là. Elle se souvenait du jour où, pour elle, pour eux, il avait décidé de se battre contre tout le clan di Spazzi, contre toute l'Italie. Elle avait froid, aujourd'hui. L'été était fini depuis longtemps. Ou alors elle était seule, tout simplement. Elle s'allongea dans la chaise longue où elle lui avait fait sa première déclaration d'amour, ses premières confidences, où ils avaient tellement ri ensemble. Tout était passé tellement vite, depuis... Il n'y avait plus personne dans cette demeure, maintenant.

Plus de vie.

Il n'y en avait jamais eu dans cette maison, en fait, avant que son Français n'arrive, comme un voleur de cœur.

Antonia s'assit au bord de la piscine puis se laissa lentement glisser dans l'eau tiède. Elle essaya de flotter sur le dos en regardant le ciel gris-bleu, malgré l'eau qui lui recouvrait le visage par vagues. Sa robe beige, qu'elle n'avait pas pris le temps d'enlever, flottait avec elle.

Elle était si bien.

Si bien, mais elle ne riait plus, elle ne s'amusait plus. Et puis elle avait envie de lui. Maintenant. Elle aurait tout donné pour ça, pour que son Sévério soit encore une fois entre ses jambes, dans cette piscine. Qu'il profite d'elle comme il aimait. C'est aussi ça qu'elle adorait sentir au fond d'elle, au fond de son ventre, pendant qu'elle regardait les yeux de son amant, pendant qu'elle regardait son plaisir. Elle se dit qu'elle aurait aimé mourir là, maintenant, sous lui, sur lui.

Mourir indéfiniment avec lui, en toute conscience, en tout plaisir...

Ou Vivre avec lui.

En toute conscience, en tout plaisir.

* * *

Le directeur de la Biblioteca Nazionale avait étalé devant Sévère et Shaolina nombre de gros livres de cuir remplis de gravures, esquisses et dessins, effectués circa 1500, époque durant laquelle Botticelli avait peint *la Jouvencelle*.

233

– Voilà, dit-il. Je vous ai réuni ces documents, car je pense que certains d'entre eux pourront vous intéresser. Tout d'abord, ces œuvres que vous voyez là ont, pour la plupart, été perdues.

– Pas très encourageant, coupa Sévère.

– Justement, doctor Plemon. Pas si décourageant que cela. Je vous explique : ces tableaux, ou esquisses de tableaux, ont tous été réalisés à Naples ou dans la région. Tout du moins, ils s'y trouvaient à la toute fin du XVᵉ siècle. Mais, et c'est là où il faut obligatoirement prendre en compte l'histoire de la ville, une grande partie d'entre eux disparut comme par enchantement durant la première décennie du XVIᵉ siècle. Cette période correspond en fait au moment où Naples cesse d'être indépendante, et devient, dès 1504, une colonie espagnole.

– Vous voulez dire que toutes ces œuvres seraient parties en Espagne ? demanda Shaolina.

– Pas du tout, Signora. Et c'est là où ça devient intéressant. Sous la domination espagnole, Naples était de loin la plus grande ville d'Italie, et le développement des arts et de l'architecture ne furent pas freinés, bien au contraire. Cependant, la disparition des œuvres dont nous parlons au tout début du XVIᵉ siècle a une raison bien simple : la peur de l'occupant. Tableaux et œuvres d'art ont tout simplement été cachés à cette époque par leurs propriétaires, d'autant plus que les Espagnols ramenèrent l'Inquisition dans leurs bagages, chose qui était loin de plaire aux Napolitains. D'ailleurs l'Inquisition ne vit jamais le jour à Naples.

– Dites-moi, directeur, si certaines de ces œuvres ont disparu dès l'arrivée des Espagnols, comment sait-on qu'elles ont été cachées par les Napolitains, par « peur de l'occupant », plutôt qu'emmenées en Espagne, ou détruites ? Et plus précisément, pour en revenir à nos moutons italiens, en quoi tout cela est-il encourageant en ce qui concerne notre Botticelli ?

– Ne soyez pas si pressé, doctor Plemon, nous y venons : toutes les pages marquées de post-it de ces livres que vous voyez là correspondent à des œuvres perdues au début du XVIe siècle, MAIS retrouvées comme par hasard deux siècles plus tard, à la fin de la domination espagnole. Et toutes ces œuvres ont été retrouvées où, à votre avis... ?

– À Naples ?

– Exactement ! Tous ces tableaux n'avaient jamais quitté la ville ! Les Italiens ont toujours été très soucieux de garder leur patrimoine artistique dans leur pays. Après, évidemment, il y a eu la domination autrichienne de la ville, puis les Bourbons... Naples a une histoire très tourmentée, vous savez !

– En un mot, vous êtes un grand optimiste, signore Gianfrandelli. Parce que, tout compte fait, de notre « deuxième tableau » de Botticelli, pour l'instant, point de trace.

– Monsieur Plemon. On m'avait bien dit que les Français étaient toujours pressés. Ce n'est pas une légende... Mais regardez ceci :

Le directeur leur présenta fièrement la reproduction d'un petit dessin, très rapidement exécuté, représentant un homme et une femme, de profil, face à face, entourés tous deux d'un ruban, dont les volutes ressemblaient étrangement à celles de *la Jouvencelle*.

– C'est étonnant, n'est-ce pas ? reprit-il. Ce dessin n'est pas signé, mais se trouvait dans les collections napolitaines vers 1500. Il appartient aujourd'hui à un particulier. Il serait étonnant qu'il ne s'agisse pas d'une esquisse préparatoire de Botticelli à notre deuxième tableau.

– Donc, ce tableau existe vraiment. On en est sûrs ?

– Signora Lee, en tant que chercheurs, nous pouvons simplement dire qu'il y a de fortes présomptions pour qu'il existe. Vous comprenez, tout concorde. Maintenant, le retrouver, c'est une autre affaire. Mais je puis vous assurer, au nom du ministère de la Culture, de l'Office National des Musées, et en mon nom propre, que tout sera mis en œuvre pour le découvrir. Mais c'est un travail de longue haleine, vous le comprendrez aisément. Cela pourra prendre… un certain temps. C'est pourquoi nous nous intéressons en premier lieu à la traduction du manuscrit Voynich qui, à nos yeux, est politiquement plus urgente. Comprenez bien, les Américains s'y penchent aussi.

Autrement dit, ils ne chercheront jamais le deuxième tableau, pensa Sévère. Tout ce qui les intéresse, c'est de traduire le manuscrit en premier. En fait, on est là pour rien.

— On est allé là-bas pour rien, dit Shaolina en sortant. Ils ne chercheront jamais le deuxième tableau.

— Tu lis dans mes pensées! Même avec un semblant de preuve qu'il existe, ça ne les intéresse pas. Il leur faudrait des preuves formelles, avant de remuer tout le patrimoine pictural du sud de l'Italie. Il faut les comprendre, aussi… Enfin, ça me fatigue, tout ça.

Sévère et Shaolina s'engagèrent dans les jardins du Palazzo Reale, remontant vers la via San Carlo, et s'assirent un moment à l'ombre d'un immense palmier, car il faisait étonnamment chaud, ce jour-là, à Naples.

— Tu vois ce palmier, Shaolina? Tu sais que ce n'est pas un arbre, en fait? C'est une herbe. Une très très grande herbe. On pourrait croire que c'est un arbre, mais ça fait partie de la famille des…

— Sévère!

— Oui?

— Tu vois les gens, là?

— Quels gens? Je ne vois rien.

– Normal, il n'y a personne. Alors allonge-toi à côté de moi, et profite, Sévère, profite… On a une heure avant notre prochain rendez-vous.

* * *

– « Il y a deux sortes de personnes dans le monde, disait Sergio Leone, ceux qui ont un revolver chargé, et ceux qui creusent leur propre tombe. » Alors crois-moi, Antonia, tant qu'on suit le plan, on est du bon côté du revolver, si bon côté il y a.

– Et après le mariage, on fait quoi ?

– Je ne sais pas encore, on verra. Mais ça ira dans le sens que j'ai prévu, tu peux me croire.

– Bon, je te crois… Et avec Shaolina Lee, ça se passe bien ?

– On est allongés sous un palmier. Sinon, je pense que le deuxième tableau de Botticelli, on peut faire une croix dessus. Mais on a un autre rendez-vous tout à l'heure, à tout hasard.

– Je te laisse, LE voilà.

– C'était Antonia ? Elle va bien ? demanda Shaolina.

– Tendue.

En remontant la via Toledo vers le nord, véritable paradis du shopping, Shaolina semblait émerveillée devant chaque magasin, ne sachant plus où donner de ses grands yeux noirs sans fond. Elle était la fraîcheur personnifiée. Elle tomba finalement en arrêt devant la vitrine d'un Dolce & Gabbana.

– Sévère, tu restes là ! Tu m'attends dehors, je reviens tout de suite. J'en ai pour deux minutes.

Effectivement, elle ressortit vingt minutes plus tard, toute radieuse.

237

– Tiens, c'est pour toi! dit-elle à Sévère, en lui tendant un sac à bout de bras.

Elle ne savait plus où se mettre.

– Pour moi?

– Ce sont des mocassins en daim. Ils sont beiges. Je les trouve magnifiques! Je me disais que tu avais toujours de drôles de chaussons… Mais si tu ne les aimes pas, tu peux les changer.

Elle était mignonne, adorable, attendrissante.

– Shaolina, tu es mignonne, adorable, attendrissante. Je t'adore. Mais il ne fallait pas. Je vais les mettre tout de suite! Ils sont géniaux.

Quand on offre des chaussures à un homme, c'est comme quand on lui achète un déodorant, on se demande toujours si c'est un cadeau ou un reproche, pensa Sévère.

Ils finirent de remonter la via Toledo sans se dire un mot, la main dans la main, l'une broyant l'autre, et débouchèrent finalement piazza Carita, aux portes du quartier de Spaccanapoli.

Il était étonnant de voir à quel point les rues de Naples étaient assez étroites, mais immensément longues, traversant parfois plusieurs quartiers.

Spaccanapoli était ainsi scindée en deux par une étroite artère ouest-est, ou gauche-droite (pour les femmes), bordée d'un nombre incalculable de bâtiments historiques, églises ou monuments, mais aussi de cafés ou magasins pittoresques, qui en faisaient un autre centre incontournable de la ville.

– C'est là, dit-elle, en désignant un petit immeuble ocre jaune de la piazza San Domenico Maggiore. On est pile à l'heure.

XXI
J'aime tes Saints

Léo Casanova traça sur la grande table de la Corona, suite de l'hôtel *Vesuvio,* une ligne de coke d'au moins six pieds trois pouces, afin de se remettre de ses excès de vodka-ananas du début de matinée. Carole, John et Mujda qui ne disaient jamais non, se partagèrent ce qui restait après l'aspiration éléphantesque de Léo, tandis que Bill Beck et Aloys se préparaient un thé « pas-trop-fort-parce que-ça-excite ».

Enfin, pour passer aux choses sérieuses, Léo commanda à la réception un Magnum de *Veuve Clicquot,* tandis qu'il étalait devant lui les différentes reproductions des pages du manuscrit Voynich.

– Alors voilà, les cocos, commença-t-il, il y a une sorte de chapitre un peu à part, dans le manuscrit, qui semblerait parler – je cite – « des corps que le temps ne peut atteindre ». Une sorte de parenthèse à la fin de la grande partie des « bains et humeurs ». Ça parle « d'huiles et d'essences rendues… », de « senteurs de floraison sur la peau, ou provenant de la peau... » ça dit quelque chose à quelqu'un ? Bill ?

– Ça me semble parler de l'incorruptibilité des corps après la mort, répondit celui-ci. Mais je ne vois pas du tout le rapport avec le message de Botticelli sur *la Jouvencelle*, qui nous parle de Vie et de « création de Vie », au contraire... À part ça, je pensais que l'on commencerait par le début du manuscrit. Pourquoi veux-tu commencer par le milieu, Léo ?

– Raison très simple, Bill, je ne veux pas de délais. Je ne veux pas qu'au musée, ils nous disent tous les trois jours : « Alors, vous en êtes à la page combien ? » Tu comprends ? Je préfère traduire certains morceaux du manuscrit, combler les trous ensuite, comme un puzzle. D'ailleurs, je vais me refaire une ligne, je me trouve subitement très intelligent... Donc tu disais « incorruptibilité des corps »... CAROLE ! Tu peux nous trouver ça sur Internet ?

Carole alluma l'ordinateur de la suite et commença à chercher : « incorruptibilité-corps » sur Google.

– Alors voilà, dit-elle, voyons voir... corps... corps...

« Mon corps est à toi », c'est pas ça,

« Mon corps dans ton corps », c'est pas ça,

« Ton corps dans mon corps », c'est pas ça,

« Les Incorruptibles, série télévisée... », c'est pas ça,

« Ton corps dans ma bouche », c'est pas ça,

« Plus fort, plus fort ! 90 cents la minute », c'est pas ça,

« Plus fort, plus fort ! 100 % Gratuit !!!!! », c'est pas ça,

« Chaud-chaud, le Lapin ! », c'est pas ça, mais je me le mets de côté... Trop mignon...

...Ah, voilà !

« Incorruptibilité des corps : Historique et vérités scientifiques ».

Je vous résume :

« Un peu partout dans le monde, et de tous les temps, on a relevé le même phénomène: l'incorruptibilité d'un corps après la mort. Un corps échappe à la loi commune et universelle de la dissolution de la chair.

Pour des raisons inconnues, un corps reste intact, tandis que tant d'autres à ses côtés se décomposent.

Bien que ce genre de miracle ait la plupart du temps été récupéré par le Christianisme, il est important de souligner que ce phénomène se retrouve dans toutes les religions, et indépendamment des religions, et que c'est un thème également important dans l'inconscient collectif. Car si l'on étudie la vie des saints et de la Chrétienté, on constate que cette incorruptibilité fut souvent refusée aux « élus », alors qu'elle a été observée sur des personnes non béatifiées ou canonisées.

La science, elle, ne peut l'expliquer actuellement. Il est vrai que ce phénomène laisse la communauté scientifique, de nos jours, étrangement et inexplicablement indifférente. »

– N'oublions pas qu'un mort ne PAYE plus. Paix à son âme, le mort, par bienséance! Mais il n'intéresse pas, et pour cause! L'industrie pharmaceutique est la troisième mamelle du commerce international, après le pétrole et les armes, contrôlés par une poignée de gens sur la planète, ceux-là même qui ont placé les deux Bush au pouvoir, à grand renfort de dollars saoudiens.

À traduire en anglais...

Mais on s'emballe, calmons-nous, et revenons à nos moutons italiens:

« À la fin du XIXe siècle, le père Herbert Thurston fit la première étude sérieuse des cas d'incorruptibilité physique après la mort. Il nota six phénomènes caractéristiques, mais pas obligatoirement simultanés:

La présence d'un parfum suave émanant du corps,

L'absence de rigidité cadavérique,
La persistance d'une certaine tiédeur du corps,
L'absence totale de putréfaction,
Des saignements anormaux,
Et enfin, la constatation post mortem d'étranges mouvements du cadavre qui ne peuvent en aucun cas être attribués à des contractions musculaires mécaniques.

Si l'on écarte l'idée d'un miracle divin, la première hypothèse est bien sûr l'embaumement préalable du corps. Mais dans les cas qui nous intéressent, aucun embaumement, ou aucune trace d'une substance quelconque ayant pu stopper la décomposition n'a été découverte.

Le seul recensement dont nous disposons aujourd'hui est dû à une Américaine, Joan Cruz, qui a continué les travaux du père Thurston, à l'aide de toutes les sources ecclésiastiques connues. Dans son ouvrage publié en 1977, intitulé *The Incorruptibles*, elle énumère cent deux cas authentifiés par la Congrégation des Rites de l'église Catholique Romaine; mais il est probable, ajoute-t-elle, qu'il en existe bien d'autres qui n'ont jamais été rendus publics par le Vatican.

Un exemple de ces Miracles est celui de Maria Anna Ladroni qui mourut en 1624. Cent sept ans plus tard, sa dépouille mortelle fut exhumée sur l'ordre des autorités religieuses lors de sa béatification. Voici quelles furent les conclusions de l'époque :

Il n'y eut pas moins de onze docteurs et chirurgiens pour assister à l'examen de la dépouille. Ils procédèrent, à l'aide de leurs instruments, à diverses incisions sur le cadavre. Toutes les recherches aboutirent à la dissection quasi complète du corps: les viscères, les organes et les tissus apparurent dans un parfait état de conservation, encore humides, fermes, et élastiques au toucher. Le cadavre était imprégné d'une sorte de fluide odorant, qui répandait des effluves persistants.

D'autres cas sont également célèbres: Catherine de Sienne, sainte Catherine de Bologne, ou saint Pacifique de Cerano ont été inhumés directement en terre, et l'on n'a constaté aucune dégradation ou putréfaction de leurs corps. D'autres sont restés également intacts, dans un sol humide, alors que leurs vêtements se désagrégeaient sur eux: c'est le cas de sainte Catherine de Gênes (décidément, les Catherine ont le vent en poupe!), et de sainte Catherine Labouré, dont le corps fut exhumé en 1933, cinquante-sept ans après sa mort: on découvrit son cadavre intact, bien que le triple cercueil dans lequel elle reposait eût été entièrement rongé par la moisissure…

Il est scientifiquement probable que ces phénomènes arrivent autant aux « saints » et aux « saintes » qu'au commun des mortels, mais ces derniers sont rarement exhumés, et donc peu de constatations de ce genre sont faites sur eux.

Cependant, ce qui est troublant dans les différents cas évoqués, c'est que tous ces corps ont été inhumés dans des conditions qui auraient dû normalement entraîner la putréfaction. Les facteurs géologiques ou météorologiques, comme la sécheresse de l'air ou de la terre sont donc à écarter.

Saint Charbel Makhlouf, un ermite, mourut en 1898 au monastère maronite d'Annaya, au Liban. Selon la coutume, son corps fut directement déposé en terre, sans cercueil. Pour des raisons inconnues, les autorités ecclésiastiques finirent par ordonner l'exhumation quarante-cinq jours plus tard. Le corps était en parfait état de conservation, identique au jour où il ferma les yeux pour la dernière fois, en dépit des inondations.

Le cadavre fut alors lavé et revêtu de vêtements, afin d'être placé dans un cercueil de bois dans la chapelle du monastère. Au bout d'un certain temps, un liquide huileux ayant l'odeur de sang frais commença à suinter du corps du saint. Cet épanchement devint si abondant que ses vêtements durent être changés deux fois par semaine. Le corps de saint Charbel demeura dans cet état jusqu'en 1927, date à laquelle un examen fut ordonné.

Le corps fut placé dans un second cercueil de bois doublé de zinc, et un document contenant les observations des médecins fut scellé dans un tube de zinc et déposé aux pieds du corps.

En 1950, des pèlerins venus visiter le sanctuaire remarquèrent qu'un curieux liquide suintait hors du cercueil. On l'ouvrit à nouveau en présence d'autorités religieuses et médicales : saint Charbel était toujours aussi bien conservé. Son corps était souple, tendre et élastique, alors que ses vêtements étaient en lambeaux. »

…Voilà en gros, conclut Carole, un bref résumé de ce qu'on sait sur l'incorruptibilité des corps. Le reste, ce sont des considérations religieuses qui ont moins d'intérêt en ce qui nous concerne.

– Je préférerais avoir un corps incorruptible de mon vivant qu'après ma mort, dit Léo en débouchant la Veuve Cliquot. Ceci dit, je pense qu'aujourd'hui, la science et la religion n'ont jamais été aussi distantes l'une de l'autre. Ce sont vraiment deux mondes à part, l'un ignorant l'autre avec une telle désinvolture ! Mais pour en revenir à nos moutons italiens, comme dirait Sévère, je pense que cette page du manuscrit Voynich a effectivement un rapport avec ce que tu viens de nous lire, Carole… Surtout au sujet des « fluides huileux » qui semblent être communs à toute incorruptibilité corporelle. Maintenant, pourquoi la science ne s'intéresse pas à ça ? C'est ça, le vrai mystère. Elle classe ces phénomènes dans la colonne « religion » et s'en lave royalement les mains !

Mais si l'on se place du côté religieux, on est en droit de penser que ce genre de miracle a quelque chose de paradoxal : pourquoi Dieu s'intéresserait-il au corps, surtout après la mort ! C'est l'âme, la chose la plus importante, pour l'église…

– Tout ça me semble si loin du message de Botticelli sur notre *Jouvencelle*. Beaucoup moins poétique, en tout cas.

– Remets-toi, Carole. Ce paragraphe concerne une seule page sur les deux cent cinquante du manuscrit. Reste à la traduire. Mais ça nous prouve simplement que science et religion étaient beaucoup plus liées ; il existait une vraie passerelle. Je pense aussi que ce manuscrit n'a pas fini de nous étonner. Il est évident aussi que, hormis Botticelli, plusieurs auteurs ont contribué à son élaboration.

* * *

Sévère et Shaolina frappèrent enfin à la porte de la suite de Mujda en début de soirée.

– Tiens, vous êtes là, vous ? Ça s'est bien passé ? demanda Mujda

– Je crois qu'on peut oublier le deuxième tableau de Botticelli, répondit Sévère.

– Vous allez nous raconter ça ! Mais je croyais que tu devais rentrer à Florence ce soir, dit Mujda en s'adressant à Shaolina.

– J'ai raté les trains. Si je peux dormir là…

– Comme tu veux, Shaolina ; ou bien tu prends la suite de Bill et Aloys, ou alors celle de John, Carole et Sévère.

Le choix fut vite fait.

XXII
Heureusement qu'on n'a pas que des amis, mais qu'il y a aussi des gens sur lesquels on peut compter.

(Noctuel)

Le dernier jour de décembre annonçait à Antonia le véritable « passage à l'acte », son mariage avec Stefano. Dans exactement quatre heures. Elle se sentait ce jour-là, et pour la première fois, véritablement actrice du plan qu'ils avaient évoqué avec Sévère, un beau jour, sous un pin parasol de la propriété di Spazzi.

Elle était descendue trois fois à Naples durant le mois, afin d'assister aux avancées des traductions de Léo, mais surtout pour voir son amant, et chaque fois ces allers-retours avaient eu le don de la rassurer. Elle partait de Florence pleine de doutes, d'interrogations, et revenait le soir, remplie de force et de confiance en l'avenir, en son avenir. Il suffisait d'entrevoir son Français à l'aéroport, et d'instinct, elle savait qu'il ne la décevrait jamais, qu'il était toujours celui qui l'avait tellement attirée la première fois.

Elle se regardait dans les immenses miroirs du Salon Vénitien, parée de sa robe de mariée, deux couturières s'affairant à ajuster les derniers volants de soie naturelle

247

couleur ivoire de sa traîne : elle ne se reconnaissait pas. Ce n'était pas elle qu'elle regardait. Elle était totalement détachée des événements.

Regarde-toi comme si tu contemplais une étrangère. Sois spectatrice de ton corps et de tes actes. Uniquement spectatrice, et tout ira bien, tout sera facile, se dit-elle.

C'est Sévère qui lui avait appris ça. Il est vrai que c'était une façon un peu lâche de ne pas totalement assumer ses actes, mais aujourd'hui, elle se mariait avec un homme qu'elle allait trahir sans aucun scrupule : c'était clair, net, et prémédité. Alors ses actes, elle n'avait pas envie de les assumer toute seule.

– Signora, il faut y aller, maintenant, entendit-elle derrière elle.

– Je viens, je viens… répondit-elle. Laissez-moi encore dix minutes devant la glace, c'est la dernière fois de ma vie que je me prends pour une princesse, ajouta-t-elle tout bas.

Ce soir-là, Sévère avait fumé exactement un paquet de Winston en attendant Mujda sur le bord de la petite piscine intérieure du Grand Hôtel *Vesuvio*. Il avait mis un maillot de bain sous son costume de lin, au cas improbable où une envie soudaine et frénétique de se baigner le tenaillerait, mais il n'avait en fait même pas enlevé ses chaussures, trop occupé à nourrir son stress, observant l'insouciance de quelques vacanciers ridiculement shortés qui déambulaient devant sa chaise longue.

Quelle liberté que de pouvoir se balader dans un slip moulant quand on a un ventre qui vous cache vos propres genoux, alors que moi, je n'ose même pas enlever mes lunettes de soleil quand j'ai un semblant de cernes sous les yeux, pensa-t-il.

Mujda, lui, arriva enfin, tout d'argenté stringé, faisant tournoyer sa canne en verre de Murano au rythme d'une chanson de Jo Dassin qu'il entonnait à tue-tête :

Les matins se suivent et se ressemblent
quand l'amour fait place au quotidien ;
On n'était pas fait pour vivre ensemble,
ça ne suffit pas toujours de s'aimer bien…
– Tu chantes bien ! mentit Sévère.

En fait, ce n'était pas vraiment que Mujda chantait faux, c'était plutôt qu'il chantait extrêmement fort… et très faux, quand même.

– Ah, Sévère, mon Sévère… Faut-il que tu l'aimes, ton Antonia !

– Qu'est-ce que tu veux dire par là, mon vieil éphèbe ?

– Ce que je veux dire par là, c'est qu'en arrivant en Italie, tu es tombé sur LA fille qu'il aurait fallu éviter : LA fiancée de di Spazzi. Mais toi, tu as continué à la voir, et tu t'es mis dedans jusqu'au cou ! Ce que je veux dire par là, c'est que c'est ça, ta force : ton inconscience est ta force. Ton inconscience t'a fait gagner ce que tu voulais, prends bien garde à ce qu'elle ne te perde pas. L'inconscience est une alliée quand tu la maîtrises… mais tu le sais déjà. Tu as dompté ton inconscience pour l'instant. C'est ta folie, et je t'admire un peu, pour ça. Mais quand même, tu es sacrément gonflé ! Tout ça pour l'amour d'une femme !

– Des empires sont tombés pour l'amour d'une femme. Tant d'hommes sont morts pour ça ! Mais rassure-toi, on n'en est pas là pour l'instant. Et sinon, le mariage d'Antonia ?

– Grandiose, paraît-il. Elle a pleuré toute la journée. Tout le monde a pris ça pour des larmes de joie. Faut-il qu'elle t'aime, aussi, celle-là !

– …Dis-moi, Mujda, pour en revenir à nos moutons napolitains, tu en es où de tes histoires avec Stefano ?

– Tout est bon pour toi, Sévère.

– Pour… moi ?

– Stefano di Spazzi sera bientôt sous les verrous. Six mois, tout au plus. La machine est lancée. Ne me dis pas que ça ne t'arrange pas! Tu auras le champ libre avec Antonia, non?

– Et toi, ne me dis pas que tu as payé un million de dollars ton mafioso de Remo juste pour me faire plaisir. Ça t'arrange aussi.

– Bien sûr, mon Sévère. Et puis je sais que je vais récupérer l'argent que Stefano me doit, avec ce procès qui s'annonce. En fait, c'est tout bénéfice pour nous deux.

– Bon, alors si tout le monde est content, on va se baigner. Mais serait-ce outrepasser les limites de l'insolence de te demander pourquoi tu as mis un maillot de bain aussi… translucide? J'ai une réputation à tenir, moi!

– Je passerai outre cette remarque qui dénote une certaine honte à mon encontre. Et puis mon maillot est fait d'une matière qui a le bon goût de laisser passer les UV, ce qui permet à mon corps de bronze de rester homogènement coloré.

– Je plaisante, Mujda. Tu es tout beau!… Pose ta canne quand même…

* * *

Il faisait presque nuit dans la propriété florentine des di Spazzi, ce matin-là, et pourtant il était déjà dix heures. Stefano s'était levé au milieu de la nuit, incapable de dormir davantage, la tête envahie par tant de questions sans réponses qui le taraudaient, depuis ce jour, il y a une semaine maintenant, où il avait épousé Antonia Fresca di Nagio, depuis ce jour où elle lui appartenait définitivement, qu'elle le veuille ou non.

Et pourtant…

Pourtant il ne s'était jamais senti aussi impuissant envers elle. Elle était impalpable. Elle semblait amoureuse, mais elle était absente. Elle semblait avoir oublié le Français, mais son âme était loin. Elle semblait soumise, mais il ne savait plus comment la saisir.

Impuissant, oui, il l'était. Impuissant à rentrer dans le cerveau de cette fille, sa femme, qu'il trouvait de plus en plus belle, mais qui lui faisait parfois peur, tant il ne savait plus comment la dominer. Et c'était bien la première fois, ce matin-là que le prince Stefano di Spazzi avait peur de qui que ce soit. Il s'était réveillé avec une furieuse envie d'elle, puis s'était levé après l'avoir regardée quelques minutes sans même oser la toucher... Il ne se reconnaissait pas. Il ne connaissait pas ces sentiments. Impuissant, oui. Il n'arrivait plus à lui faire vraiment l'amour. Il ne savait pas faire l'amour à une femme qu'il redoutait, ou tout du moins, sur laquelle il n'avait plus aucune emprise.

Sous son col roulé de cachemire bleu nuit, dégustant son cinquième expresso sur sa terrasse, il alluma un gros Cohiba au moment où le timide soleil blanc de janvier essayait enfin de vaincre les gros nuages mauves au-dessus de Florence. C'était son meilleur cigare d'habitude, celui du matin. Le moment où il était tranquille, où tout le monde dormait encore. Et pourtant, il était loin d'être serein, ce matin-là... Il se sentait paradoxalement totalement protégé sur son petit coin de terrasse, derrière ses millions de dollars et ses millions d'avocats – qui lui coûtaient des millions de dollars –, et en même temps complètement démuni face à une « simple » femme dont il n'arrivait plus à lire les envies profondes...

Il avait l'impression qu'elle ne lui appartenait plus.

Oui, c'est ça, son âme était loin, bien loin de lui, depuis le jour du mariage. Stefano avait remarqué son regard lointain, son sourire de circonstance, et son total désintérêt pour tout ce qui l'entourait, un peu comme une esclave qui aurait accepté sa condition avec fatalisme, malgré les efforts qu'elle avait faits pour n'en rien montrer aux invités.

Et puis ce coup de fil...

L'épaisse fumée bleue de son cigare se fondait dans les gros nuages au-dessus de sa tête, pouvant lui donner l'impression, du haut de sa terrasse dominant Florence, qu'il était lui-même un demi-dieu à l'origine de la création de ces cumulo-nimbus. Pourtant l'appel qu'il avait eu la veille, tard dans la soirée, n'était pas fait pour le rassurer. Il avait senti en une fraction de seconde son passé le rattraper, ses magouilles financières, l'élimination de cet idiot de conservateur Camigglieri, sans parler des autres.

Qui peut être à l'origine de ça? Peut-être Remo, sûrement pas Mujda. Quoique… si c'est Mujda, c'est plus embêtant, pensa-t-il. C'est facile de se battre quand on a beaucoup d'argent. Sauf contre quelqu'un qui en a autant que vous. Mais pourquoi Mujda? c'est LA question. Pourquoi maintenant? Ce n'est quand même pas le Français? Le Français…

– Tu es encore là?

Antonia avait surgi derrière lui, dans un grand peignoir orange de l'hôtel *Majestic* de Rome.

– Oui, tu vois, je suis encore là. Dis-moi… le Français…

– Quoi, le Français!?

Elle avait dit ça sur un ton qui laissait entendre que la conversation sur ce sujet brûlant était close. Définitivement close.

– Le Français nous a bien aidés sur la traduction de *la Jouvencelle*, de toute manière, continua-t-elle. Et tu sais ô combien mon travail me tient à cœur! Et puis, sans le Français, comme tu dis, je ne serais peut-être pas là aujourd'hui!

– Qu'est-ce que tu veux dire par là, Antonia?

– Je vais à Rome, aujourd'hui, j'ai des gens à voir, pour le manuscrit, dit-elle s'en retournant déjà.

– Et ton appartement, tu le gardes?

– Je le garde pour ma fille. Pourquoi, tu ne peux pas le payer?

Stefano di Spazzi se retrouva à nouveau seul sur la terrasse. Il lui sembla que les nuages s'étaient encore alourdis.

Le Français… pensa-t-il en finissant son Cohiba. Il ouvrit enfin son quotidien financier, comme chaque matin, pour s'assurer de la progression de ses actions, puis remarqua sur la dernière page que la météo prévoyait un temps superbe, à Rome, en fin d'après-midi.

* * *

On n'est jamais aussi bien servi que par soi-même, pensa Sévère. Ce qui est totalement faux. Allez dans un grand restaurant gastronomique, et vous verrez que l'on n'est jamais aussi bien servi que par les autres ! Ceci dit, j'irais bien voir le fameux Remo, à Amalfi, pour savoir où il en est… Sur ce coup-là je ne serai jamais aussi bien servi que par…

– Allô ? Shaolina ?

– C'est moi ! Tu vas bien, Sévère ?

– J'étais en train de me demander si on n'était jamais aussi bien servi que par soi-même, ou par les autres.

– Tu penses toujours à des choses pas possibles, toi ! Ça t'arrive de te reposer, et de penser… à moi ?

– Ça ne me repose pas vraiment quand je pense à toi, si tu veux savoir.

– C'est coquin, ça ! dit-elle en riant.

– Un peu ! Écoute, Shaolina, j'ai rendez-vous avec Antonia à Rome en fin d'après-midi…

– Je suis à Rome, là. On pourrait déjeuner ensemble ?

– Si tu veux, mais il faudrait que je parte maintenant.

– Super ! Je suis au *Sofitel Roma*, sur la via Lombardia. Viens me prendre chambre 107…

Eau de toilette, carte bleue, téléphone, chargeur de téléphone, le revolver de Bill chargé à souhait, la photo de mes enfants… C'est bon, je peux faire le tour du monde, pensa Sévère.

XXIII
De l'intelligence
des mollusques bivalves...

– N'y va pas !

Shaolina n'avait jamais été aussi impérative.

Jamais aussi belle non plus.

Vêtue d'une grande robe-peignoir-kimono (!?) de soie blanche brodée de bleu, recouverte de ses longs et lisses cheveux noirs, elle était assurément la plus belle femme du restaurant du *Sofitel*, et du monde qui l'entourait. Car cette table était sans conteste le centre du monde, à ce moment précis.

– Comment ça « n'y va pas »? éructa Sévère après une lampée d'un excellent Pouilly-Fuissé, les yeux plongés dans ce « puits-sans-fond » qu'étaient les pupilles sombres de la femme qu'il avait devant lui.

– Ne va pas voir Antonia, répondit-elle. C'est trop dangereux. Stefano t'attendra. Il n'a plus rien à perdre.

– Comment tu sais tout ça, toi ?

– Une femme amoureuse sait beaucoup de choses.

– Tu es amoureuse de Stefano ?

– Idiot! sourit-elle, quand un énorme plateau de fruits de mer fut apporté à leur table.

Le temps s'était arrêté, une fois encore.
Une sorte de Big-bang.
Avant le Big-bang, il y a quinze milliards d'années, il y avait quoi?
Ou plutôt, il y avait *quand*?
Rien.
Le temps n'existait pas comme aujourd'hui. (Et pourtant, il a bien commencé à exister à un moment précis, non? Il faudra m'expliquer, ça me donne le vertige...).
Et quand on naît, il y a quoi, avant, en ce qui nous concerne?
Rien.
Le temps n'existait pas, pour nous, avant notre naissance.
Pas plus qu'il n'existera après notre mort.
Alors le paradis, l'enfer... Plaisirs ou souffrances éternelles.
Que veut dire le mot « éternel » quand le temps n'existe plus?
Rien.
Tout le problème de la religion...
Pourtant, Sévère croyait à toutes les forces positives de l'univers en voyant cette femme en face de lui, si belle, si... vivante!

– ...Bref. Explique-moi, Shaolina. Pourquoi je ne devrais pas aller voir Antonia, tout à l'heure?
– Tu vas te faire tuer, Sévère. Et ça, je ne veux pas.
– Et qu'est-ce qui pourrait te faire croire ça, ma grande gazelle brune? Tiens, regarde plutôt: de là, on voit la Villa Borghese, et là-bas, c'est le Vatican; c'est un des plus beaux

256

panoramas de Rome. Et le petit store vert, c'est Pipi, un épicier que je connais; il est ouvert le dimanche toute la nuit. Tu te rends compte, il s'appelle Pipi!

Shaolina avait baissé la tête et triturait mollement une palourde molle. Cachée derrière ses longs cheveux noirs, elle semblait au bord des larmes, et Sévère en eut réellement mal au cœur. Il la contempla longuement en ne sachant pas vraiment quoi dire, mais une chose était sûre, il n'avait plus du tout envie de finir ses palourdes: elles étaient mortes pour rien.

Il lui prit finalement la main pour la consoler, ce qui eut pour effet immédiat de la faire sangloter davantage. Comment une fille aussi radieuse pouvait-elle pleurer? Sévère ne l'avait jamais vue comme ça. Elle, si mignonne devant son plateau de fruits de mer, dans son joli kimono-robe-peignoir…

– Allez, dis-moi, Shaolina…

– Rien! C'est pas grave! Tu devrais rentrer à Naples, ou à Paris, c'est tout! Ce n'est pas pour moi que je dis ça! Je tiens à toi, quand même…

Cette fois, elle pleurait à chaudes larmes, comme on dit – parce que si les larmes sont froides, c'est qu'on a vraiment un problème. Ou qu'on est un lézard. Sévère ne put s'empêcher de se demander si elle tenait réellement à lui, ou si elle tenait réellement à ce qu'il n'aille pas voir Antonia… Il se resservit un verre de Pouilly-Fuissé à noyer un hippopotame, et lui promit de retourner le plus vite possible à Paris, en sachant très bien au fond de lui que, dès qu'il aurait quitté la table, il filerait quand même illico voir sa Tonia.

– OK, Shaolina, dès que j'ai quitté la table, je file illico à Paris.

– Tu feras ça?

– Moui…

Elle retrouva peu à peu son joli sourire qui lui allait si bien.

Il ne lui demanda plus comment elle était au courant de tellement de choses.

Il le savait déjà.

* * *

Le long canon du vieux revolver de Bill Beck faisait vraiment mal au coccyx de Sévère, quand il était assis. Le tout, dans ce métro romain bondé, en ce début d'après-midi, c'était de le faire passer discrètement de l'arrière de sa ceinture, vers l'avant. Sévère entreprit donc de faire la manipulation, sous sa chemise, devant une vieille Romaine toute de noir vêtue, assise en face de lui.

Il y réussit sans en avoir l'air, mais la crosse lui rentrait dans le ventre, et le canon commençait à lui exploser la braguette.

Comment font les flics, dans les films? Moi, j'ai l'air d'un babouin en érection, se demanda Sévère, devant la vieille Romaine tout émoustillée.

– No problemo, lui dit-il. I am Policia, Interpol, you know? FBI!

Il en profita pour sortir le revolver de son slip, pour le mettre directement dans la poche droite de sa veste, devant la Romaine hilare.

Il faudra quand même que je trouve un truc plus pratique, se dit-il en sortant du métro.

Sévère décida de couper par le jardin zoologique, un peu au nord de la villa Borghese, afin de rejoindre la via Ulysse, qui débouchait théoriquement sur la via Aldrovandi. Il faisait un froid de canard, toutes proportions gardées; disons de canard tropical. La météo avait prévu un temps superbe à Rome, en fin d'après-midi! Tu parles, il pleuvait à chaudes larmes… Comment pouvait-on aller sur mars, et ne pas être capable de prévoir le temps qu'il allait faire le jour même? C'était bien là tout le mystère de l'an 2000.

Sévère atteignit finalement l'Aldrovandi Palace, presque à l'heure de son rendez-vous avec Antonia. À chaque fois, c'était la même chose: juste avant de la voir, il était excité comme un jeune chiot. Il était moite, dansant, en pleine forme, le maître du monde. Il aurait pu aller la voir à pied au Sahara en faisant un crochet par Tokyo sans en ressentir la moindre fatigue. Il l'avait vraiment dans la peau, cette fille!… Pourtant, en rentrant dans les Salons de l'Aldrovandi, il savait que c'était sûrement une des dernières fois qu'il la verrait, tout au moins en Italie.

Sévère traversa le grand salon de l'hôtel, tapissé de magnifiques tentures et tapis, décoré d'énormes bouquets de fleurs fraîches de la région, pour atteindre la réception.

– Ola, olè! Fesca di Nagio, Antonia? I am Mister Plemon.

Elle était apparemment à la piscine du restaurant principal.

Sévère traversa les salons de l'hôtel, décorés de Romaines affalées, toutes de vieux Romains flanquées, qui apparemment, n'avaient pas de problèmes d'argent, à défaut d'avoir des problèmes de prostate, pour déboucher enfin sur la piscine.

ELLE était là.
IL était là aussi.

Sévère remarqua d'abord une chemise bleu nuit. De ce bleu qu'il connaissait bien. On aurait pu appeler ça le « bleu-di-Spazzi ».

Et puis une nuque à tordre. Celle de Stefano.

Un dos un peu voûté d'une espèce de prince qui ne serait bon qu'à être mort et enterré dans la terre de ses vieux cons d'ancêtres.

Une tête à tuer.

Une tête qui serait bien plus jolie enfoncée dans un plat de pâtes à la bolognaise, avec du parmesan dans les narines.

Même la queue et les oreilles, ça ne ferait pas un beau trophée.

Surtout pas la queue.

Sévère caressa la vieille crosse de son vieux revolver dans la poche intérieure de sa veste, Stefano à un mètre de lui.

Antonia avait tout d'une vraie professionnelle, dans ces cas-là. Elle n'avait levé les yeux qu'un dixième de seconde. Un seul dixième de seconde avait suffi pour faire comprendre à Sévère tout ce qu'elle avait à dire… Une vraie pro !

Un seul petit coup d'œil à droite, vers la piscine, et deux doigts levés rapidement signifiaient qu'elle serait dans vingt minutes dans l'eau.

Un index qu'elle passa furtivement sous son nez voulait dire : « Pour l'instant, dégage, ça sent plutôt mauvais »…

Mais d'où est-ce qu'elle connaît tout ça, elle ? pensa Sévère.

Après avoir, par jeu, servi un petit pain aux olives piqué sur une autre table à Stefano, sans même que celui-ci ne s'en rende compte, sous le regard mi-amusé, mi-atterré d'Antonia, Sévère fit rapidement le tour de la piscine bordant le restaurant. Il enfouit prestement le revolver de Bill sous un bosquet de lauriers roses, près du petit bain, et se débarrassa de ses vêtements.

Assis sur une chaise longue, caché sous un paréo jaune emprunté à une Anglaise sur la chaise d'à côté, Sévère scrutait, de loin, la table des deux cocos.

Dix-huit minutes. Antonia se leva. Elle avait vraiment un chronomètre dans la tête, cette femme.

Deux minutes après, elle rentrait dans l'eau.

La pluie rebattait son plein, ou battait son plein… Enfin, il pleuvait.

Sévère rentra dans l'eau comme un crocodile, en rampant derrière une sorte de ficus, afin que Stefano, qui était toujours à table, ne le voie pas. Quel bonheur d'être dans l'eau, quand il pleut! C'est presque aphrodisiaque. Surtout avec une femme comme Antonia, en slip, qui s'avance vers vous.

– Sévère, j'ai deux minutes.

– Qu'est-ce qu'il fait là, Stefano? On n'avait pas rendez-vous ensemble?

– Il est con, ce mec! Il n'a pas confiance en moi.

– Remarque, il n'a pas vraiment tort…

– Il pense qu'il va avoir quelque chose sur le dos: les financiers, la police, enfin la totale. Il est complètement à cran! Tu ne devrais pas rester là.

– Tu veux dire que je suis venu jusqu'à Rome pour te voir deux minutes?

– Tu n'as pas déjeuné avec Shaolina Lee?

– …Si. Comment tu sais ça?

– Une femme amoureuse sait beaucoup de choses.

– J'entends ça tout le temps, en ce moment! Accroche-toi à l'échelle, je vais te rappeler des vieux souvenirs.

– Tu es fou.

– Toujours…

Sévère voyait Stefano à travers les plantes vertes tandis qu'il faisait l'amour à sa Tonia. Il savait que c'était sûrement la dernière fois avant longtemps.

Pas un coup de fil, rien! Elle aurait quand même pu me prévenir que le Stefano était là, se dit Sévère en sortant discrètement de l'hôtel. Il décida de retourner par Naples passer une dernière soirée avec Mujda, son ami John et les autres, puisque le triste moment de rentrer à Paris était venu.

Sévère resta un long moment assis dans l'herbe, en face du petit lac du jardin zoologique.

Il pleuvait encore.

Même les canards se demandaient ce qu'il faisait là...

Épilogue

Paris

XXIV
Longue fin d'hiver au pays de Molière

Il mio rifugio de Richard Cocciante. Sûrement l'une des plus belles chansons du monde…

Il sut tout de suite que Mujda était là. Il n'y avait que lui pour mettre ce genre de musique au volume maximum.

– Coucou !

Ils étaient tous là, dans la suite du Grand Hôtel *Vesuvio* de Mujda : Carole, Aloys, Bill, Léo, et John… Son John, son ami.

– Mon John, mon ami. Je suis venu reprendre mes affaires. Je rentre à Paris.

– Comment ?

– Comment ça, « comment » ?

– Tu n'as plus de voiture.

– Tu es bien un Américain, toi, mon John. Le train, tu connais ?

– Je ne savais pas qu'il y avait des trains en Europe. Je t'offre un Jameson ?

– Sans glace. Tu es vraiment un sale con d'Américain, mais je t'adore.

Mujda s'était fait livrer une montagne de sushis ; Sévère attaqua directement par ceux au thon, histoire d'accompagner son Jameson.

C'est pas vrai! Je passe mon temps à manger et à boire dans ce bouquin, pensa-t-il.

Tout le monde semblait sincèrement désolé du départ imminent de Sévère, surtout avant la fin de la traduction du manuscrit Voynich. Ils passèrent néanmoins la soirée à analyser les dernières découvertes de Léo, sur les différents chapitres déjà traduits. Certains étaient longs et fastidieux, à mi-chemin entre l'ésotérisme et l'astrologie, et d'autres au contraire, notamment sur les bains des femmes, étaient précis, enlevés, voire amusants. Mais pour l'instant, aucun fait réel ou révélation par rapport à la *Jouvencelle*, même si le manuscrit était beaucoup plus détaillé.

— Il nous faudra encore au moins six mois pour tout traduire, dit Léo. C'est dommage que tu ne restes pas un peu.

— Vous me téléphonerez à Paris dès que vous aurez du nouveau. Je ferai un saut.

— Bien sûr que tu feras un saut! continua Mujda. Tu ne crois quand même pas qu'on va te lâcher comme ça!

Sévère remercia chaleureusement Mujda pour son amitié et sa générosité, Carole pour sa bonne humeur et ses fesses d'extraterrestre, Léo pour remonter régulièrement le PIB de la Pologne par ses achats massifs de vodka, Aloys pour ce qu'il était, un passionné, et Bill… par pitié.

Il eut enfin une grande conversation avec John sur la terrasse de l'hôtel *Vesuvio*, qui lui promit de venir le voir le plus rapidement possible à Paris.

Après s'être assoupi quelques heures, Sévère se leva avec le soleil de Naples qu'il ne reverrait plus avant longtemps, et sortit de la suite sans faire de bruit.

* * *

Le soleil parisien devait être une vue de l'esprit.

Sévère avait beau chercher dans le ciel, il ne voyait que du gris. Genre gris sale, comme les trottoirs. Après l'Italie, ça lui faisait quand même un drôle d'effet. À Paris, même les voitures étaient grises : gris chaud, gris froid, gris perle, gris souris, gris anthracite, gris clair, gris foncé… Ce n'était certainement pas à Paris que l'on avait inventé la photo couleur.

Il appela sa Belle presque tous les jours, cet hiver-là. Puis deux fois par jour. Puis dix fois par jour. « Loin des yeux, loin du cœur », dit-on. Qui a inventé cette formule ? Sûrement un puceau qui avait le cœur dans son slip !

Sévère Plemon aimait réellement cette fille. Ce voyage avait changé son existence à jamais, comme s'il était mort un moment, puis, revenant parmi les humains, appréciait la vie davantage, goûtant les odeurs, sentant chaque minute qui passait, touchant de tout son corps le simple bonheur d'exister. Il savait maintenant ce que la Vie pouvait vous apporter, si l'on y croyait vraiment.

Il était en train de discuter philosophie avec une petite blatte dans le métro, ce jour-là, quand il arriva à sa station.

Maintenant je discute avec les blattes ! C'est pas vrai, je suis complètement illuminé ! Tant pis, je préfère être illuminé que pas allumé du tout, pensa Sévère.

Il avait deux rendez-vous, ce jour-là : un avec son ancien boss, Robert, et l'autre avec son nouvel ami, Mujda, qui passait à Paris. La première entrevue fut une formalité. Sévère était réintégré dans sa boîte de publicité, à grands coups – ou grand coût – de doublement de salaire. Comme quoi, quand on est illuminé, tout paraît plus simple.

– On a plein de nouveaux budgets sur le feu, Sévère ! Tu tombes bien, lui avait dit son boss, sans même lui demander ce qu'il avait fait pendant presque un an. Tu peux commencer tout de suite ?

– Pas tout de suite. J'ai un rendez-vous. Je serai là demain matin avant huit heures, on discutera de tout ça. …Eh, Robert ?

– Oui ?

– Tu étais quand même un sacré connard, il y a un an. Mais, ne t'inquiète pas, je vais te les gagner, tes nouveaux clients !

– Toi aussi, Sévère, ça a l'air de t'avoir fait du bien, ces petites vacances. Allez, je compte sur toi.

Sévère entendit d'abord une conversation haute en couleur, entre un serveur et une voix. Une voix qu'il connaissait bien : celle de Mujda. Les salons de l'hôtel *Costes*, rue du Faubourg Saint-Honoré, étaient bondés, en cette fin d'après-midi de vendredi, mais Mujda voulait SA table. Une table qui n'avait de « SA » que le fait qu'il n'y avait mangé que trois fois, il y a plus de deux ans. Mais Mujda était comme ça : tout ce qu'il avait touché une fois était SA propriété.

Et SA marche. Quand on a quelques billets de banque à trois chiffres sur soi, évidemment.

– Tu te rends compte, Sévère, ils ne voulaient pas me donner MA table !

– Oui, je m'en rends compte, c'est odieux (!). Comment ça va, toi, depuis tout ce temps ? Ça me fait vraiment plaisir de te revoir !

Mujda Almaleh était égal à lui-même. Chapeauté, lunetté et chaussé avec un certain goût, enfin, un certain goût dans son créneau. Il était toujours aussi volubile et dynamique.

– Qu'est-ce que tu préfères avec les sushis, Sévère ? Sancerre ou vodka ?

– Les deux, c'est mieux.

– Tu n'as pas changé, toi !

– Oh, si ! Maintenant je discute avec les blattes dans le métro… Dis-moi, Mujda, quand on a six pattes, tu crois qu'on a trois sexes ?

– Fondamentalement, non. Sinon… Tu veux des glaçons avec ta vodka ?

– Jamais. Alors, raconte-moi.

– Tu nous as manqué, tu sais… Stefano est en prison, et pour longtemps.

– C'est pâs vrai !?

– Si. C'est pour ça que je suis venu à Paris. On a gagné. Tu as gagné, Sévère. Il a au moins trois meurtres sur le dos, et des manipulations financières pas possibles. Il est vraiment mal, là !

– Et Tonia ?

– Tonia a demandé le divorce depuis longtemps. Mais tu dois le savoir, non ? Elle va se récupérer un paquet de fric ! Et sûrement la propriété de Florence, et les appartements, à Rome.

– Comment elle est ? Toujours aussi belle ? Ça fait tellement longtemps que je ne l'ai pas vue… Raconte-moi, Mujda : sa fille, à Tonia, tu sais, la petite Gina, elle est de qui, finalement ?

– Tu le sais, Sévère.

– De Stefano ?

– Évidemment.

– Elle m'a toujours menti, là-dessus, Mujda. Je n'ai jamais compris pourquoi. Pourtant, je le savais depuis le début. Sa fille a le même port de tête que lui et elle réunis : un port de tête de princesse, une allure qui ne trompe pas. Je m'en suis rendu compte dès que je l'ai vue, cette petite.

– Elle t'a menti parce qu'elle t'aimait, Sévère. Tonia t'a aimé dès qu'elle t'a vu. Après, elle ne voulait, ou ne pouvait plus revenir en arrière.

– Ressers-moi une vodka, mon Mujda. J'ai besoin d'oublier que je ne me souviens pas de tout ça. Enfin… elle sera libre bientôt, alors ?

– Elle est à toi. C'est quand même LA bonne nouvelle. On a gagné, je te dis !

– Tu m'as resservi une vodka, là, ou je viens de la re-boire ?

– Tu n'as pas changé, Sévère…

XXV
« Il mio rifugio »...

« Mon refuge, c'est toi »...
Ce que la langue italienne est belle.
Ce que les langues d'Italiennes sont belles.
Ce qu'elles sont belles, ces Italiennes...

Elle était là.
Elle était à l'aéroport. Elle serait à Paris ce soir.
Sévère prit le temps de parler longuement avec Elle de toute cette histoire qu'ils avaient partagée, qu'ils avaient vécue ensemble. Cette histoire qu'ils avaient aimée, haïe, subie, adorée. Cette histoire qui avait fait basculer leurs vies dans une dimension parallèle, quelque part entre l'incrédulité et le huitième ciel... Ils se souvinrent aussi de tous les gens qu'ils avaient rencontrés, de tous ces personnages qui semblaient aujourd'hui fantomatiques à Sévère.
Qu'importe, Elle était là, enfin.
Sévère vit d'abord une chevelure souple qu'il aimait tant.
Puis son visage, ses yeux. Son sourire, surtout. Son tellement joli sourire.

Tout ce qu'il avait fait, pendant des mois avait enfin un but : la revoir.

Et Elle était là, dans sa ville, à Paris, en cette fin d'été.

Elle était enfin là... Belle comme une chanteuse canadienne, comme on dit en France.

Sévère la vit arriver, toute de noir vêtue, traversant les Salons du Lutetia, à Sèvres-Babylone, jusqu'à ce qu'Elle s'asseye à ses côtés.

— Tu es là, enfin, ma Belle. Je t'ai tant attendue.
— Tu savais que je viendrais. Je suis là, maintenant, avec toi dans ta ville, à Paris.
— Tu prends quoi ?
— De l'eau.

Tiens, il faudra que je m'y mette aussi, à l'eau, pensa Sévère, furtivement.

Six mois qu'il l'attendait, cette fille. Six mois qu'il ne pensait qu'à Elle.

Mais qu'est-ce qu'elle était attirante, belle, « sex-sexy-sexuelle-bandante », comme dirait un écrivain breton de la fin de siècle

— Tu es beau. J'avais oublié que j'aimais tant ton visage, Sévère, dit-elle.
— Je n'avais pas oublié que je t'aimais tant, toi...
— Et... elle ?
— Antonia ? Elle divorce. C'est gagné.

Shaolina était là, enfin.

Sévère n'arrivait pas à détacher son regard de ses grands yeux sombres, tandis qu'elle lui enserrait les jambes de ses longues pattes de gazelle.

...

– En fait, continua-t-il, j'ai compris qu'à ce moment-là, Antonia voulait rester avec Stefano. Tu sais, quand elle t'a envoyée à moi, à Rome.

– Et comment tu savais que c'était Antonia ?

– Une chance sur deux. Et tu viens de me le dire. C'était ou Stefano qui t'envoyait pour se débarrasser de moi, ou Antonia, par facilité, par pitié, j'en sais rien… Bref. Dans les deux cas, j'éliminais Stefano, et je récupérais quand même Antonia. J'ai donc décidé d'engager deux types que j'ai trouvés dans la rue, pour que Mujda rentre en guerre avec Stefano. Deux types qui nous ont suivis en scooter, ça a suffi à lui faire peur. Quand j'y pense ! Ça m'a coûté cent dollars. Mujda, ça lui a coûté un million, cette histoire ! Mais c'était la seule façon d'éliminer Stefano di Spazzi. Je ne me voyais quand même pas l'abattre comme un chien, a priori. Tandis que là, je n'ai pris aucun risque.

– Et Antonia, dans tout ça ?

– Je me donne six mois pour me marier avec elle. J'y travaille depuis que je suis revenu en France. Je t'explique : je me marie avec Antonia, et toi, quelques mois après, tu trouves un moyen pour l'éliminer. Ensuite, je récupère quelques millions des di Spazzi, pour nous.

– Mais Sévère, comment tu veux que je fasse ça, moi ? Éliminer Antonia, c'est facile à dire.

– Ça, c'est ton affaire. Moi, j'ai déjà donné ! Il y a toujours un moyen, quand on réfléchit bien. Tu trouveras, tu es une fille intelligente…

Et une fois que tu as éliminé Antonia, toi, tu dégages, pensa Sévère. Dès que je t'ai vue, je savais que tu m'aiderais sans t'en rendre compte.

Sa mauvaise conscience lui parla pour la dernière fois, ce jour-là : « J'abandonne, Sévère. Tu ne m'entendras plus. Tu es décidément trop noir pour moi… »

*« Passer son corps dans le corps d'un autre,
et connaître ainsi l'éternelle jeunesse... »*

Remerciement aux acteurs,
par ordre d'apparition.

Merci à vous, qui m'avez soutenu et inspiré. Vous, les êtres vivants, les animaux de n'importe quelle espèce ou sous-espèce ! Je me battrai pour vous, aussi, tant que Dieu me donnera vie :

Les lionnes, les aigles, les pigeons, les fouines, les fourmis, les guêpes, les coucous, les mérous, les termites, les paons, les pélicans, les bisons, les loups, les saumons, les mouches, les buffles, les porcs, les sangliers, les poulets, les caméléons, les teignes, les bœufs, les chiens, les ours, les serpents, les rhinocéros, les tigres, les autruches, les dauphins, les rats, les huîtres, les vers de terre, les baleines, les moules, les scarabées, les grenouilles, les requins, les chevaux, les ânes, les renards, les cerfs, les vautours, les léopards, les pintades, les agneaux, les rougets, les canards, les rapaces, les gazelles, les lapins, les moutons, les palourdes, les lézards, les hippopotames, les babouins, les crocodiles, les blattes...

...Et merci à cette Colombe
qui m'inspire tellement.

Photocomposition
Nathalie Costes

DÉPÔT LÉGAL
Juillet 2007
réédition décembre 2016

Imprimé par Books on Demand GmbH, Norderstedt, Allemagne